Das Flieder-bett

Schwedische Liebesgeschichten

Anthologie

WILHELM HEYNE VERLAG
MÜNCHEN

HEYNE-BUCH Nr. 5292
im Wilhelm Heyne Verlag München

Diese Anthologie wurde aus den im Gala Verlag GmbH, Hamburg,
erschienenen Werken »Turnierreiter«, »Vierhändig«,
»Liebe in Schweden«, »Bettfreuden«
zusammengestellt von Petra Hermann

3. Auflage

Copyright © 1965, 1966 by Bengt Forsberg Förlag AB, Malmö
1969 by Hans Reitzels Forlag, Kopenhagen
Alle deutschsprachigen Rechte by Gala Verlag GmbH, Hamburg
Printed in Germany 1977
Umschlagfoto: Gilles Lagarde, Paris
Umschlaggestaltung: Atelier Heinrichs, München
Gesamtherstellung: Presse-Druck Augsburg

ISBN 3-453-00661-5

INHALT

LOKA ENMARK
Das Fliederbett
7

THOMAS WINDIG
*Gnädige Frau können sich darauf verlassen,
daß der Fensterputzer hiergewesen ist*
19

KARL-AXEL HÄGLUND
Ein Maskenball
30

BENGT MARTIN
Die Tournee
67

EVA BERGRÉN
Die Wege des Herrn
95

EVA BERGRÉN
Ferienschule
130

KARL-AXEL HÄGLUND
Make love — no war!
173

RUNE OLAUSSON
Der Traum
206

LOKA ENMARK

Das Fliederbett

Siehst du, siehst du nicht, wie sie sich bewegen! Ihre Bewegungen sind zwanglos, natürlich; man wird nie müde, sie zu betrachten. Welcher ›man‹ wird nie müde, fragst du? Alle Menschen natürlich. Warum soll man nicht nach allen Männern und Frauen sehen, frage ich mich, ich, die ich mich nie nach Frauen umgedreht habe und jetzt mit fast der gleichen Begeisterung nach Negerinnen wie nach Negern sehe. Stell dir vor, ganz genauso, wie die sich bewegen, ist es, mit ihnen zu schlafen ... Du siehst gelangweilt aus. Du bist trotzdem höflicher als ich zu meiner Zeit. Ich zog eine Grimasse, als ich das hier hörte: man soll so spät wie möglich mit Negern anfangen, weil man danach nichts anderes mehr will.

Die lyrischen Ergüsse der Freundinnen über die Vorzüge schwarzer Herren machten mich ein bißchen neugierig und sehr mißtrauisch. Mißtrauischer kannst du nicht sein. Jedesmal, wenn jemand anfing von dem zu fantasieren, was es in der weißen Welt nicht gibt, fiel ich ihm ungeniert ins Wort. Da gibt es, deklamierte ich geziert, wunderbare, schöne, blauschwarze Gesichter, in denen die Augäpfel und Zähne wie Gänseblümchen leuchten, seidene Haut, den wunderbar herben Geruch, der einen beinah dazu bringt, sich zwischen den verschwitzten Weißen eine Gasmaske zuzulegen, und dann dieses Tingeltangel da zwischen den Beinen, mit dem sie angeblich, weiß der Teufel wie viele Male, in einer Nacht mit einem lieben können. — Mit so wunderbaren Requisiten muß es auch in den stärksten Ekstasen unmöglich sein zu versagen, lästerte ich weiter und schloß mit der Frage: der ganze Zauber mit denen soll also sein, daß man auf eine völlig neue Art mit den Beinen strampelt? Und wenn das getan ist, erscheinen mit einem Schlag alle Weißen exakt so sexy wie Spanferkel?

Ich war dieser weiblichen Lobgesänge überdrüssig und beforschte die Männer, was sie von dieser Sache hielten. Ich hörte ein ganz neues Lied. Als wenn es die großen Schwänze wären! riefen sie indigniert. Alle kannten die Masse von Frauen, die darüber weinten und klagten, daß ihre Männer zu große Schwänze hätten. Außerdem hätte die Größe gar nichts zu sagen. Es käme auf die richtige Anwendung an. Aber es war ja klar, daß sich unnormale Frauen mit Riesenöffnungen, denen ein gewöhnlicher, erstklassiger Mann nicht genügte, an Neger hängen müßten.

Waren es mehrere Männer, so konnte es fast zum Streit kommen. Ein Mutiger oder Gedankenloser fragte zum Beispiel, ob es wahr sei, daß ein Neger die ganze Nacht könnte, in einem fort, ohne schlaff zu werden. »Ich finde das merkwürdig«, beichtete der Unüberlegte, »wenn es bei mir gegangen ist, bin ich für mehrere Stunden hinterher groggy.« Mit lautem Gebrüll wurde ihm geantwortet: wer hat denn gesagt, daß es für einen selbst genauso oft gehen muß wie für die Frau. Man kann mit diesen kleinen Krämpfen sparen. Sie sind gar nicht so wichtig. Aha, aha. Diese neue Interpretation gefiel mir sehr. Einmal steigerte sie mein Interesse an Negern, zum anderen brachte sie mich zum Lachen.

Mehr aus Zufall geriet ich mit diesem für mich so wichtigen Negerproblem an einen Juden. Glaubte er, daß es so sehr viel anders sein müßte, mit einem Neger zu schlafen? Er betrachtete mich voller Abscheu und begann über Rassendiskriminierung und was er davon hielt, zu sprechen. Zum besseren Verständnis setzte er hinzu, daß er für sein Teil mit einer Negerin geschlafen hätte, und da gäbe es überhaupt keinen Unterschied. Als einziges waren ihm blaue Brustwarzen aufgefallen. Aber absolut kein Geruch. Absolut keiner. Der Gedanke, daß Neger riechen könnten, brachte ihn mehr auf, als des alten Albert Engströms Geschichte vom Teppichhändler, der sagt: »Das sind nicht die Teppiche, die stinken, das bin ich.« Ein netter Mann, den ich traf, erklärte das so: ich verstehe vollkommen, daß es netter sein muß, mit Negern zu schlafen. Meine einzige Erfahrung auf diesem Gebiet besteht aus pornographischen Filmen, und da sieht man ja, daß ein Neger so ist, wie es sein soll. Weiße sind bloß Karikaturen.

Die Kumpane sagten schlecht und recht: willst du hübsche Dinger haben, schlaf mit Negern. Sie sind oft groß und vor allem, rein plastisch gesehen, schön. Nimm dich nur vor ihnen als Menschen in acht. Sie sind wie arme, gierige Kinder. Paßt du nicht auf, nehmen sie alles, was du besitzt; das heißt, sie bitten und du gibst, weil du es so rührend findest, ihre traurigen Kindergesichter aufleuchten zu sehen. Übrigens, sogar das sind sie wert. Gott, welche Dinger!

Nach allem diesen hier war eine Sache klar: was ich auch für oder gegen Neger hatte, nun sollten sie ausprobiert werden. Man brauchte es nur zu halten wie Dimitri Karamasov, sich hineinstürzen — kopfüber.

Ich saß hier in der Nähe, wo wir jetzt sitzen, und dachte, daß man sich alles über diese Stadt anlesen könnte. Aber auch jedes Gebäude, was einem gleichgültig ist, wird beschrieben. Ich sehe keine Häuser in fremden Städten, und ich glaube auch nicht, daß andere Frauen welche sehen. Man reist, um Eindrücke des anderen Geschlechts zusammenzuraffen. Möglichst viele Eindrücke. Alles über diese Stadt kann man also lesen, bis auf eine Sache, die vergessen wurde: hier gibt es Neger. Massen von Negern. Merkst du nicht, daß du eigentlich nie vorher Neger gesehen hast? Zu Hause trifft man mal ein oder zwei, und da guckt man weg, als ginge es um einen Verkehrsunfall oder einen Invaliden oder so etwas. Man will nicht verletzen, indem man glotzt. Hier kann man schauen, soviel man will. Das machte ich auch. Verliebt wurde ich davon nicht. Eher hatte ich vor all den pechschwarzen Gesichtern dasselbe Gefühl wie vor einer riesengroßen, schwarzen Hummel. Ich hatte nicht direkt Angst, war aber ziemlich bange.

Ein großer Neger in Hemd und Hose, weißem Hemd, kam über die Straße. Böse sah ich ihn an. Da kannst du herumstreunen mit deinen breiten, geraden Schultern, deiner langen Taille und diesem kleinen, harten Hintern, auf den alle so verrückt sind, dachte ich boshaft. Aber er sah wohl nur, daß ich ihn ununterbrochen anstarrte. Im nächsten Moment bat er, sich setzen zu dürfen. Seine Augen waren außerordentlich schön und blickten freundlich und traurig. Sie überrumpelten mich hinreichend lange, so daß er Zeit fand, Platz zu nehmen. Als er fragte, ob ich mit zu einem Tanzklub kommen wolle, erhob ich mich. Tanzen, Whisky trinken und Tra-la-la, dachte ich. Morgen weiß ich auf jeden Fall mehr.

In dem Keller, in den er mich führte, tanzten fast nur Neger. Ich schaute ihnen zu. Bei ihnen sah man nie irgendwelche häßlich erregten Bewegungen. Wenn sie tanzten, wirkte es zweckmäßig. Ich verglich sie mit den Weißen und erstarrte völlig. Es war mir unmöglich, die Tanzfläche zu betreten. Vor Schreck zischte ich ihn an. Als er mit anderen tanzte, wurde ich noch unglücklicher. Dem Weinen nahe saß ich da und hätte sonst etwas darum gegeben, fortlaufen zu können. Es war bloß so, daß ich mich nicht von der Stelle rühren mochte, solange alle Schwarzen so herrlich tanzten. Den Whisky konnte ich allein trinken. Er trank Coca-Cola. Es war schwer zu erraten, wieviel er von dem begriff, was in mir vorging. Vielleicht verstand er alles von selbst. Jedenfalls faßte er mich unerwartet an der Hand, zog mich vom Stuhl und sprang mit mir die Treppe hinauf. Er eilte fast bis oben rauf, blieb mich umarmend stehen und wiederholte wieder und wieder, beinahe wild: »You want me! You want me!«

Die großen, blauen Lippen kamen näher. Ich zögerte eine Sekunde — es war, als hielt die ganze Welt den Atem an — dann küßte er mich, sehr mit dem Mund, aber am meisten mit dem Körper.

Ich traute meinen Augen nicht, als er mitten im Hotelzimmer anfing, sich auszuziehen. Er stand so, daß ich seinen Körper im Profil sehen konnte. Er war sicher mächtig groß. Aber was zwischen seinen Beinen bis zur Taillengegend hochschoß, war wie ein Unterarm. Seine Dicke, die ich gleich darauf fühlte, war nicht weniger bemerkenswert. Trotzdem wirkte es in keiner Weise peinlich, damit zu tun zu haben. Sein großes Organ war beweglich und lebendig wie ein heißer Aal, dehnte sich aus und glitt in langen, weichen Stößen ein, Stück für Stück. Erst in mir nahm es seine eigentliche, ungeheuer schwellende Form wieder an. Es tat nicht weh. Alles war nur mächtiger und behutsamer, härter, schneller ...

Erst als er sich auf den Rücken legte und versuchte, mich auf seinem blauschwarzen Instrument aufzurichten — stell dir eine schwarze Küchenpapierrolle vor — zeigte sich, daß das unmöglich war. Wie wir auch kämpften, er kam einfach nicht hinein. Da drehte er mich ganz vorsichtig nur mit seinen Händen um — ich erinnere mich, wie seine weißen Zähne im Dunkeln aufleuchteten — hob sich an mich und drang langsam ein. Langsam und zäh zog er ihn heraus und ließ ihn sich wieder hineinbohren, raus und rein, langsam, langsam, und der sonderbare, massive Genuß dehnte sich bis zum Bersten aus, ehe er mich herumwarf und sich in einem wilden, wahnsinnigen Akt in mich drückte. Mit Eisenkrallen hielten wir uns umschlungen. Es rann von seinen großen, weichen Lippen. Stürmisch versuchten wir, einander noch näher zu kommen, als möglich war. Ich weiß nicht, wie lange wir in einem Genuß stöhnten, der uns überwältigte, ehe der Schrei der Erlösung und mit ihm sein warmer Samen kam, der in langen Zügen in mich spritzte.

Ich werde völlig matt, wenn ich daran denke. — Und da soll bloß so ein Dummkopf kommen und behaupten, daß es unwichtig ist, ob es für den Mann geht. Für die Frau ist es jedenfalls alles andere als unwichtig!

Ja, sicher, ja, das mußt du wissen. Das mit dem Nachwuchs mußt du selbst regeln. Die gehen nur einfach drauflos. Vom Pessar hast du keine Freude. Empfindlich, wie sie sind, merken sie es sofort. Entweder sie reißen es voller Raserei heraus oder sie steigen einfach ab.

Es war komisch, das erstemal mit einem großen, schwarzen Kopf neben sich auf dem Kissen zu erwachen. Mir wurde beinah schwindlig, als ich mich aufsetzte und ihn ansah. Er war mit nichts zu vergleichen. Die Stirn schimmerte blau, die Wangen waren schwarzbraun, die Augenwimpern unerwartet kurz und die Lippen, die Lippen waren unglaublich. Wie eine riesengroße Blume breiteten sie sich über dem Gesicht aus, von Blau in Silberbraun und Rosa übergehend. Er schlief wie ein großes Tier, entspannt und durch nichts zu stören. Entzückt betrachtete ich den Arm, der mich umschlungen hielt — ich tue es immer wieder mit der gleichen Begeisterung, wenn ich mit einem Neger schlafe — die Finger, die Handfläche, entzückt über all das Neue und Fremde, das in meinem Besitz war. Der Sicherheit halber beschnupperte ich ihn auch bei Tageslicht. Der herbe Geruch war ebenso neu und fantastisch für mich wie sein Gesicht. Ich legte mich mit der Nase an seiner Haut wieder zurück.

Was war geschehen? Vielleicht nichts Besonderes, aber ich empfand es als außergewöhnlich. Wir hatten uns geliebt, wir ruhten Seite an Seite aus, und aus diesen einfachen Bewegungen war eine Art von Gemeinsamkeit entstanden. Sie war warm, gut, geborgen ...

Ja, er studiert, dieser Junge — inzwischen weiß ich, daß ein Neger, der wie sechsundzwanzig oder siebenundzwanzig aussieht, nur zwanzig ist; außerdem hatte er eine Gelegenheitsarbeit. Wir mußten uns also trennen. Das war sicher das Beste, sonst hätte ich wohl nicht mehr laufen können. Nun mußte ich mich statt dessen ein paar Tage von ihm ausruhen. Ab und zu denke ich an ihn. Das ist besser, als sinnlos in den Straßen herumzurennen. Ob ich ihn besuchen werde? Selbstverständlich. Dazu werde ich mich mit einem Metermaß bewaffnen, und, wenn er schläft, die Gelegenheit wahrnehmen und ihn messen. Er schläft ja wie ein Stock. — Ja, es stimmt, daß er ihnen fast dauernd steht, wachend oder schlafend, gehend, stehend, sitzend, liegend. Einen Abend später war ich mit ihm im Kino und lernte, daß selbst der langatmigste Film nicht langweilig wird. Hätte ich geahnt, was er mit einem Kinobesuch meinte, hätten wir nicht so ungeeignete Plätze genommen. Sie können es eben nicht bleiben lassen. Das wäre das, was du vom Kino wissen mußt.

Restaurant, tja, sie trinken selten. Wenigstens die jungen Afrikaner. Dazu trägt wohl der Islam bei. Abgesehen von dem allgemeinen Vergnügen, daß mir der Umgang mit Negern bereitet, betrachte ich auch jedes Treffen als eine Geographiestunde. Was weiß ich nicht alles über Senegal, Sierra Leone, Ghana und ein bißchen über Amerika. Ich will nach Westindien reisen. Das würde alles nicht so gekommen sein, wenn ich nicht so irritiert worden wäre durch die Talente der Neger, die wesentlich größer sind, als ich gedacht hatte. Es reizte mich, daß ich plötzlich so viele, schöne Neger sah. Ich fühlte mich von ihnen versucht wie von einem neuen Kleid, das ich anprobieren, in dem ich umhergehen und das ich dann abwerfen möchte.

Am Abend traf ich eine Freundin. Ich fand, daß sie mit ihren sprühenden blauen Augen komisch aussah. Ich schaute mich nur nach Schwarzen um. Herrgott, dachte ich, ist es möglich, daß man so verrückt nach ihnen werden kann, ob man will oder nicht? Es ist genauso, wie ich gehört habe, daß man auch während der seltenen Momente, wenn sie nicht auf einem liegen, nur noch diesen Gedanken im Schädel hat.

Wir gingen in einen Jazzklub, wo ihre letzte Entdeckung, ein amerikanischer Neger, Schlagzeug spielte. Ich erfuhr, daß die amerikanischen Neger viel leichter sind als die afrikanischen. Wir saßen an der Bar und warteten auf eine Pause der Musik. Das Tollste an ihnen ist nicht, fand sie, daß sie die ganze Zeit eine Abwechslung zustande bringen, die einen stärker und stärker empfinden läßt, das Tollste ist, genau bevor es bei einem kommt, eine Negerstimme zu hören; es spielt in dieser Situation keine Rolle, welche Negerstimme das ist, die da schreit: Give it to me! Give it to me!

Da ich das damals noch nicht selbst erlebt hatte, wußte ich nicht, wovon sie sprach. Nun weiß ich es. Sie hatte so recht, so recht. Es spielt keine Rolle, welcher Neger es ist und welche Negerstimme. Wird man nach einem Neger verrückt durch das Bett, wird man es nicht nach einer Person, sondern nach einer Art. Das ist wahr. Es ist, wie wenn man närrisch auf Schokolade wird. Man will Schokolade haben, aber welche Sorte zuerst! Man will alle Sorten haben, nicht nur haben, man will in einem Überfluß davon leben, jede Sorte, jeder Geschmack soll vertreten sein. Man braucht nur zu nehmen, wenn man gerade Lust hat, und zu saugen oder zu lutschen.

Es ist so leicht mit Schwarzen. Sie können dir nicht widerstehen: sie wollen nicht. Sie lieben es, mit ihren schwarzen Händen über deinen weißen Körper zu streichen, am liebsten vor dem Spiegel. Es ist eigenartig zu sehen, wie intensiv sie den Bewegungen ihrer Hände im Spiegelbild folgen. Sind sie nur ein Mittel für dich, so bist du es für sie in einem höheren Grad. Hast du außerdem noch Geld... Sie lassen dich nicht los, solange du freundlich zu ihnen bist. Weiße Frau + Neger ist eine perfekte erotische Kombination, nachdem nun das Thema Fräulein Julie—Jean gestorben ist.

Die Pause kam und ihr Neger. Er war groß und braun, hatte einen schweren Kopf und einen enorm schwarzen Blick, mit dem er mich abschätzte und meine Freundin fragte: »Hast du sie für mich mitgebracht?« Seine Selbstsicherheit und seine flegelhafte Art brachten mich fast zur Weißglut. Ich hörte kaum, was er sagte, obwohl er laut und deutlich sprach. Ich hörte nur eine Menge »Baby« und »Du kommst mit mir heute abend« und sein glucksendes Lachen. Außer mir vor Wut antwortete ich so unverschämt herablassend, wie ich nur konnte: »Warum soll ich mit dir gehen? Du bist ja nicht einmal richtig schwarz.« — Das war ein Volltreffer. Oh, wie verletzt er war. Er schwieg lange und ausdauernd. Dann besorgte er uns einen Tisch gegenüber der Musik, und ehe er ging, sagte er: »Du bleibst bis zum Schluß. Du kommst auf jeden Fall mit mir.« Er sah sehr anziehend aus, wenn er trommelte.

Ein Mann und drei Frauen kamen die Treppe herunter. Er war ein heller, fast gelber Neger mit schwarzem Bart und mehr asiatischen als negroiden Zügen. Die Frauen setzten sich, er aber blieb vor dem Orchester stehen und hob seine Trompete. Während er den Kopf zurückbog und die Trompete ansetzte, lachte er und sein langer, sehniger Körper, der Rücken und die vorgeschobenen Hüften und nicht zuletzt sein heißes, gutturales Lachen strömten eine dumpfe, verheerende Kraft aus. Es pochte in meinem Hals, und ich sah nur noch diesen Körper, der sich so ungehemmt erotisch bewegte. Die Trompete hörte ich kaum. Leider konnte ich ihn nicht von vorn sehen. Ich sah ihn nur im Profil, wenn er sich hin und wieder umdrehte, um seinen Whisky zu trinken. Meine Augen verschlangen seine Schultern und seinen Rücken, die sich die ganze Zeit bewegten. Mir schien, als könnte ich nie müde werden, ihn zu betrachten. Seine Bewegungen waren gleichsam besessen von Leben. Er verwandelte mich in nur noch dunkle Instinkte und Nerven. Wer er auch sein mochte, ich konnte mich nicht losreißen von diesem Mann.

Er hatte mich nicht gesehen, aber er schien einen Magneten im Leib zu haben. Unvermutet stand er neben mir und sagte: »Ich habe keine Zigaretten mehr.« Ich gab ihm meine und sagte: »Ich habe keinen Whisky mehr.« Wo ich so schnell diese geistreiche Antwort herhatte, begreife ich heute noch nicht.

Nach ein paar Minuten kam er mit dem Whisky. Eine Viertelstunde später — oh, sein Lachen, ich höre es, wann immer ich will — setzte er sich neben mich. »Ich will mit dir weggehen von hier. Jetzt.« »Ich will auch mit dir weggehen von hier«, sagte ich ebenso ruhig. Wir liefen fast hinaus und ins Auto. Wir parkten irgendwo in der Nähe des Hotels. Mitten auf der Straße, im Morgenlicht, zog er mich an sich und sein Mund und sein ganzer sehniger Körper ergriffen mich, wie Feuer einen Papierfetzen verzehrt. Ich glaube, es war reiner Zufall, daß er mich nicht mitten auf der Straße auszog.

Es war, als käme ich niemals richtig mit in dieser Nacht. Im Bett herrschte er selbstverständlich, und es glückte ihm, eine sonderbare Freude und einen Gehorsamsinstinkt in mir zu wecken. Er gebar eine Art von Zuversicht in mir. Überzeugt davon, daß ich bei ihm den unverzeihlichen Taktfehlern, dem verdorbenen Rhythmus, entgehen würde, erlebte ich seine Stöße, Stöße der Freude, schwebende, fliegende, leicht, schnell, leichter, schneller. Zärtlichkeit und Zärtlichkeitsbedürfnis gab es da, animalische Tiefe, die uns dem Leben nahebrachte, dem Wunder, der Schönheit.

Die Lust, die er in mir geweckt hatte, wurde nur für Minuten gestillt. Gleich danach wollte ich ihn wieder in mir haben, ihm so nahe wie möglich sein. Das war das einzige, was Linderung brachte, das einzige, das normal erschien. Sobald er in mich kam, strömte eine Stärke und Süße aus, vibrierte durch Nerven, Haut, Glieder in die Zehen, Fingerspitzen, das Zwerchfell, den Schlund ... So einfache Belohnung, so kostbare Belohnung.

Über mir und um mich hörte ich seine Stimme: »Give it to me! Give it to me! The whole!« und sein Lachen. So wie die Gezeiten mit nachlässiger Kraft heranrollen, bewegte sich sein heißes Lachen im Zimmer. Ich kann mich wahnsinnig sehnen nach seinem Lachen.

Die Nerven waren so beschäftigt mit ihrem Glück, daß ich nicht weiß, ob die Körper sich leicht oder schwer, stark oder schwach bewegten.

Auf einmal schlief er. Als gäbe es für ihn nur diese beiden Alternativen, Bewegung oder Schlaf. Sein Atem ging weich, wie wenn eine Katze atmet. Die ganze Zeit lagen wir dicht beieinander, Hand in Hand, Schenkel an Schenkel, seine Arme umschlangen mich ganz, mein Gesicht lag an seinem Hals, und der Schlaf wurde noch zärtlicher als die wachen Umarmungen.

»Was für schöne Füße du hast«, sagte er am Morgen. Ich fand, er besaß den schönsten Körper, den ich jemals gesehen hatte. Er erzählte von seinem Bruder und seinen Schwestern in Westindien. Sie waren alle schwarz. »Deine Haut gefällt mir«, setzte er seinen Gedankengang fort und strich mit seinen gelbbraunen Händen über meinen weißen Bauch. Wie ein überglückliches, seliges Kind sog ich seine reiche Wärme auf.

Ich weiß nicht, wie er angezogen war. Das habe ich sicher nie gesehen. Ich sah nur ihn. Sonst sind Neger verrückt auf Kleider. Selbst davon wird man mit der Zeit bezaubert. Ich liebe es, im Bett zu liegen und zuzusehen, wenn sie sich anziehen. Erst steht ein schöner, langgestreckter, gelbbrauner oder blauschwarzer Körper auf — du verstehst wohl, daß ich versuche von anderen zu erzählen, um nicht an ihn erinnert zu werden — die Schultern und Arme sind immer muskulös, die Taille lang, das Gesäß klein und hart und die Beine sehnig. Fertig angezogen, gehen sie wie kleine Puppen umher, einmal in einem engen, grauen Anzug mit schmalen Aufschlägen und verdeckten Knöpfen, einmal in einem weißen oder roten maßgeschneiderten Lederjackett, ja, ich habe sogar einen mit einem Kalblederjackett gehabt. Oder ein graugrüner Samtanzug, was hältst du davon? Große Neger in hellbraunen Jacketts mit Schulterklappen sehen aufreizend sauber und hübsch aus, besonders, wenn sie auf die Idee kommen, den schwarzblauen Ton der Haut hervorzuheben und deshalb einen blauen Schlips statt des roten tragen. Oh, sie sind so herrlich, so herrlich, so herrlich ...

Zurück zu ihm. Etwas von meinem Innersten war hier dabeigewesen, etwas Hingebendes, Emporschwingendes, Abwärtsstoßendes, ich weiß nicht, was es war.

Während er sich wusch und ich allein im Bett lag, mußte ich daran denken, wie ich meine lyrischen Freundinnen ein bißchen zynisch gefragt hatte: »Welche Farbe hat denn ihr Sperma?« Und ich merkte, daß ich jetzt lächelte, wie meine Freundinnen lächelten und mit dem gleichen Gefühl der Verzauberung, das auch ich nun kannte, geantwortet hatten: »Das ist das Fantastischste von allem. Es ist hell-lila.«

Wenn sie gegangen sind, liegt man da wie in einem Fliederbett ...

Was ich in diesem Augenblick empfand, erinnerte mich an das wahnsinnige, chronische Entzücken, das mich in jenem Sommer ergriff, als ich lernte unter Wasser zu schwimmen. Alles über Wasser war bereits alt und gewohnt, aber da unten wurde es geheimnisvoll, unbegreiflich und unglaublich schön. Erinnerst du dich, wie die Sandkörner glitzerten? Erinnerst du dich, wie man sich dorthin sehnte, die ganze Zeit, die ganze Zeit?

THOMAS WINDING

Gnädige Frau können sich darauf verlassen, daß der Fensterputzer hiergewesen ist

Man kann nur eine gewisse Zeit auf einer acht Meter hohen Leiter stehen und zu sich selber sagen: »Was geht's mich an?« Besonders dann, wenn wie an dem Tage, als mein Kumpel und ich uns um eine dreistöckige Hellerup-Villa mit Palais-Scheiben herum abquälten, die denkbar schönste, erwachsene Dame auf der Terrasse lag und sich unter der Sonne drehte und wendete. Es war so warm, daß man die Luft mit den Händen wegschieben mußte, um an das Fensterglas heranzukommen, und man mußte sich den Schweiß vom Schädel wischen, damit man überhaupt ihre Arschbacken sehen konnte, aber die waren jedenfalls da, und sie bewegten sich jedesmal, wenn sie in ihrem Buch blätterte und tat, als läse sie darin.

Mein Kumpel mußte auf die andere Seite des Hauses und glotzte mich böse an, als er Abschied nehmen sollte von der schönen Aussicht.

»Verzeihung«, murmelte er und balancierte mit Eimer, Lappen und Leiter über die Dame hinweg, während er das frechste Grinsen aufsetzte, das er je vom Stapel gelassen hat.

Sie tat völlig harmlos und streckte sich etwas. Ich putzte wie ein Irrer und überlegte, wie ich den Ständer tarnen sollte, wenn ich runtersteigen und die Leiter weiterschieben mußte. Ich sah aus wie ein schwangerer Herr im Monteuranzug. Aber sie beachtete mich gar nicht, als ich an ihr vorbeirückte. So unhöflich sind die Leute manchmal.

Als ich noch zehn Fenster zu je sechzehn Scheiben hatte, an die ich mit dem Gummiwischer nicht rankommen konnte, setzte ich mich mitten auf die Leiter und genehmigte mir 'ne Zigarette. Die Dame hatte sich auf eine äußerst elegante Weise gedreht, so daß sie mir ihre schöne Auslage zeigte; dann sagte sie auf eine etwas bittere Art »oh« und deckte › Das Beste ‹ über ihre Brüste. Was mir ziemlich paradox vorkam. So lag sie da, die Augen geschlossen, ein Stückchen Papier über der Nase und wippte mit den Zehen, während ich weiterrauchte und auf sie runterglotzte. Sie hatte die Augen nur halb geschlossen und sah mich an, während ich dasaß und den Betreffenden mit meinem nassen Lappen abkühlte. Dann nahm ich mich zusammen und stieg runter, um die Leiter weiterzuschieben und auszuprobieren, ob die Dame nicht vielleicht im selben Augenblick aufstehen würde. Und siehe da, wir stießen genau zusammen, als sie mit ihren Brüsten ins Zimmer reinlaufen wollte, möglicherweise um sie an irgendeiner sicheren Stelle unterzubringen, wo niemand sie beglotzte. Man hat manchmal wirklich mehr Pech als andere Male.

Kurz darauf kam sie in einem Morgenrock zurück und wandte sich auf eine gebildete Weise an mich. Ob der Fensterputzer nicht was zu trinken haben wolle? Gern, jederzeit. Wir kamen ins Wohnzimmer, das aussah, als wäre der Sanderson-Tapetenmann an den Paneelen rauf- und an den Fensterbrettern wieder runtergeklettert. Die Dame und ich waren praktisch die einzigen Gegenstände, an denen kein Innenarchitekt mitgewirkt hatte, alles nur seidene Teppiche und verchromte Aschenbecher. Ich setzte mich auf ein Sofa, natürlich ganz an den Rand und so ungemütlich, wie sich das gehört, wenn man Fensterputzer ist, und machte überhaupt einen guten Eindruck. Sie mixte ein paar gewaltige Drinks und trank auf eine angenehm zusammengebissene

Weise, die in der Regel Stimmung hervorruft, und ich machte in meinem Glas für die nächste Runde Platz. Sie sagte nichts, lehnte sich aber vornüber, als sie mir einschenkte, und ich guckte direkt in ihren Morgenrock rein und stellte fest, daß sie sonst nichts anhatte. Wupps!, stand er mir wieder, und sie rollte mit den Augen und drehte sich um, aber nur, um sich neben mir auf das Sofa zu klemmen. Ich lehnte mich zurück, um nicht im Wege zu sein.

Die Hitze schlug durch die Gartentür herein, als wäre draußen das Hängesofa in Flammen aufgegangen. Da sagte sie mit ihrer außerordentlich gebildeten Stimme: »Wie gefällt Ihnen unsere Gemäldesammlung?« Ein paar recht kultivierte Bilder in ziemlich gedämpften Farben, hätte man sie wohl nennen können.

»Haben Sie die selbst gefunden?« fragte ich. »Das kleine graue da drüben über dem Kamin gefällt mir am besten«, fuhr ich fort, wischte den Finger an der Hose ab und zeigte.

»Das hat uns fast gar nichts gekostet«, sagte sie, »obgleich man in diesen Maler die größten Erwartungen setzt. Mir persönlich gefällt jedoch das kleine hier unter dem Fenster am besten.« Sie nahm mich am Arm, und ich wäre fast umgefallen vor Geilheit, weil sie nach Parfüm duftete und ihr Morgenrock furchtbar auseinandergeglitten war. Aber sie wollte, ja, sie bestand darauf, ein kultiviertes Gespräch zu führen.

»Es war im Katalog von Bruun Rasmussens Auktion über moderne Kunst, und mein Mann sagte, das würden wir doch nicht kriegen, aber ich ...« Während sie redete, führte sie mich zu dem Bild, das nicht viel besser davon wurde, daß man näher ran kam, aber ich ließ mich wie ein Depp führen, hatte lautlose Atemnot und glaubte, mein Herz würde aufhören zu schlagen, weil alle Kräfte in meine Hose gekrochen waren. Sie zeigte auf das irre Bild, während sie sich an meinen Arm klammerte. Ihr Morgenrock stand einfach offen, und ich hatte dort nichts zu suchen.

»Das ist aber komisch«, sagte sie und beugte sich vornüber, um das Bild genauer zu betrachten, wobei sie zufällig mit dem Hintern an meinem Bein entlangstrich, und der Heizer draußen im Garten warf noch 'ne Schaufel Kohlen mehr auf den Ofen. Damit sie nicht hinfiel — und es sah sehr danach aus, als würde sie das tun —, streckte ich die Hand zwischen ihre Beine. Mehr nicht. Genierlich wie ich bin. Und da blieb sie stehen, kratzte mit dem Nagel etwas an dem Bild und kniff die Arschbacken ein kleines bißchen zusammen. Um nicht zu fallen.

Kaum zu glauben, aber sie war triefend naß. Manchmal hat man wirklich mehr Pech als andere Male. Und ich ging mit beiden Händen ran, eine in ihre Ritze und mit der andern kitzelte ich sie an den Brüsten, und sie spreizte die Beine, hielt sich an der Gardine fest und arbeitete wild mit dem Hintern. Ich überlegte, wie ich meinen Teilhaber befreien konnte, damit er diese plötzliche Chance auch gebührend ausnutzen könnte. Und im selben Augenblick sagte sie »oh« und kam mit einem Satz, und dann rückte sie etwas ab, schloß den Morgenrock um sich und ging zum Sofatisch. Sie schenkte in die Gläser ein und tat, als stünden wir mitten auf dem Rathausplatz und hätten uns noch nie gesehen. Ich trocknete mir die Hand an der Hose ab und zeigte auf ein kleines Bild, das unter dem nächsten Fenster hing und sagte: »Das ist doch eigentlich auch ganz hübsch.« Ich war fest entschlossen, die ganze Sammlung zu sehen.

Aber sie blieb schlau und wollte etwas in Brusthöhe betrachten. Es war ein echter Vlinc aus Holland in Grau für unglaublich billiges Geld, und den sahen wir uns dann an, bis wir in den Knien weich wurden. Na, ich müßte wohl auch sehen, daß ich mit der Arbeit fertig würde.

»Nein, trinken Sie doch ruhig erst aus«, sagte das seltsame Wesen und setzte sich aufs Sofa, und ich neben sie. Dieses Mal wurde der Morgenrock einfach lebendig. Ich glaube nicht an Gespenster, aber Walt Disneys sieben

Zwerge und alle lokalen Poltergeister zogen ihn so fantastisch auseinander, daß sie nur noch nackt dasaß, ohne einen Ton von sich zu geben. Und da nahm irgend jemand meine Hände und pflanzte sie aus dem einen Schoß rüber in den andern, der sich ganz genießerisch in Position schob und geradezu in die Luft ragte. Ich nahm das Angebot wahr und griff ihr blitzschnell in die Möse, aber dieses Mal nur mit der einen Hand, während ich ganz zufällig den Schwanz aus der Hose rausließ. Ich kann gar nicht sagen, wie wir aussahen — wie etwas in der biblischen Geschichte. Jedenfalls sieht man so etwas nie im Fernsehen!

Später murmelte sie jedoch irgendwas, und ich Idiot gab mich mit der Handarbeit zufrieden und wartete damit, die Frucht meiner Unschuld zu ernten, bis sie das Signal gab. Sie stand wie ein Flitzbogen in der Luft, und ihr Kopf hing über die Rücklehne des Sofas runter, so daß sie das kleine, hellblaue Bild für mindestens fünfzehnhundert Kronen besser genießen konnte, das an der Wand vorbeiflog, und ich nahm mir die Freiheit, ihr in die Brust zu beißen. Was mir wohl niemand verübeln wird.

Und dann vergaß sie sich einen Augenblick mit einem kleinen, kultivierten Laut, riß sich los und zog ihre Klamotten um sich zusammen.

»Puh«, sagte sie, und noch einmal trocknete ich mir die Hand an der Hose ab. Diesmal am andern Schenkel, um gewissermaßen Gleichgewicht zu schaffen. Ich war nicht gerade von Dankbarkeit erfüllt, entschädigte mich aber mit einem ordentlichen Drink und knöpfte die Hosen ohne Hilfe von dienstbaren Geistern zu. Jetzt stand einfach auf allen Bildern im ganzen Zimmer Schwanz und Möse, während ich dasaß und überlegte, ob ich ein Gewaltverbrecher sei oder ob ich mich lieber an die Fensterputzerei halten solle, und schließlich stand ich einfach auf.

»Mein Kumpel würde ein kleines Gläschen sicher auch nicht verachten, gnädige Frau«, schlug ich vor und sah todernst aus, weil es nichts zu lachen gab. »Er würde gegen einen Drink bestimmt nichts einzuwenden haben.« Und damit zog ich mich zurück, beleidigt und nicht wenig verwirrt.

Als ich meinen Kumpel zum Tatort holte, faßte ich jedoch einen boshaften Plan.

»Das ist auch 'n Wetter zum Vögeln«, meinte er nämlich.

»Verflucht noch mal, Mann, worauf wartest du denn noch? Nur rein ins Wohnzimmer, du bist so gut wie erwartet. Alles ist in Stellung, und du brauchst bloß die Gemälde ein bißchen zu beglotzen, während du sie vornübergebeugt und den Strom einschaltest. Sie sagt nein, und da sollst du drauf pfeifen, sonst ist sie leicht eingeschnappt. Sie will stundenlang so halb mit Gewalt gefickt werden, ohne daß sie selber was dafür kann, aber ich bin heute nicht richtig in Form.« Und dann marschierten wir ins Wohnzimmer rein, die Mütze in der Hand.

»Mein Kumpel versteht mehr von Malerei als ich, eigentlich ist er selber so was wie 'n Künstler«, log ich, daß es mir wie Funken aus den Ohren sprühte. »Und entschuldigen Sie mich einen Augenblick, wenn ich die Toilette eben benutzen darf.« Ich sah, daß es ihr etwas in den Ohren zuckte, als der Kumpel sich auf das Sofa quetschte, der fette Kerl, aber sie war äußerst höflich. Das muß ich sagen.

Im Flur stieß ich meinen Rammbock jedoch beinahe einem schönen jungen Dienstmädchen ins Auge, das hinter der Tür stand und durchs Schlüsselloch glotzte. Sie war nicht im geringsten erschrocken, sondern im Gegenteil ganz vergnügt und kicherte. Wir machten die Tür zu und nahmen hinter dem Schlüsselloch Aufstellung, das für zwei nicht groß genug war, aber es gab ja genug anderes zu tun. Zum Beispiel nahm sie mich am Schwanz und zum Beispiel griff ich ihr an die Möse. Aus dem Wohnzimmer hörte man einen plätschernden Laut von dem liebenden Paar, das sich in vorteilhafter Stellung vor einem etwas tief hängenden Gemälde postiert hatte. Das muß ich sagen. Unsere Wirtin lag da und bewunderte die feinen Striche, während mein Kumpel mit breitem Pinsel über die ganze Möse und was weiß ich noch malte. Gleichzeitig bearbeitete er ihren Balkon zu beider Wohlbehagen.

Wir, die wir uns eben erst kennengelernt hatten, allerdings an einigen sehr vitalen Punkten, gingen besinnlicher zu Werke und machten uns miteinander bekannt. Das junge Dienstmädchen und der Fensterputzer. Alles war äußerst korrekt. Standesgemäß gehörten wir allerdings ins Mädchenzimmer, deshalb einigten wir uns darauf, umzuziehen, und während wir die Treppe hinaufgingen, wäre sie um ein Haar über ihre Schlüpfer gestolpert, während ich meine ganze Hand in ihr hatte und sie kitzelte.

»Du bist lieb«, sagte sie, und ich war voller Liebe, hatte die Hosen aufgeknöpft und schnappte etwas frische Luft. Was auch nicht viel half.

»Ich heiße Betty«, sagte sie, als sie vor dem Waschbecken kauerte und das Pessar einsetzte, »schmeiß deine Klamotten hin, Mann.« Und es war kochend heiß in ihrem Zimmer wie im übrigen Haus auch, und keinerlei Aussicht auf Abkühlung. Dann legte sie sich sehr weich und herrlich und einen Hauch rothaarig genau auf mich drauf, so daß ich ihr direkt in die Ritze gucken konnte: In ihr blühten Blumen in allen möglichen Farben, Knollenpägonien und Heckenrosen und im Schatten saftige, grüne Farne, Fliederblüten und alle blühenden Herrlichkeiten dieser Welt, und als sie meinen Schwanz in den Mund steckte, entfaltete sich die ganze Pracht und duftete so unvergleichlich, daß ich meinen Mund dransetzte und die Zunge bis an den Grund hineinjagen mußte. Was leichter gesagt ist als getan.

Und plötzlich waren wir am ganzen Leibe naß, wir troffen vor Schweiß, und die Blumendüfte legten sich wie eine schwere Wolke unter das Treibhausdach, und wir wandten und drehten uns hin und her. Im Takt zur Musik.

»Jetzt will ich ihn in mich rein haben«, flüsterte sie, »und du sollst gleich kommen.« Wovon ich nicht weit entfernt war, aber ich überlegte es mir.

»Wir haben ja kaum angefangen.«

»Egal, wir vögeln die ganze Woche lang, und du mußt gleich kommen.« Und so wogten wir auf und ab, daß der Schaum nach allen Seiten stob, und ich versuchte beharrlich, meinen Schwanz um vier Meter zu verlängern, denn ich habe gelesen, daß man das kann. Und drei Meter verbreitern! Wobei ich versuchte, den Sturm zu überleben. Das heißt ... Denn sie steckte ihre Zunge in mein Ohr und kreuzte die Beine über meinem Rücken und griff mir an die Eier, na, na, na, nana.

Wir lagen eine Weile da und wirtschafteten aneinander herum. Sie war die schönste Frau, die ich je gesehen hatte, so mild und weich, so frech und braun und flott und viel rothaariger, als ich erst gedacht hatte, und ihre Möse war so naß, und ihre Brüste blieben so merkwürdig kühl, und sie strotzten, wenn ich sie bloß ansah, genauso wie die Schamhaare, die so schön lagen, wie sie sollten.

Und der eine Fick löste den anderen ab. Ihre Art, meinen Schwanz anzufassen und meine Hand zwischen ihre Beine zu führen, wohin ich bestimmt auch von selbst gefunden hätte, brachte uns ganz aus der Fassung vor Geilheit und bewirkte, daß wir auf den Fußboden glitten, wo Betty einen guten Einfall hatte.

»Tu mir den Gefallen, mich hier zu ficken«, sagte sie, und man hätte schon ein faules Schwein sein müssen, um das nicht zu tun. Um zum Beispiel seinen Hut zu nehmen und mit eiligem Gesicht zur Tür raus zu gehen. Das wäre ziemlich ulkig gewesen, und ziemlich idiotisch. — In dieser besonderen Situation.

Und während wir den Betreffenden in die Betreffende einführten, küßte mich Betty und kitzelte mich und ich küßte sie auf die prachtvollen Brüste und bewegte den Schwanz auf die listigste und glatteste Art und Weise rein und raus, strich drumherum, draußen und drinnen und überall, so daß sie mich hart biß und mich küßte und kratzte, nur ganz vorsichtig. Aber sehr angenehm.

Und dann rollte sie mich auf den Rücken und rutschte auf meinem Schwanz herum, daß ich ganz wild wurde und sie wieder zurückwälzte, dorthin, woher sie gekommen war, und sie vögelte, daß die Bilder von den Wänden fielen, und die Fenster klapperten, und das Wasserrohr platzte. Wir bewegten uns auf dem Bettvorleger, der wie ein Eichhörnchen im vollen Lauf und mit buschigem Schwanz unter uns langkrabbelte, über den Fußboden. Und Betty, sie kam und kam und sagte in einem fort, sie li-li-lie-liebe mich. Und ich auch, und ich hatte genug damit zu tun, mich von einem unerträglich geilen Gefühl zu befreien, das mich dauernd an den Rand des Orgasmus brachte, und dann passierte es doch gerade in dem Augenblick, als wir auf dem besten Wege in den Kleiderschrank waren. Mitten in einem Regen von Schuhen und allem möglichen anderen.

»Wie soll ich dir jemals dafür danken«, sagte die süße Betty, die jetzt so naß war vor Schweiß, daß sie glitzerte wie ein frischgewaschener Wagen. Und dann fiel ihr ein — wie. »Wir nehmen ein kaltes Bad«, sagte sie, »und dann machen wir's unter der Dusche, das ist so schön.« Während sie sich erhob und ins Badezimmer ging, huschte ich schnell runter ins Wohnzimmer, um mir einen kleinen kalten Drink zu genehmigen, und was mußten meine Augen sehen! Da lag mein Kumpel mit unserer großzügigen Wirtin und führte seine Lanze auf die denkbar kunstvollste Weise raus und rein, ohne auch nur seinen Arbeitsanzug ausgezogen zu haben.

Sie hatte nichts an, und das war ein pompöses Motiv. Aber mein Kumpel glotzte fasziniert auf ein Bild und drehte sich nicht einmal um, als ich mit Glas und Flasche klirrte.

»Ich glaube tatsächlich, Sie haben recht, verdammt, der

blaue Strich hätte ein Stück weiter links laufen sollen«, quakte er. »Oh, jetzt ist es gut, so weiter, ich will ihn überall haben, n-n-n-n-i-i-c-c-cht b-l-l-l-l-o-o-ß auf der linken Seite, sondern hier und da ü-ü-ü-ü-b-b-er-all«, sagte die kultivierte Dame.

Das war ganz anregend, und ich kam richtig in Stimmung und stieß aus Spaß mit dem Schwanz an ein paar Nippfiguren, wobei ich das Gefühl hatte, ich könnte die ganze Welt ficken, sofern sie eben so freundlich sein würde, vorbeizudefilieren. In Ruhe und Ordnung.

Im Badezimmer lag Betty unter der Brause und erheiterte sich mit einem Stück Badeseife; wir gingen sofort auf dem Bauch und auf dem kalten Fußboden zur Sache über. Dort merkte sie es besser an den Brüsten. Und dann umgekehrt, und was weiß ich.

»Tu mir einen großen Gefallen«, bat Betty, »und vögele mich die Treppe runter.« Ich fand selbst, daß irgend etwas fehlte, und so taten wir es. Betty wollte gern rückwärts runterrutschen, und das taten wir dann, ich hatte in jedem Mund eine Brust. Oder irgendwie so.

»O Gott«, sagte sie, »wie war das gut«, und schön war sie. Die letzten drei Stufen nahm ich mit der Zunge in ihrer Möse und auf den Händen gehend. Das ist immerhin besser als gar nichts.

Wir fanden Gefallen aneinander. Bis hinaus in die Küche, und ich weiß nicht, wie es zuging, aber komischerweise auch auf dem Küchentisch und im Ausguß unterm Wasserhahn, während Betty mich bat, zu kommen, weil wir es immer noch mal machen könnten, vielleicht Bananen und Eis am Stiel (wer hat heute Eis am Stiel?), mit Mohrrüben und Tomaten, Porree und zwei Liter Milch und einem halben Pfund Butter, und ich will dich vögeln, bis ich sterbe, oh, ich sterbe — oh-o-o-o-ich sterbe. Und ich dachte dasselbe.

Aber dann hatten wir keine Lust zu Feinkostwaren oder anderem Ersatz und wollten bloß in die Falle und einer in den Armen des andern pennen, bis uns erneut ein Bedürfnis überkam.

Später, als es dunkel war und ich runterging, um uns ein kaltes Bier zu holen, warf ich einen oberflächlichen Blick ins Wohnzimmer, wo die Leselampe brannte und der Freiheitsgöttin ins Gesicht schien, die die Birne hielt. Und ich muß schon sagen, die Dinge verhielten sich sonderbar: Am Sofatisch saß mein Kumpel mit Lesebrille und nacktem Arsch und blätterte wie ein Irrer in großen Nachschlagewerken: Wenn das hier Rembrandt ist, dann ist mein steifer Schwanz auch ein Rembrandt. Diese Reproduktionen sind unter aller Kritik, wenn man Kunst liebt, muß man sie im Original sehen, faselte er. Und die Wirtin lag da mit seinem Schwanz im Mund und sagte kein einziges unfreundliches Wort. Gnädige Frau können sich darauf verlassen, daß gnädige Frau komisch aussahen.

KARL-AXEL HÄGLUND

Ein Maskenball

Es gibt Menschen, die sich darüber beklagen, daß sie während einer Touristenreise in die Sowjetunion so selten mit etwas anderem als einer streng puritanischen Lebensweise in Berührung kommen. Den neuen Sowjetmenschen trifft man meistens als ernsten jungen Mann mit einem Buch in der Faust, als Mädchen mit sorgfältig geflochtenem Haar oder als uniformierten Menschen mit den Ambitionen des Vaterlandverteidigers unterm Waffenrock.

Meine Bekannten, die von einer Reise aus dem Osten zurückkehren und durch die lebenslustige Stimmung in weniger demokratischen Provinzen des Südens verwöhnt sind, beschweren sich in der Regel darüber, daß sie mit keinem ehrlich entarteten Touristenmilieu in Berührung gekommen sind, welches sein Geld wert gewesen wäre. Durch Busrundfahrten und Museumsbesuche erschöpft, reden sie sich in Hitze über die Dürftigkeit des Nachtlebens in der SU und beklagen sich über das eingeengte Freizeitleben, das dort herrscht.

Ich pflege dann über sie zu lächeln und denke an Tamara.

Und sie fragen, warum ich so verschmitzt lächle.

Wenn ich es für angebracht halte, beginne ich zu erzählen ...

Es war Herman, der mich eines Vormittags im Mai letzten Jahres anrief. »Kannst du am Montag in die Sowjetunion fahren?« fragte er.

Kein Herumgerede, geradezu, das war typisch für Herman.

Ich hatte mich eben an die Schreibmaschine gesetzt und Papier eingespannt, deshalb war ich nicht in der gesprächigsten Stimmung.

»Am Montag?« fragte ich. »Wie zum Teufel soll ich das schaffen?«

»Es kann kein anderer fahren«, antwortete Herman lakonisch.

»Worum handelt es sich?«

»Um einen Friedenskongreß.«

»Schon wieder?«

»Jawohl. Wir haben die Einladung bekommen und sind der Ansicht, daß es wichtig ist, vertreten zu sein. Du bist doch gut eingeführt auf Kongressen in der SU.«

Damit hatte der Genosse Herman recht. Ja, zum Teufel, ich hatte dort an vielen, langen, meine Geduld auf die Probe stellenden Treffen teilgenommen. Aber ich war nie der einzige Delegierte gewesen. Jetzt, meinte Herman, sollte ich allein fahren. Dies konnte doch eigentlich nur bedeuten, daß der Kongreß als unwichtig angesehen wurde und man nicht mehr als eine formelle Repräsentation investieren wollte.

»Ist er in Moskau?«

»Nein, in Leningrad.«

»Das läßt sich hören. Leningrad ist eine Stadt, die mir immer gefallen hat.«

»Dann reist du also am Montag.«

»Okay.«

»Komm heut nachmittag ins Büro, dann können wir die Einzelheiten besprechen.«

»Okay.«

»Zum Teufel, daß diesen Imperialistenausdruck.«

»Okay.«

Na ja, die Einzelheiten waren schnell geordnet. Ich packte meine kleine Delegiertentasche, klappte die Schreibmaschine für eine Woche zu und rief Birgitta an. Wir hatten ausgemacht, daß ich dieses Wochenende in ihrem Sommerhaus in Hindås verbringen sollte. Das war vielversprechend, weil der Frühling im Kommen war und die Erde sang.

Birgitta ist prima. Ihr Vater gehört der alten, festen Garde an, die nicht an den Prinzipien rüttelt. Er schwört beinhart auf die konservativen Lehren und ist wütend auf mich, weil ich nicht mitgehe, wenn die Schwedisch-Chinesische Gesellschaft ihre Veranstaltungen hat. Er droht, seiner Tochter die Mitgift zu entziehen, falls sie einen der typischen Revisionisten, wie mich, heiraten sollte.

Aber Birgitta nimmt ihn nicht so ernst. Sie schreibt an einer Abhandlung über den Puritanismus, und ich habe den Verdacht, daß sie darin, neben manchem anderen, ihren lieben Vater als Prototyp darstellt. Sie ist hinreichend selbständig, und dank eines annehmbaren Lehrerinnengehaltes hat sie sich manches anschaffen können: zum Beispiel dieses nicht ungemütliche Sommerhaus.

»Am Montag fahre ich zu einem Kongreß in die SU«, sagte ich, als wir vor dem Kamin auf dem Fußboden saßen. Wir tranken Tokayer aus Budapest und fühlten uns richtig wohl.

»Wie können sie dich zu so was schicken«, sagte Birgitta, und mir war klar, daß sie an meine speziellen Schwächen dachte.

»Ich beherrsche die Sprache fließend«, verteidigte ich mich und beleckte ihr Ohr ein wenig.

»Aber du weißt, wie es dir in Rumänien ging«, warnte das Mädchen neben mir und spielte auf die kleine Französin an, der ich nicht widerstehen konnte. »Sicher, das war in Rumänien«, sagte ich. »Aber in der SU ist da keine Gefahr. Dort gibt es keine Mädchen, die mich provozieren. Du weißt, die sind für nichts anderes als ideologische Debatten zu haben.« »Nenn es wie du willst«, sagte Birgitta und legte sich auf den Rücken.

Ja, ich kann mich so genau daran erinnern, weil es selten

passierte, daß sie mir die Vorderseite zudrehte. Am liebsten wollte sie, daß ich sie von hinten aufwärmte.

Da lag sie nun mit wogenden Brüsten unter dem Pullover. Sie lächelte mich an, und ich stellte das Glas auf die kühle Kalksteinplatte vorm Kamin. Sie besaß ein fantastisches Talent, in geeigneten Situationen immer die Stellungen einzunehmen, in denen eine Bluse, ein Pullover, eine Kostümjacke hochrutschte und einen Teil des zarten Fleisches in der Nabelgegend entblößte.

Jetzt trug sie ein Paar Jeans, die wirklich knapp saßen, und ich empfand plötzlich ein intensives Bedürfnis, die Haut an der weichen, zarten, entblößten Stelle zu berühren, die sich so rhythmisch mit ihrem Atem ausdehnte und zusammenzog, sich ununterbrochen und eindeutig bewegte. Langsam beugte ich mich vor, und die Wärme ihres Körpers schlug mir entgegen. Meine Lippen sogen an ihrem Nabel. Ich ließ die Zunge in der kleinen Grube umherstreifen, während meine Hände sich unter der baumwollweichen Hülle, die ihre Brüste verbarg, nach oben tasteten. Ich öffnete vorsichtig ihren BH. Die ganze Zeit dachte ich an die revolutionären Puritaner.

Der Teufel mag wissen, wie das mit Karl Marx in London zuging. Verfiel er nicht einem kleinen Dienstmädchen aus dem nebeligen Chelsea? Wer weiß übrigens, was sich nach den Versammlungen abspielte? Langsam drehte ich Birgitta auf den Bauch und zog mit einem schnellen Griff den Reißverschluß an der Seite ihrer Jeans auf. Als ich meine Zähne in ihre nackte Schulter bohrte und mein Knie zwischen ihre Schenkel preßte, spürte ich ihre Hand an meinem Glied, das zwischen meinen Beinen wuchs.

Eigentlich konnte die Woche, die ich vor mir hatte, recht trist werden. Aber ich war in guter Stimmung, als ich das Flugzeug in Arlanda bestieg. Die Sonne stand schon hoch am Himmel. Eine Drossel saß auf der Tragfläche und pfiff einen Triller. Die Stewardeß war süß. Man hatte sie in einen dieser kurzen Röcke gesteckt, was zeigte, daß man auf der anderen Seite der Ostsee in gewissen Sparten die Bürokratie auf Trab gebracht hatte. Herman war da und schüttelte mir die Hand.

»Es ist Frühling«, sagte er. »Sieh dich vor.«

»Du weißt doch, in Leningrad wird man gut betreut«, antwortete ich.

»Du wirst auf dem Flugplatz empfangen.«

»Von einem Vertreter des Leningrader Sowjet?«

»Ich glaube.«

»Jetzt ist mein Herbstbuch zum Teufel«, sagte ich.

»Du wirst schon fertig werden, wenn du nach Hause kommst.«

»Du hast ja keinen blassen Schimmer, was es heißt, Bücher zu schreiben.«

»Sicher.«

»Deine kleinen Pamphlete zählen nicht.«

»Friede allen Völkern der Welt«, antwortete Herman mit einem müden Glanz in den Augen.

»Okay.«

»Gebrauche dort keine kapitalistischen Ausdrücke.«

»Natürlich nicht.«

»Hej.«

»Hej.«

Dann flogen wir in achttausend Meter Höhe dahin, spachtelten eine Weile Piroggen und tranken Wodka. Vor den Fenstern lagen die weißen Wolken wie ein Schaumbad. Neben mir saß ein britischer Delegierter mit dem Daily-Worker im Blick und las Ian Fleming. Kurz bevor wir auf dem Flugplatz am Stadtrand Leningrads landeten, bestellte ich mir eine Tasse starken Kaffee.

Ein Blasorchester stand am Ende der Landebahn. Es bestand aus Matrosen, die so bliesen, daß ihre Kragen flatterten. Die Flugzeuge landeten ununterbrochen, und das Orchester lief von Landebahn zu Landebahn, um die Delegierten willkommen zu heißen. Es war eine ganze Menge Delegierter aus den nordischen Ländern, die aus dem Flugzeug strömte. Breitschultrige Burschen eilten herbei, um unsere Hände zu drücken, und aus den Lautsprechern tönten wieder und wieder die Willkommensgrüße in den meisten westeuropäischen Sprachen. Die Fahnen flatterten im Sonnenschein, und Transparente mit munteren Texten, ›Friede allen Völkern und Rassen‹, zogen sich über die Flugplatzgebäude hin. Kleine, rote Gepäckkarren transportierten unsere Bagage von dem Flugzeug. Ich zeigte mein Delegiertenvisum, und ein Milizmann in blauer Uniform grüßte militärisch. Junge Pioniere in orangefarbenen Halstüchern überreichten mir einen Strauß gelber Narzissen und zeigten mir meinen Platz in einem blauen Bus. Das Ganze war wie immer ein wenig mechanisch freundlich, ein wenig prätentiös und eine Idee lächerlich, aber sicher sehr ehrlich gemeint.

Ich setzte mich im Bus neben eine uniformierte Person, die zerstreut in der ›Frau‹, der neuen, exklusiven, sozialistischen Damenzeitschrift, blätterte. Die Zeitung war recht westlich aufgemacht mit ihrem wirkungsvollen Lay-out und den anregenden Modebildern einer Vorführung unter freiem Himmel nahe der Wassilij-Kathedrale auf dem Roten Platz, mit leckeren Puppen und annehmbarem Farbdruck. Man erwartete fast, daß ein herausklappbares Bild im besten Playboystil zum Vorschein kommen würde.

Hier saß also ein Admiral der Baltischen Flotte und las eine Damenzeitschrift. Ja, ja, die Zeiten ändern sich.

Als der Bus sich in eine Kurve legte, rammte mein Nachbar seinen Ellbogen in meine Seite, daß die Rippen krachten. Meine Narzissen fielen auf den Boden, und ich bückte mich, um sie aufzusammeln. Eifrig fegte ich die Blumen zusammen, die zwischen den schwarzen Stiefeln meines Nachbarn lagen. Die Stiefel waren mit Eisen der guten alten Sorte beschlagen. Recht erstaunt war ich, als ein Paar schmächtige und sehr schöne Hände mir plötzlich auf dem Boden Gesellschaft leisteten. Als ich alle Blumen aufgelesen hatte, betrachtete ich meinen Reisegefährten mit ganz neuem Interesse.

Ja, wahrhaftig!

Es war eine Frau. Eine — soweit ich das beurteilen konnte — sehr attraktive Frau, wenn auch die Uniform, die schwarzen Stiefel, die schweren Epauletten und die goldglitzernden Tressen auf der Jacke zunächst den Blick auf sich zogen.

Sie lächelte und entschuldigte sich kurz und korrekt.

Ich äußerte einige Ansichten zu der Art und Weise, wie der Chauffeur das Fahrzeug in den Kurven handhabe.

Bald waren wir vor dem Hotel Rossija angelangt, wo ich von Sergej erwartet wurde.

Sergej wäre allein ein Kapitel wert, aber es mag genügen, wenn ich berichte, daß er Künstler ist, Maler, ein vorsichtiger Revisionist, Lehrer an der Kunstakademie in Leningrad und eine ganze Menge mehr.

Er war wie immer begeistert.

»Es lebe der Frieden mit allem, was dazugehört!« schrie er und umarmte mich herzlich. »Laß uns einen Becher leeren zu Ehren deiner Ankunft in der Stadt Peter des Großen und Lenin des Roten. Um 16 Uhr beginnt der Kongreß im Puschkin-Theater, das wir zu diesem Zweck leihen durften, und wir müssen uns beeilen, dich im Hotel unterzubringen, damit wir noch ein anständiges Mittagsmahl zu uns nehmen können.«

Ich schrieb mich für die Touristenabteilung des Hotels ein und bekam eine Mappe voller Papier über den Kongreß. Ich konnte wählen, welche von sechzehn verschiedenen Industrien im Gebiet von Leningrad ich besuchen wollte. Da ich aber die meisten schon früher gesehen hatte, beschloß ich, eine ruhige Kongreßwoche zu genießen. Ich würde die wichtigsten Sitzungen absitzen und mich im übrigen mir selbst widmen. Sergej kam mit im Fahrstuhl nach oben. Mit uns fuhr der Admiral mit den schönen Händen. Zwei Matrosen der Roten Flotte trugen sein Gepäck. Das Gesicht war ohne jede Regung. Während der Fahrstuhl fuhr, starrten die grünen Augen hartnäckig geradeaus in den Spiegel. Ich versuchte es vergeblich mit einem Lächeln. Sie tat, als wenn sie nichts sah. Ich blickte Sergej an, aber der schien einfach vor Kongreßfreude zu schmunzeln. Als wir uns im Zimmer eingerichtet hatten, holte er eine Buddel kaukasischen Apfelbranntwein hervor.

»Wir haben jetzt einen feinen Calvados zustande gebracht«, erläuterte er.

»Der ist genauso gut wie der französische.«

Das war nun allerdings eine Wahrheit mit Einschränkungen, aber immerhin, er schien trinkbar. Mein Zimmer lag ziemlich hoch und bot eine schöne Aussicht über die Stadt. Ich sah, daß die Admiralität neu gemalt war und daß der Kreuzer Aurora über die Toppen geflaggt hatte. Im Außenhafen lagen übrigens viele Kriegsschiffe, auf die ich Sergej aufmerksam machte.

»Sicher war kürzlich Manöver«, sagte er und lächelte schief. »Du weißt, daß wir die Ostseeflotte zusammenziehen, wenn ein Friedenskongreß vor der Tür steht.« Um 4 Uhr standen wir ordentlich aufgereiht im Foyer des Puschkin-Theaters und schüttelten den Gästen aus den verschiedenen Ländern die Hand. Die Sonne schien durch die großen Fenster und entzündete Funken in den Glasprismen der Kristallkronen.

Als wir uns gesetzt hatten, brachten ein Orchester und ein Chor jene Friedenshymne zum Vortrag, die laut Programm auf einem internationalen Festival einen Preis bekommen hatte. Sie klang genauso, wie sie zu klingen hatte.

Danach sprach ein Vertreter des Leningrader Sowjet über den Wert internationaler Kundgebungen. Er hieß alle Teilnehmer herzlich willkommen und gab der Hoffnung Ausdruck, daß die Woche neue Gesichtspunkte und konkrete Vorschläge zur Stärkung des Friedens bringen würde. Danach erteilte er Mikojan, der sein Hauptreferat halten sollte, das Wort.

Mikojan sprach gute zwei Stunden über die Bedeutung des genauen Studiums der neuen taktischen Manöver des Imperialismus und schloß sein Referat mit einem Hoch auf den Sieg des Sozialismus.

Anschließend spielte das Orchester ein Stück mit dem Titel ›Friedensarbeiter‹. Laut Programm war es von einem fortschrittlichen, japanischen Komponisten geschrieben. Sergej und ich gingen unterdessen hinaus zum Büfett und leerten ein Glas Champagner mit einem Kaviarbrot als Zugabe.

Als wir zurückkamen, stand meine Freundin, der Admiral, am Rednerpult. In einer sehr gehässigen Rede griff sie Präsident Johnson wegen seiner Vietnam-Politik an. Ihre Stimme war affektgeladen. Aber sie besaß ein eigenartiges Timbre, welches das Auditorium in einer besonderen Weise zuhören ließ. Sie fuhr alle anwendbaren, altbekannten Argumente auf, aber das war nicht das Entscheidende. Die Art, wie sie sie vortrug, war gewissermaßen sensationell und versetzte den männlichen Teil des Auditoriums in eine enthusiastische Stimmung. Nur einige bulgarische Volkstänzerinnen, die in der Reihe vor mir saßen, applaudierten etwas gemessen.

»Wer, zum Teufel, ist dieser Admiral da?« fragte ich. »Oder ist sie bloß Fregattenkapitän?«

»Nicht doch, sie ist Admiral«, antwortete Sergej. »Sie heißt Tamara irgendwas, habe ich vergessen. Sie ist sehr beliebt in der Flotte. Sie soll steinhart sein und teuflisch in ihren Forderungen, aber ein sehr guter Organisator. Jetzt hauen wir ab, nach Hause.«

Das Programm für diesen Tag war zu Ende. Wir fuhren

mit der U-Bahn bis zum Kirovplatz, wo Sergej sich mit seiner Schwiegermutter eine Wohnung teilte. Er hatte vier Kinder im schulpflichtigen Alter und eine robuste, hausgestrickte Frau, die Gedichte schrieb. Ich hatte für sie ein paar silberne Ohrgehänge gekauft und bekam dafür eine extra herzliche Umarmung.

»Am Donnerstag haben wir Abschlußfest in der Akademie«, erzählte Sergej, nachdem wir uns gesetzt hatten und Tee tranken. »Ich habe dich dazu angemeldet. Mikojan soll auch da die Festrede halten. Weißt du, daß er in seiner Freizeit Aquarelle im impressionistischen Stil malt?«

Am nächsten Tag regnete es. Achtundzwanzig Delegierte aus allen Teilen der Welt sprachen über den Frieden, und junge Pioniere auf den Rängen applaudierten pflichtschuldig zu allen Angriffen auf die Vereinigten Staaten.

Ein Chinese, der neben mir saß, lächelte die ganze Zeit säuerlich. Wenn man die Amerikaner besonders herzlos durchhechelte, schnaubte er verächtlich.

»Bloß reden, reden, nichts tun!« sagte er in nicht ganz fehlerfreiem Russisch zu mir während einer Pause. Und da konnte ich ihm allerdings nur zustimmen.

In einer Gruppe von Marineoffizieren erblickte ich den Admiral mit den schönen Händen. In ihren Augen blitzte es wie Stahl, in einer Art, die Erich von Stroheim in seinen besten Tagen zur Ehre gereicht hätte. Sie wurde von anderen Delegierten mit großer Hochachtung behandelt und erwiderte deren Grüße mit gemessener Höflichkeit.

Nach den Übungen des zweiten Tages stellte Sergej mich einer jungen Studentin der Kunstakademie — sie war aus Thailand — vor. Sie rauchte eine Papiros in einer langen Spitze und sah mich mit großen, ernsten Augen an. Wir unterhielten uns eine Weile über verschiedene künstlerisch-politische Probleme. Sie war schön wie eine Puppe aus dem ostasiatischen Museum, hatte eine Haut wie Porzellan, in matter Cremefarbe, und eine schwarze Haarmähne, die vor statischer Elektrizität sprühte, wenn sie mit einem Elfenbeinkamm hindurchfuhr.

Ich hatte plötzlich jenes wohlbekannte, saugende Gefühl im Magen, und mein Gaumen wurde völlig trocken, als ich hinter ihr am Theaterplatz die Treppe der U-Bahn hochging. Sie trug eine Wildlederjacke und einen engen Manchesterrock. Herrgott, jetzt war ich also wieder soweit!

Zur Hölle mit dem ganzen Kongreßspektakel. Hier gab es eine Puppe, die einem Lust machte, sie an den ersten besten Betonpfeiler zu drängen, in den Nacken zu beißen oder auf einer Rasenfläche umzulegen, auf der keusche Komsomolmächen eben erst eine Polka für den Frieden getanzt hatten.

»Ich heiße Tanja«, sagte sie, als wir im mongolischen Restaurant auf dem Newskij Prospekt saßen.

Ich hatte mich vorgestellt und eine halbe Stunde lang über Leben und Tod geredet, über Sozialismus und Imperialismus, alles in einem hoffnungslosen Durcheinander, und beinah jedesmal den Schluckauf bekommen, wenn ich in ihre Mandelaugen sah, die mich belustigt beobachteten.

»Das ist ja ein russischer Name«, bemerkte ich.

»Papa war vor dem Kriege in der Linksunion Thailands Sekretär und bewunderte ausnahmslos alles Sowjetische.«

»Prost«, sagte ich, und sie nippte an einem Glas Kognak der Marke ›Vorwärts‹, die sechs Sterne auf dem Flaschenhals hatte und schon von weitem nach Fusel roch.

Seit meinem letzten Hiersein war das Balalaikaorchester durch zwei elektrische Gitarren verstärkt worden, aber der Verstärker litt unter Stromknappheit, und ab und zu gab es auf dem Orchesterpodium Kurzschluß.

Schließlich, als der Kapellmeister sich in einem Solo produzierte, knallte eine Hauptsicherung durch, und das ganze Lokal hüllte sich in Dunkelheit.

Dieses Mißgeschick erfreute das Publikum hörbar. Erregtes Frauenlachen mischte sich mit dem Klirren von Glas und Porzellan, mit dem sich die Kellner zwischen den Tischen zurechtzufinden suchten. Ich spürte Tanjas Knie an meinem und suchte auf der Tischdecke nach ihrer Hand. Dabei stieß ich einen Salznapf um.

»Es ist dunkel geworden«, sagte ich und hörte als Antwort ihr glucksendes Lachen.

»Man wird wohl Kerzen hervorsuchen müssen«, meinte sie leise.

Ich fand ihre Hand und führte sie vorsichtig an meine Lippen. Sie war kühl und hatte lange, dünne Nägel, und ich fragte mich, wie sie mit diesen zerbrechlichen Händen in der Akademie arbeiten konnte.

Ich leckte an ihren Knöcheln. Sie schmeckten nach Salz, und sie lachte auf, als würde sie gekitzelt. Ich rückte näher und merkte, wie ihr Rock ein Stück über die Knie hinaufrutschte, als ich mein Bein dazwischenpreßte. Jetzt war nur der schwere Teaktisch zwischen uns. Die Tischfläche wirkte im Dunkeln groß wie ein Fußballfeld.

Jemand unter den Gästen stimmte das wehmütige Lied ›Es wird besser mit jedem fünften Jahr, das vergeht‹ an; ein satirisches Kabarettcouplet, das in jenem Jahr ungeheuer populär war. Alle lachten, und dem Genossen Oberkellner fiel es schwer, sich Gehör zu verschaffen, als er mitteilte, daß es leider an Kerzen mangle. Er bat alle, an den Tischen zu bleiben, bis man einen Elektriker besorgt hätte.

Einige zündeten Streichhölzer an, um die Getränke auf den Tischen zu finden. Kleine Flammen flackerten hastig auf und erstarben ebenso schnell. Es waren nicht viele Ansässige im Lokal, aber ziemlich viel Kongreßteilnehmer und auch gewöhnliche Touristen.

Die Balalaikaburschen faßten Mut und übertönten das Gemurmel mit einem forschen Marsch, den sie sicher im Schlaf spielen konnten.

Ich setzte mich hinüber zu Tanja. Da gefiel es mir besser. Die Atmosphäre des Lokals hatte plötzlich etwas Fremdes. Es war warm und rauchig. Ich legte den Arm um die Schulter der kleinen Frau aus dem Lande des Fernen Ostens. Sie schmiegte sich dicht an mich, und ich strich ihr leicht über die Wange. Ich konnte ihre Brüste spüren. Sie dufteten schwach nach Blumentee oder einem anderen exotischen Gewürz. Ich liebkoste behutsam ihre nackten Arme, wobei ich mein Gesicht in ihr Haar drückte. Bald fand ich ihre Ohrmuschel und pinselte sie vorsichtig mit meiner Zunge. Sie seufzte, und als sie mir ihr Gesicht zuwandte, glitt meine Zungenspitze über ihre Stirn, entlang der Nase zu den bebenden Nasenflügeln. Ihr Mund war feucht wie eine frischgeschälte Südfrucht. Als ich sie mit einem heftigen Kuß an mich preßte, legte sie die Arme um meinen Hals.

Das Dunkel um uns war seltsam lebendig. Man hörte girrende Frauenstimmen und dunkel rollendes Lachen aus wodkafeuchten Männerkehlen. Das Orchester schmalzte ›La Paloma‹, und die Kellnerinnen versuchten, sich zwischen den Tischen zurechtzufinden, um Geschirr und leere Gläser abzuräumen. Aber sie hatten wenig Erfolg.

Ich merkte, wie sich das schwindelnde Gefühl im Magen in eine mehr zielbewußte Aktivität verwandelte und der Hosenschlitz sich aufmunternd straffte, als ich mich in das Innere ihrer Bluse tastete, die durch Metallknöpfe und Lederschnüre zusammengehalten wurde. Es waren selten reife und feste Früchte, die sie dort verbarg. Sie atmete jetzt heftiger. Das Dunkel war anregend. Als ich ihre Hand weit oben an meinem Schenkel spürte, als sie sich langsam um meinen Pfeiler aus harten Muskeln schloß und nach dem Reißverschluß suchte, begriff ich, daß sofort etwas getan werden mußte. Ihre Haut war weich, und die Brustwarzen schienen wohlproportioniert zu sein. Sie spitzten sich schnell unter meinen Liebkosungen.

»Tanja, wir müssen ...«
»Ja ... sicher ...«
»Ich will ...«
»Ich auch ...«

»Wir müssen hier weg.«
»Wir haben nicht bezahlt.«
»Aber ich kann nicht. Oh ...«

Jetzt hatte sie mein Glied aus der Gefangenschaft der Kleidung befreit und zog mit ihrer Hand die Vorhaut zurück. Ich spürte, wie ein Tropfen des natürlichen Gleitmittels aus der Eichel quoll. Meine Hände verließen ihre Brüste und wanderten nach unten.

Ich fand ihr Knie und strich langsam an ihren Schenkeln entlang. Sie hob sich ein wenig an, als ich mich dem weichen, zentralen Punkt, an dem das meiste zusammenstrahlt, näherte. Dadurch ließ sich das Gummiband des Schlüpfers leichter dehnen. Es war so dunkel im Lokal, daß ich die Farbe ihrer Haut nicht erkennen konnte. Ich fragte mich, ob ihr Körper, ihr Bauch, ihre Beine den gleichen leicht cremefarbenen Ton hatten wie ihr Gesicht und die nackten Arme.

Dieser Gedanke erregte mich noch mehr. Ich stellte bald fest, daß sie nur einen minimalen Strumpfhalter trug. Ihr Bauch hatte die vollendete Rundung, die man oft bei orientalischen Frauen findet. Ich biß ihr leicht ins Ohrläppchen, während meine Finger die bereits feuchte Partie zwischen den Schenkeln erreichten.

Der Oberkellner verkündete mit angestrengt diensteifriger Stimme, daß ein Elektriker unterwegs wäre und in einer halben Stunde eintreffen würde.

Tanja seufzte tief und flüsterte »komm«, wobei sie sich aus meiner Umarmung löste und einen Zipfel der Tischdecke anhob. Ich begriff erst nicht, was sie meinte, aber bald ging mir, gleich einer Anspielung auf die unangenehme Lage des Gastwirts, ein Licht auf.

Jemand begann den Refrain ›Lenin, Lenin, Lenin, Leningrad‹ zu singen, der zu einem beliebten Schlager gehörte, und bald scholl der Gesang unisono durchs Lokal, das noch immer nur durch das eine oder andere Streichholz erleuchtet wurde.

Es war eine mutige Initiative, die meine Partnerin ergriff. Auf dem Tisch lagen diese großen, gestickten Tücher, aus Kasachstan, glaube ich, die so charakteristisch für die Gegend sind.

Tanja hob vorsichtig einen Zipfel an und kroch unter den Tisch. Ich folgte ihr nach, so leise und geschickt ich nur konnte.

Es war wie bei einem normalen, schwedischen Camping zur Mittsommerzeit, wenn man in das Zelt kriecht. Plötzlich war das Dunkel noch dichter als vorher. Verschwunden schienen Lärm und Geräusch des Publikums. Die Töne des Balalaikaorchesters klangen entfernter und maßvoll gedämpft. Ein weicher Wollteppich bedeckte den ganzen Boden. Zuvor hatte ich ihn nicht bemerkt, jetzt aber bildete er einen zentralen Teil des neuen Raumes und der freundlichen Welt, die sich im Schatten des Tisches boten.

Tanja trug einen praktischen Wickelrock, aus dem sie sich schnell befreite; und wenn ich auch nicht sehr viel von ihr sah, so spürte ich bald um so mehr. Für einen Moment wurde mir das Absurde der Situation klar, und ich schickte einen lieben Gedanken nach Hause zu Herman. Ich tröstete mich damit, daß Friedenskongresse das Ziel haben, die Kontakte zwischen Vertretern der einzelnen Weltteile zu fördern. Ich spürte, wie mir Tanja ins Genick biß und reagierte spontan, indem ich eine ihrer Brüste mit dem Mund auffing, während meine Hände sich ruhig weiter an ihren Schenkeln zu schaffen machten.

Mit der schwellenden Brustwarze zwischen meinen Lippen knöpfte ich schnell ihren Strumpfhalter auf. Ihre Haut an der Innenseite der Schenkel war weich wie Schlagsahne. Nachdem ich sie glücklich aus der dünnen Thaiseide ihrer Schlüpfer befreit hatte, begann ich, sie dort eifrig zu liebkosen. Eine ernsthafte Absicht, sie nackt auszuziehen, hatte ich nicht. Befanden wir uns doch an einem öffentlichen Platz, in einem Restaurant, und ich ahnte, daß die sowjetische Sittenpolizei unter lehrhaft puritanischen Anschauungen litt, wenn es um die Ausübung sexueller Handlungen in öffentlichen Lokalen ging. Jetzt lag jedoch das meiste dessen, was entblößt werden mußte, frei.

Meine Finger wanderten geschäftig zu ihrer Grotte, die weich und warm war, bereit, mich aufzunehmen. Langsam trennte ich die Lippen und drückte gleichzeitig mein Glied dicht unter ihre Klitoris. In meinem Hinterkopf existierte die dunkle Vorstellung, daß ich langsam eindringen wollte, aber daraus wurde nichts. Als ich über sie sank, schluckte sie mit einer geschmeidigen Bewegung alles, was es zu schlucken gab.

Trotzdem war sie reizvoll eng, heiß wie eine flambierte Kalbsleber, und ihre Bewegungen steigerten sich schnell. Ich lehnte meine Stirn an ihre Wange und wölbte die Hände unter ihrem Hintern, zwei handlichen Hügeln, die auf dem weichen Teppich auf und nieder hüpften.

»Beeil dich«, flüsterte sie. »Wir müssen uns beeilen.«

Mir ist es immer schwergefallen, auf Aufforderung hin einen Koitus zu beschleunigen, selbst in exponierten Lagen. Aber jetzt fühlte ich mich dazu genötigt und gezwungen. Der Duft einer jungen Frau, gemischt mit dem ihres exotischen Parfüms und der weichen, warmen Haut wirkten allerdings stark erregend. Ihre Öffnung weitete sich mit jedem Stoß, und ich spürte, daß es für mich unmöglich sein würde, für längere Zeit einer Auslösung gegenzuwirken oder die beschleunigte Kitzelung irgendwo zwischen Eichel und Sack auszubalancieren.

Ich ritt auf einer warmen Woge, und eine Perlenkette kleiner, wollüstiger Schauer zog sich über mein Rückgrat. Ich merkte, daß ihre kleinen Füße, zeitweilig liebkosend, zeitweilig mit erregenden Tritten nach einem Halt auf meinem Rücken suchten. Ihre Schenkel schlossen sich wie in einem Krampf um meine Hüften. Auch der Speichel mischte sich, und er floß reichlich zwischen uns. Ebenso reich floß ihr

Geschlecht über von dem Sekret, das durch die Lebensfreude geschaffen wird.

Zur Hölle mit allen Friedenskongressen, dachte ich. Steckt jeden verfluchten Delegierten in ein großes, weiches Bett, zusammen mit einem willigen Partner, und die Sache ist erledigt. Laßt uns eine Resolution beschließen, die jedem Menschen auf diesem Planeten hier das Recht zu einem regelmäßigen Geschlechtsleben gibt, und die meisten Probleme sind gelöst.

Sie war fantastisch, die Kleine.

»Hölle, Hölle«, keuchte sie, »zur Hölle mit allen Friedenskongressen.«

Da kam es mir, und ich versuchte, mein Glied so hoch wie möglich an den Gebärmuttermund zu pressen. Dabei fühlte ich, wie sich ihre Scheide krampfartig öffnete, schloß. Sie öffnete und schloß sich im Takt mit dem Strom des herausquellenden Samens. Ich hätte sie bis zum Rand füllen mögen.

»Oh«, stöhnte sie, »oh, wie schön.«

Sie zitterte und erschlaffte dann.

Auch ich erschlaffte und konstatierte gleichzeitig mit einem gewissen Bangen, daß die Umwelt Aufmerksamkeit verlangte.

»Schnell«, sagte ich, »wir müssen unsere Sachen in Ordnung bringen.«

Im Dunkeln hörte ich das Schnappen von Gummibändern gegen weiche Haut. Ich schwitzte im Genick.

»Kannst du mir beim Zuknöpfen auf dem Rücken helfen?« wisperte Tanja.

Jetzt hörte ich, wie jemand vom Personal bekanntgab, daß der Monteur eingetroffen sei. Er tat das mit freudiger Stimme.

»Schnell, schnell«, sagte ich und half Tanja, ihre Kleider in Ordnung zu bringen, dann krochen wir vorsichtig unter dem Tischtuch hervor und nahmen auf unseren Stühlen

Platz. Die Augen hatten sich an das Dunkel gewöhnt, und man konnte sich jetzt besser orientieren.

Die Gäste vom Nebentisch waren verschwunden, aber ich sah, wie sich ihr Tischtuch in eigenartiger Weise bewegte, und ich lächelte still.

Tanja und ich hatte noch etwas Kognak, und wir prosteten uns zärtlich zu. Ich zündete mir eine Zigarette an, und Tanja fragte, wie lange ich noch in Leningrad zu bleiben gedachte.

»Diese Woche«, antwortete ich.

»Ich muß morgen mittag nach Gorki fahren. Ich arbeite an einem Mosaik in dem neuen Kulturhaus dort.«

»Wann kommst du zurück?«

»Ich werde versuchen, am Samstag hier zu sein«, erwiderte sie und lächelte.

Dann flammte plötzlich die Beleuchtung auf, und frohe Hurra-Rufe der Gäste ertönten, die wieder ermuntert in die elektrischen Lampen blinzelten. Viele Frauen hatten rote Wangen, und ihr Haar war in Unordnung geraten. Das Orchester spielte die Marseillaise, und die Stimmung war froh und gelockert. Nach einer Weile lieferten wir unsere Intouristkoupons ab und brachen auf.

Draußen im Vestibül gingen wir an einer Gruppe Offiziere der Roten Armee vorbei. Im Zentrum stand der weibliche Admiral. Als Tanja und ich vorbeieilten, trafen sich für einen Augenblick unsere Blicke. Sie entblößte lachend eine perfekte Reihe schneeweißer Zähne. Ich verbeugte mich und empfand eine merkwürdige Verwirrung. Sie nahm Haltung an und führte die behandschuhte Hand in einem eleganten Gruß an den Mützenschirm.

»Kennst du Admiral Tamara?« fragte Tanja mit Staunen in der Stimme, als wir in den warmen Frühlingsabend hinaustraten.

»Sicher«, antwortete ich und lächelte in mich hinein.

Sergej und ich begleiteten Tanja am folgenden Tage zum Flugplatz. Wir nahmen zärtlich voneinander Abschied. Sie küßte mich gierig, und ich bekam Lust, sie in eine Ecke der Wartehalle zu ziehen, um engere Berührung mit ihrem Körper aufzunehmen.

»Ich komme am Samstag«, sagte sie wehmütig, als man sie auf die Rollbahn hinausdirigierte.

In halb deprimierter Stimmung kehrten wir zum Kongreß zurück. Schon immer habe ich die Erfahrung gemacht, daß einen, wenn man erst anfängt zu stoßen, kein Kongreß der Welt mehr interessieren kann.

Die Delegierten versammelten sich am Nachmittag in der Aula der Universität, wo eine Gruppe Jugendlicher aus Kuba ein Singspiel mit dem Titel ›Yankee go home‹ aufführte. Mein chinesischer Freund, der Tai-Wong hieß und aus erklärlichen Gründen den Kongreß mit ausgesuchter Skepsis betrachtete, brummte mir in einer Pause zu: »Bloß singen und tanzen, nicht irgendwas tun.«

Und da hatte er vollständig recht. Während wir hier in Leningrad saßen und beschlossen, daß die Amerikaner nach Hause fahren sollten, verabschiedete wahrscheinlich Präsident Johnson in Washington neue Truppen für Vietnam.

Aber was, zum Teufel, sollten wir tun?

Ich schloß die Augen und dachte an Tanja. Ich fand es gut, daß Friedenskongresse zuweilen als Kontaktmöglichkeit fungieren konnten. Birgitta pflegt mich, wenn sie wütend ist, einen ›marxistischen Hurenbock‹ zu nennen. Aber ich kann nichts dafür, daß ich so reagiere.

Irgendwann möchte ich gern einen Eröffnungsredner oder Delegierten Farbe bekennen hören; einen, der sich ans Rednerpult stellt und sagt: daß wir, zum Teufel noch mal, Arbeit und Brot brauchen, zumindest Brot, aber daß wir, verflucht noch mal, auch vögeln sollen. Fort mit allen religiösen, politischen oder philosophischen Einschränkungen im Recht des Menschen auf ein freies Sexualleben. Es gibt eine Not in der ganzen Welt, über die man einfach versucht, einen großen Deckel zu stülpen. Wir treiben die männliche Jugend zusammen, kasteien sie und lassen sie in Lagern trainieren, um andere junge Männer dann ums Leben zu bringen. Der Vater betrachtet stolz seinen Sohn in Knochensack und Gamaschen, und der Sohn sagt: »Jetzt kann ich mit Gewehr und Kanone schießen, kann auch ein Maschinengewehr und einen Granatwerfer bedienen.«

»Aber kannst du auch, mein Sohn«, sollte der Vater fragen, »kannst du ein Mädchen wirklich so rammeln, daß der Saft dampft?«

Bilden wir die Jugendlichen nicht zu vorsichtigen Selbstbefriedigern aus, die Integralgleichungen lösen können, aber nicht wissen, wie man im Frühling ein Mädchen entjungfert?

Ja, zum Teufel!

Den ganzen Nachmittag saß ich da und meckerte vor mich hin. Sergej sah bekümmert aus, wenn sich unsere Blicke ab und zu trafen. Ich war ganz einfach aus dem Takt und ein bißchen traurig, weil Tanja wegfliegen mußte.

»Das wird prima am Donnerstag«, meinte Sergej in einer Pause. »Das Interesse am Karneval der Kunstakademie ist überwältigend. Endlich wird wohl Leben in die Bude kommen.«

»Sicher«, stimmte ich ihm unlustig zu.

Wenn ich die Augen schloß, konnte ich Tanjas Haut an meinen Händen fühlen.

»Du brauchst ein Karnevalskostüm«, sagte Sergej, der Umsichtige. »Ich habe für dich Großvaters alten Frack hervorgesucht. Du kannst als Wallstreet-Kapitalist mit hohem Hut und gestreifter Weste gehen.«

Er war immerhin nett.

Es war das vierte Mal, daß ich in der SU auf einem Maskenball als Kapitalist verkleidet erscheinen würde.

Der große Saal der Kunstakademie war mit stilisierten Figuren aus der Revolutionsgeschichte festlich geschmückt.

Die Schüler hatten sich erlaubt, die großen Verblichenen mit größerer Respektlosigkeit als früher zu behandeln. Man hatte Unmengen von Kerzen beschafft, und bereits am Eingang war man verpflichtet, einen beachtlichen Becher Wodka zu leeren und dazu ein Stück schwarzen Brotes mit Salz in sich zu mampfen.

Wie gewöhnlich gab es mindestens hundert Leute, die als Kapitalisten verkleidet waren. Neu in diesem Jahr waren männliche Kostüme mit Spezialausrüstungen wie Feldstecher, Kompaß, Vergrößerungsglas, Telefonhörer und Tonbandgerät. Das sollten Beamte des Sicherheitsdienstes sein. Außerdem war es wie stets voll von Kosmonauten, männlichen als auch weiblichen. Einige von ihnen trugen recht fantastische Plastikbüchsen auf dem Kopf, mit denen sie im Laufe des Abends sicher noch Schwierigkeiten haben würden.

Der Lärm im Saal bekam langsam die rechten Proportionen. Wir setzten uns an die lange Tafel, aßen Zwiebelsuppe und tranken Rotwein dazu. Ein Orchester begann mit westlichen Schlagern aus den dreißiger Jahren. Sergej, der in seinem üblichen Torerokostüm erschienen war, forderte eine als Eskimomädchen verkleidete Studentin auf. Ich tanzte mit einer Dame mittleren Alters in einem stilvollen Ballerinakostüm. Es stellte sich heraus, daß sie Professor für Monumentalkunst war. Gerade, als ich sie so elegant wie möglich auf ihren Platz zurücklotsen wollte, bemerkte ich die schwarze Katze. Sie trug ein Trikot, das die zarte Figur perfekt betonte, dazu kleine, niedliche, lackrote Stiefelchen und Handschuhe in der gleichen Farbe, eine lustige Haube mit großen Ohren und eine Gesichtsmaske mit violetten Schnurrbarthaaren.

Sie saß in einer Gruppe Jugendlicher, die sich in Astronautenkleidung unterschiedlicher Ausführung geworfen hatten. Sie begegnete meinem Blick mit jener lachenden Freimütigkeit, die meine innersekretorischen Systeme sofort auf Touren bringt. Ich lächelte sie an und hob mein Weinglas, als ich mich auf meinen Platz setzte. Sie erwiderte mein Prosit mit einem leichten Lachen, wobei sie eine blendend weiße Zahnreihe entblößte. Sofort fühlte ich mich in besserer Stimmung. Es könnte doch noch ein geglückter Abend werden. Als das Orchester die Einleitung zu einem Tango schmierte, erhob ich mich, lüftete meinen hohen Wallstreet-Hut und forderte die schwarze Miezekatze zum Tanz auf.

Tango hatte ich während eines Kongresses in Locarno speziell trainiert, und ich wage zu behaupten, daß ich ihn mit der richtigen Grandezza zu exequieren weiß. Nun war zwar die Begleitung nicht die allerbeste, aber das kleine Katzenfräulein beherrschte den Tanz auf jeden Fall souverän. Es war angenehm, die Hand um ihre Taille zu halten. Ich stellte fest, daß nicht viel mehr als ein sehr dünner Stoff vorhanden war, der die warme Haut bedeckte. Die Schnurrbarthaare ihrer Maske wippten, und an ihrem Hinterteil war ein kurzer Schwanz angenäht. Er war an der Spitze mit einer violetten Quaste versehen.

Ich tanzte weitere Tänze mit der Kleinen. Sie girrte und wippte mit dem Schwanz und befand sich in bester Stimmung. Sie deutete an, daß sie den Karneval der Kunstakademie in jedem Jahr mit großer Freude erwartete. »Es macht Spaß, sich einmal im Jahr richtig auszutoben.«

Das klang sehr vielversprechend. Ich konnte es nicht lassen, nach ein paar Tänzen den Arm um sie zu legen und sie an einen kleinen Tisch im Hintergrund zu führen. Die Stimmung war jetzt sehr gehoben.

Mikojan hielt eine sehr kurze Rede und brachte einen Toast aus auf die Erfolge der sozialistischen Kunst. Viele gröhlten laut. Eine Bowle wurde herumgereicht, die aus ehrbarem, schwedischem Glühwein und reinem Sprit zu bestehen schien. Ich nahm mir nur einen Fingerhut voll, und meine Miezekatze begnügte sich mit einer ebenso kleinen Portion. Trotzdem kratzte es ordentlich im Halse, und ich merkte, daß der Drink eine ungewöhnlich zündende Wirkung hatte.

Mein Gegenüber schlug die Beine übereinander, daß sich das Trikot über den Schenkeln spannte, und ich bekam plötzlich jenes merkwürdige Gefühl im Magen. Der Speichel sammelte sich an. Ich mußte ein paarmal schlucken, als ich ihre Brüste besah, die im Profil eine ermutigende Linie zeigten. Ich spürte buchstäblich ihre Brustwarzen zwischen meinen Lippen.

»Sie sehen verwirrt aus, Genosse«, sagte sie, als ich ihre Papiros anzündete.

Ich lachte.

»Das tue ich immer, wenn ich im Ausland bin.«

»Sie sind aus Schweden«, sprach sie weiter.

Etwas in ihrer Stimme kam mir sehr bekannt vor.

»Ja«, antwortete ich. »Was für ein Amt bekleiden Sie hier an der Kunstakademie?«

»Ich gehöre zu den geladenen Gästen«, versetzte sie lächelnd.

Ich sah, daß ihr Hals jene zarte, fast durchscheinende Struktur besaß und die Halsschlagader in wildem Rhythmus pochte.

Man hatte jetzt das Lokal geräumt und eine große Tanzfläche freigemacht, auf der sich alle mehr oder minder fantastisch kostümierten Individuen zu einer recht ausgelassenen Jenka aufstellten. Natürlich wurde sie von einem Conferencier in Melone und Citydress — er trat als degenerierter Westler auf — unter dem Titel ›New Russian Collective Marsch‹ angekündigt. Aber als das Orchester loslegte, erklangen alte, ehrenwerte und wohlbekannte Rhythmen aus der Republik Suomi.

Das Auditorium entzündete sich. Man stand in einer Reihe und faßte sich um die Taillen. Das ließ dunkelste Wünsche laut werden.

Und Herrgott noch mal, konnte ich nur sagen: Jugend und

Frühling und die schöne Stadt Leningrad, das mußte an die primitivsten aller Triebe appellieren. Die kleinen Kosmonautenbräute mußten wirklich Farbe bekennen. Die Beleuchtung war entsprechend gedämpft, und jemand streute rotes Konfetti über die Tanzenden. Ich drückte die kleine Katze an mich und fühlte, wie ihr Körper sich unter meinen Händen straffte und entspannte, rhythmisch und schön im Takt der Musik.

Ich erblickte ein Paar, das sich als Esel verkleidet hatte. Wahrscheinlich waren es ein Mann und eine Frau; denn der Eselskörper zog sich manchmal zusammen, und ich ahnte mehr, als ich erkennen konnte, wie sich unter der Eselshaut das Hinterteil dem Vorderteil näherte, mit ihm Kontakt aufnahm und mit einigen raschen Stößen im perfekten Jenkatakt von hinten in seinen Partner eindrang.

Ein sich selbst deckender Esel, das war ein Ding mit Pfiff!

Viele applaudierten dem Gespann begeistert, aber die meisten begriffen wohl nicht, was unter dem Fell geschah.

»Sieh den Esel!« flüsterte ich meiner kleinen Katze zu.

Sie sah sich um und lachte dann ein herzliches Lachen.

»Das sieht zu unanständig aus«, meinte sie.

Ich ließ meine Hand von ihrer Taille nach oben gleiten, aber sie wehrte den Angriff sehr geschickt ab, was meine Begierde natürlich nur noch steigerte. Sergej winkte mir zu. Er tanzte mit einem Kosmonauten in gelbem Plasthelm. An dem kecken Lachen hörte ich, daß es eine Frau war. Die Jenka löste sich allmählich in ein schmetterndes Finale auf, das alle Paare im Polkatakt herumwirbeln ließ.

Als der Tanz zu Ende war, verlangte uns nach Abkühlung, und wir gingen hinaus in das große Treppenhaus. Auch dort waren wir nicht allein. Es gab offenbar noch viele, denen es nach dem Tanz zu warm geworden war. Man hatte die großen Fenster geöffnet, und die Frühlingsnacht brachte einen etwas feuchten, aber kühlen Hauch mit dem Duft von Flieder und nasser Erde aus dem Park herein.

Ein paar erleuchtete Boote glitten die Newa entlang. Ich zündete mir eine Zigarette an, während wir langsam die Treppe weiter nach oben stiegen. Dort war es dunkler. Man hatte das Erdgeschoß mit Laternen illuminiert, und die Flammen zauberten auf den Täfelungen und Pfeilern der Halle imponierende Schatten hervor.

»Hier ist es wirklich schöner«, sagte meine Begleiterin.

»Das Fest hat seine Pointen«, bemerkte ich und dachte an den sich selbst deckenden Esel.

»Man wirbelt im Tanz herum und vergißt alle Sorgen des Alltags.«

»Das ist wohl der Sinn des Frühlings.«

»Macht man es in Schweden genauso?«

»Doch, ja, das kommt auch vor.«

»Ich habe die Menschen hier erlebt, als sie wie besessen wurden.«

Ich ergriff ihre Hand. Sie war weich und hatte schmale, lange Finger. Sie hatte die Handschuhe abgestreift. Sie setzte sich auf einen Absatz der Treppe. Ich drückte die Zigarette auf dem Marmorboden aus.

»Was tun Sie im Alltagsleben? Was sind Sie von Beruf?«

Sie lachte auf.

»Raten Sie!«

»Etwas Intellektuelles?«

»Vielleicht.«

»Ich glaube, Sie sind Bibliothekar.«

»Oh, nein.«

Ich saß jetzt dicht neben ihr und legte meinen Arm um sie. Sie ließ es geschehen.

»Was sind Sie?«

»Ich bin Schriftsteller.«

»Ach.«

»Ja.«

»Nehmen Sie am Kongreß teil?«

»Ja, als Beobachter.«

»Wie denkt man in Schweden über den Frieden?«

»Man kennt nichts anderes und ist recht zufrieden damit. Sie sind nie in Schweden gewesen?«

»Nein.«

»Sie sollten uns besuchen kommen.«

»Vielleicht, wenn Sie eine Einladung arrangieren können.«

»Wie heißen Sie?«

»Nennen Sie mich Sonja.«

»Heißen Sie nicht so?«

»Ich bin inkognito hier.«

»Das sind wohl alle.«

»Ich darf eigentlich nicht hier sein. Aber einmal im Jahr brenne ich durch.«

»Von wo brennen Sie durch?«

Sie sah mich an, und es blitzte in ihren Augen.

»Von meiner Arbeit als Bibliothekar«, erwiderte sie mit einem perlenden Lachen.

Ganz spontan biß ich in ihre Schulter, aber sie wand sich aus meiner Umarmung. Ich hatte Lust, ihr Gesicht festzuhalten und in ihre Lippen zu beißen. Das saugende Gefühl im Magen hatte sich bis zu dem Punkt gesteigert, wo es eine merkwürdige Verwandlung erfährt. Ich spüre immer, wie die Hormone in neue Bahnen strömen, wenn ich auf einen Vertreter des anderen Geschlechts reagiere. Gleichzeitig merke ich, wie sich alle Windungen der Hirnrinde glätten und Bilder von allen bemerkenswerten, anatomischen Details des weiblichen Körpers auf die glatte Fläche projiziert werden.

So etwas kann mir bei den merkwürdigsten Gelegenheiten passieren.

Eine junge Dame zeigt mir im Hochhaus des Finanzamtes im Süden Stockholms den Weg. Während ich ihrer sachlichen Ortsbeschreibung lausche, verwandelt sie sich vor meinen Augen. Es kann etwas in ihren Bewegungen, ihrem

Duft oder ihrem Blick sein, das zur Folge hat, daß ich sie plötzlich ganz anders sehe. Ich sehe ihren Körper in Großaufnahme, eine Brustwarze, die wie eine aufblühende Mandelblüte schwillt, oder weiße Schenkel, die sich langsam öffnen und eine fleischfressende Pflanze bloßlegen.

Plötzlich bin ich dann nur noch Geschlecht, durch und durch sozusagen. Genauso stand es jetzt um mich auf der Marmortreppe in dem großen Treppenhaus der Kunstakademie zu Leningrad.

Sollte ich meine Gedanken nicht lieber Birgitta oder Tanja gewidmet haben? Oder dem Frieden? Oder dem Sozialismus?

Aber das tat ich ja auch in gewisser Hinsicht. Ich dachte an Tanja und merkte, wie sich zwischen meinen Beinen ein Fahnenmast erhob. Ich dachte an Birgitta und bekam Lust, das Trikot der kleinen Miezekatze, die neben mir saß, herunterzureißen. Aber statt dessen legte ich meine Hand auf ihr Knie, und sie wirkte nicht abweisend. Ich streichelte vorsichtig am Schenkel nach oben. Sie saß still, öffnete aber nicht die Beine, als ich den Schoß erreicht hatte. Den einen Arm um ihre Taille haltend, drückte ich sie fest an mich, wobei meine andere Hand über ihren Bauch, der eine angenehme Kuppelform aufwies, strich.

Allmählich wagte ich mich weiter bis zu ihren Brüsten. Es war völlig unerträglich, diese vollendeten Rundungen unter dem dünnen Stoff zu spüren, ohne sie aus der Kleidung, die sie verbarg, befreien zu können. Ich tastete vorsichtig nach dem Reißverschluß auf dem Rücken, als sie sich plötzlich freimachte, sich erhob und meine Hand ergriff.

»Komm«, sagte sie leise mit heißer Stimme.

Sie führte mich an der Hand die Treppe hinauf, die etwas schmaler wurde. Ich hatte keine Ahnung, wohin wir gingen. Ich wußte überhaupt nicht, daß das Haus ein Obergeschoß hatte. Durch eine knarrende Tür kamen wir auf den Boden. Es roch nach muffigem Staub, und ein leichter Schimmelgeruch kitzelte unsere Nasen. Ich folgte ihr gehorsam und streichelte dabei ihre Hand. Es war ziemlich dunkel, und ich rannte beinah mit dem Kopf gegen einen Dachbalken, konnte aber im letzten Augenblick noch ausweichen.

Anscheinend befanden wir uns hier oben in einem Magazin. Wir stolperten über viele alte, merkwürdige Dinge.

In langen Reihen standen Statuetten von Generalissimus Stalin mit Spinnweben im Bart. Ein Tisch voller kleiner Miniaturkapitalisten mit dem Sternenbanner war um einen Zylinder gebaut. An einer Längswand lehnten Fragmente zu einem großen Prachtgemälde, das, soweit ich erkennen konnte, einen lachenden Chruschtschow über wogende Getreidefelder in Kasachstan blicken ließ.

Meine Freundin zog mich weiter. Es ging an Papiermaché-Modellen von Sputniks und an alten Transparenten mit Losungen für den 1. Mai vorbei.

›Tod dem Faschismus!‹
›Es lebe unser sozialistisches Vaterland!‹
›Nieder mit dem Imperialismus!‹
›Hände weg von Korea!‹
›Die Internationale, ein Vorkämpfer der Werktätigen!‹
›Freiheit für Algerien!‹

Ich empfand nur die Berührung ihrer weichen Hand und bohrte die Nägel in ihre Handfläche. Lustigerweise schien sie hier oben auf dem geräumigen Boden gut Bescheid zu wissen.

Wir kamen an einem riesigen Globus mit Hammer und Sichel vorbei, an zwei Porträts des Vorsitzenden Mao und einem Bild, wo Ribbentrop und Josef Stalin vor einem Flugzeug standen. An einem Pfeiler lehnte eine Karikatur von Winston Churchill, wie er Molotow eine Zigarre überreicht.

Auf den meisten Sachen lag dicker Staub. Weit hinten konnte ich ein Bild erspähen, auf dem Leo Trotzki vor einer Kolonne Soldaten die Rote Fahne grüßte. Das war die Geschichte der Sowjetunion in abgelehnten Kunstwerken.

Aber wir hatten keine Zeit zu einem näheren Studium des Bodens. Der hintere Teil des Bodens diente als Möbelmagazin.

»Warum ist die sozialistische Kunst so puritanisch?« fragte ich flüsternd.

»Wie meinen Sie das?«

»Kann ein Revolutionär niemals sinnlich sein?«

»Aber gewiß doch.«

Sie blieb plötzlich stehen, und ich rannte so gegen sie, daß wir auf ein Sofa stürzten, dessen Federn vor reiner Bestürzung laut aufschrien. Ich bekam Staub in die Nase und mußte ein paarmal niesen.

»Still«, flüsterte meine kleine Katze, die ich kaum sehen, aber um so deutlicher fühlen konnte. Ich versuchte, ihr die Maske abzunehmen, aber sie setzte sich auf.

»Warte!«

Ich lag still neben ihr. Ich hörte einen Reißverschluß ratschen. Als sie sich über mich beugte, zeichneten sich vor dem Fenster an der anderen Seite des Raumes ihre entblößten Schultern ab, und ich spürte plötzlich ihre nackten Brüste an meinem Gesicht.

Meine Lippen fingen schnell eine Brustwarze ein. Sie war weich und warm und wurde bald feucht und hart. Ich streichelte ihre Schultern und ihren nackten Rücken, hörte, wie sie schneller atmete. Die Brüste waren fest und hatten die richtige Größe, das rechte Gewicht. Nach einer Weile entzog sie mir die eine und bot mir die andere. Es fiel mir schwer, still zu liegen, aber sie lastete mit ihrem Gewicht auf mir. Ich spürte ihre Hand auf meinem Bauch. Sie löste meinen Gürtel, griff nach unten und umfaßte meinen beinah schäumenden Ständer. Ich stieß den Unterkörper hoch, aber sie parierte gewandt. Ich versuchte, ihre Lippen in Richtung meines Bauches zu drängen und grub verzweifelt mit den Händen in ihrem Haar, das jetzt von der Katzenhaube befreit war. Langsam gab sie nach, und bald spürte ich, wie ihre Zunge um meine Eichel spielte. Ich wurde immer wilder. Ihre Lippen schlossen sich um mich, und ich spannte meinen Körper zu einem Bogen. Sie hielt mit beiden Händen meinen zum Springen geladenen Pfeiler umfaßt und führte ihn weich heraus und hinein. Ich bohrte meine Nägel in ihren Nacken. Es störte sie nicht. Ich merkte, wie ich mich sehr schnell dem spasmischen Punkt näherte und konnte nicht still liegen. Sie wogte auf mir hin und her, sog sich fester und fester an meinem Mast. Ein gebogener Stahldraht rollte mein Rückgrat entlang. Ein Funke schlug in die Hormonkammer, und ich stieß kräftig, so tief ich nur konnte, in ihren Mund, als es mir kam.

Sie schluckte, soviel sie nur konnte. Aber ich leerte mich gewaltig und merkte, wie es auch noch auf meinen Bauch spritzte. Ich machte ihren Kopf los, sie erhob sich ein wenig, aber nur so weit, daß die Eichel zwischen ihren Brüsten Platz fand. Jetzt wollte ich andere Teile ihres Körpers aufsuchen. »Warte.«

Sie stand vom Sofa auf, und ich hörte, wie sie ihre Sachen auszog. Als ich meine Hand ausstreckte, berührte ich ihren nackten, bloßen Unterleib. Sie stand jetzt neben mir und zog das Katzenkostüm aus.

»Zur Hölle mit dem Puritanismus«, sagte ich.

»Mit welchem?« fragte sie, und ich spielte mit meinen Fingern in ihr. Ihr Haar war bis auf den Bauch dicht und feucht. Sie entzog sich mir bald, stieg rittlings auf mich und führte meine Eichel schnell in ihre Öffnung.

Hoppe, hoppe, Reiter auf dem Maskenball spielen, dachte ich.

Ihre Scheide hatte die richtige Biegung, und sobald sie den magischen Tanz begann, steigerte sich meine Erregung sehr schnell.

Ich nahm ihre beiden Brüste in meine Hände, und sie stöhnte leicht, als ich sie drückte. Die Spiralen des Sofas unter uns, das bestimmt seit der Stalinzeit keine Nummer mehr erlebt hatte, ächzten. Ich richtete mich langsam auf, und sie kam, sich ein wenig zurücklehnend, geschmeidig mit. Das rhythmische Stoßen wurde dadurch erschwert, aber ich drang tiefer in sie ein und spürte, wie sich noch ein Tunnel für meine freimütigen Vorstöße öffnete. Es gab da eine gerillte Fläche, die zuerst widerspenstig war, aber allmählich weicher wurde. Ich preßte sie dicht an mich und fiel schließlich auf sie. Ihr Haar lag jetzt ausgebreitet auf der Matratze. Es dämmerte halb. Oh, diese halbweißen Nächte von Leningrad! Jetzt lag ich plötzlich besser. Ich ging zu dem über, was ich eine Walpurgisnacht zu nennen pflege, und ließ die Eichel nur die äußeren Regionen der Schamlippen berühren. Das schmatzte in gutem Tempo. Es dauerte aber nicht lange, bis ich ihre Finger an mir spürte.

Oh, du, sagte ich, nur der Freundschaft zuliebe. Mir, sagte ich, für den Frieden, wie verflucht dumm, sagte ich, daß man sich nicht zusammentut, daß man nicht alle Teufel mit internationalen Problemen vereint, sagte ich, niemand denkt auf Kongressen daran, sagte ich, daß man die Jugend der Welt in großen, schönen Reitlagern sammeln könnte, sagte ich, daß die Reichstagsabgeordneten zwischen den Ausschußsitzungen die eine oder andere Kollegin vergewaltigen könnten, sagte ich, wie kann man so was vollständig der privaten Initiative überlassen, sagte ich, dieses hier ist doch sehr wichtig, sagte ich, tief und sehr sanft und ganz gewaltig fließend, sagte ich, beißend und kratzend, sagte ich, ausgießend und haltend, sagte ich, deinen Nacken zurückbiegend und deinen Mund suchend, sagte ich, wie verflucht einfach, sagte ich, Scheißangst haben wir im allgemeinen, sagte ich, als wenn es ein Verbrechen wäre, dich so zurückzubiegen, sagte ich, meinen Schwanz in dich zu jagen, so weit, wie es geht, sagte ich, deine große, weiche Brust an meiner zu spüren, deinen runden, feinen Bauch an meinen zu drücken, und deine Zunge weit in meinem Mund, sagte ich, während es immer glatter, immer weicher, immer wärmer rund um meinen Schwanz wird, der hin und her pflügt, hin und her in deiner saftigen Höhle, sagte ich, während meine Hände sich deinen Rücken hinuntertasten, sagte ich, und die runden, absolut fantastisch und richtig dimensionierten Hügel erreichen, die deinen nackten Hintern bilden, und dort, bloß um dich zu ärgern, einfach zukneifen, sagte ich, weil meine Hände in diesem Augenblick nichts anderes tun können, da mein aggressiver Unterleib dein offenes Geschlecht bearbeitet, das aufsteht wie eine Frucht, die Lippen gut beschmiert vom Sekret, welches der Körper selbst liefert, plötzlich liegen wir Schenkel gegen Schenkel, sagte ich, die Welt bist du und die Welt bin ich, lieber den Schwanz zwischen die Beine jagen, als ein Bajonett in den Bauch, schrie ich beinah, als es mir kam und ich die mächtige Verbindung unserer Organe vollendete ...

Leicht benommen erhob ich mich von dem warmen Plüsch, atmete heftig und versuchte in aller Eile meine alte, ehrenwerte Ballmaskerade in Ordnung zu bringen.

Meine kleine Miezekatze, die sich Sonja nannte, blieb liegen und lallte fröhlich, wie es Frauen zu tun pflegen, die nicht richtig befriedigt worden sind.

»Eine ehrliche Nummer für Trotzki«, sagte sie, »eine ehrliche für Lenin, eine schimpfliche für Stalin und eine hochachtungsvolle für Mikojan. Oh, das ist genau das, was ich brauche.«

Ich sah mich um und lachte über das makabre Milieu. Ich dachte an Herman, der sicher einen detaillierten Bericht über meinen Umgang während des Kongresses erwartete. Den sollte er bekommen. Sie stand jetzt auf und streckte ihre Hände nach mir aus. Durch die Decke drang der Lärm der Karnevalsgäste nach oben.

Ich war ein wenig berauscht, nicht vom Alkohol, sondern eher von dem aufregenden Spiel, das wir gespielt hatten. Ich streichelte ihr langes Haar, das nun nach hinten über die Schultern fiel, und sie beugte den Kopf zurück, damit ich sie küssen konnte. Sie schmeckte ein wenig nach Wodka, ein wenig nach Stroh und sehr nach junger Frau. Sie legte sich vornüber auf das Bett, und ich streichelte ihren Rücken, ihren Hintern und ihre Schenkel, die Beine hinunter und dann langsam wieder hinauf, die Kniekehlen und die Schenkelgegend leicht betonend.

Sie hob den Unterkörper etwas an und stellte sich auf die Knie, damit ich leichter heran könnte. Wenn ich auch das Gefühl hatte, daß mir eine kleine Pause zum Sammeln neuer Energien gut bekommen würde, so gab es dazu noch keine Möglichkeit. Es knackte bedenklich, als wir uns auf dem Sofa bewegten.

Katzen soll man natürlich von hinten decken. Mir fiel auf, daß ich eigenartigerweise nicht früher daran gedacht hatte. Ich suchte nach ihren Brüsten und biß sie mehrmals in den Nacken. Und nach einer Weile stellte sich ein ermutigender Erfolg ein. Zwischen all dem heroischen Schrott, den staubigen Demonstrationstransparenten und der naiven Plakatkunst packte mich ein Hauch von Heimweh. Ich fühlte mich plötzlich ganz ungeheuer patriotisch.

Sicher:

Der Friede und die ganze Herrlichkeit — das war nicht so dumm — aber wir brauchten uns auch nicht zu verstecken, schon gar nicht unserer Geschichte wegen.

Und hinein mit dem Harten, bis der Saft zwischen den Schenkeln schäumt. Hei, wie das geht! Zum Teufel mit diesen Plakatidioten hier. Auch wir haben Geschichte gemacht!

Eine rechtschaffene Nummer für Gustav Eriksson Vasa und Engelbrekt und die ganze Reformation, und schnelle Stöße für die Schlacht bei Lützen und die Königin Kristina, und hinein bis zur Wurzel für Karl XII. und Mazeppa, den großen Kosaken, und schnell rein und raus für Gustav III. und den Mörder Anckarström, langsam und zart für die Staatsreform von 1809 und den Marschall von Frankreich, und hei und hallo für den Durchbruch der Demokratie, schnaufend und froh für August Strindberg und den Bauernzug, Hjalmar Branting und das Brattsystem, härtere Stöße für Ådalen und Per Albin, das Volksheim, das Koalitionskabinett, die Lebensmittelkommission, den Urlauberverkehr, und mehr rechtschaffen — bieder rein und raus für Wigfors und Gustav Möller, für Alva Myrdal und das Nachkriegsprogramm, nur leicht feilend am bewußten Schlitz der Sparbüchse für Wallenberg und Enskilda Banken, Findus, den Wohlstand, den Pensionsfond, und ein bißchen altmodisch für Jockmocks Jocke, Edenman und Roland Påhlson, und einen verflucht guten Stoß für einen Buchverleger in Malmö, der Forsberg heißt.

Nein, es gab nichts, dessen wir uns direkt zu schämen hatten, wenn man internationale Vergleiche anstellte. Und mit einem schallenden Lachen fiel ich hintenüber aufs Sofa und ließ es wie eine Fontäne in die Luft gehen.

Dann lag ich still auf dem Rücken und keuchte.

Ich merkte, wie Sonja, die Bibliothekarin, aufstand und anfing, sich wieder das Trikot anzuziehen. Es dauerte eine Weile, bis auch ich auf die Idee kam, meine eigenen Klamotten zusammenzuklauben. Wir suchten eine Weile nach der Maske mit den Schnurrbarthaaren, der Haube und dem kleinen Schwanz.

»Wir haben eine schöne Stunde auf den Barrikaden verlebt«, sagte ich in einem Versuch, geistvoll zu sein.

Sie lächelte und setzte mir meinen schwarzen Zylinder auf. Wir schlichen vorsichtig zur Treppe. Sonja eilte voraus.

»Warte!« rief ich.

Sie war aber schon an der Tür und machte sie auf.

»Warte auf mich!« flüsterte ich, hörte aber nur ihr glucksendes Lachen.

Ich versuchte, sie auf der Treppe einzuholen, stieß aber mit Tai-Wong, der als Parteisekretär aus der Ukraine maskiert war, zusammen. Er schüttelte sein pelzbemütztes Haupt und murmelte vor sich hin:

»Diese Revisionisten! Bloß trinken und tanzen, nicht eine kleine Bürsterei!«

An diesem Abend entdeckte ich keine schwarze Katze mehr, und gegen Morgen ging ich in mein Hotel. Den größten Teil des nächsten Tages ruhte ich mich aus. Am Abend kam Sergej und holte das Kostüm. Er fragte, ob ich Lust hätte, mitzukommen und mir ein Licht- und Lautspiel anzusehen, das die Erstürmung des Winterpalais darstellte. Aber ich entschuldigte mich mit einer gewissen Übersättigung an Manifestationen.

Am Sonnabend kehrte Tanja aus Gorki zurück, und wir machten einen Spaziergang am Newaufer. Neben dem alten, ehrenwerten Kreuzer Aurora lag ein modernerer und sah drohend aus.

Wir gingen an einer Barkasse vorbei, die gerade am Kai angelegt hatte. Ein schwarzes Auto glitt heran. Einige Personen stiegen aus und wurden durch die Bootsmannspfeifen nach alter Tradition begrüßt. Wir blieben stehen und siehe da: War das nicht Admiral Tamara, die sich anschickte, an Bord zu gehen?

Ich sah sie zuerst nur von hinten, weil sie damit beschäftigt war, ihr Gepäck zu verteilen. Die Maats bildeten Spalier, als sie zur Barkasse hinunterschritt, und plötzlich wurde mein Hals trocken.

Knochentrocken!

Hatte man so etwas schon erlebt? Nein, zum Teufel!

Sie trug schwarze Stiefel und eine dunkelblaue Admiralsuniform mit Umhang. Um den Hals hatte sie ein weißes Tuch geschlagen. Ich trat einige Schritte näher an die Abteilung, die jetzt die Gewehre schulterte.

Ganz sicher, sie hatte mich bemerkt. Für einen Augenblick ruhten ihre Augen auf mir, und ich sah, wie die grünen, etwas katzenähnlichen Pupillen sich verkleinerten.

Du kleine Bibliothekarin! dachte ich und lächelte.

Es waren nur ihre Augen, die zurücklächelten.

Als sie in das kleine Motorboot stieg, folgten ihr einige Offiziere. Sie stand während der Fahrt zu dem panzergrauen Kreuzer in strammer Haltung.

»Komm jetzt endlich«, sagte Tanja, »gehen wir weiter!«

»Wir können uns doch ansehen, wie der Kreuzer ablegt«, sagte ich. »Ich bin immer an Kriegsschiffen interessiert.«

»Kerle!« fauchte Tanja. »Und ihr redet über den Frieden!«

Aber wir blieben stehen, und ich sah, wie das Fallreep geentert wurde, wie man von der Ankerboje loswarf und langsam in Fahrt Richtung Alexanderbrücke kam, die bereits hochgezogen war.

Auf dem Kai hatte sich jetzt eine Menge von Leuten angesammelt. Ich wußte, daß zum Abschluß der Kongreßwoche eine Parade der Baltischen Roten Flotte stattfinden sollte.

Du verdammte, kleine Bibliothekarin!

Der leichte Kreuzer wurde geschickt den Fluß hinuntermanövriert. Ich spähte vergeblich nach dem Admiral. Nach einer Weile entdeckte ich Tamara hoch oben auf einer Brücke. Sie stand ruhig zwischen einer Gruppe von Offizieren, man salutierte, ein Trompetensignal; es war nicht die Rote Flagge mit Hammer und Sichel, die ich erwartet hatte, sondern natürlich die Kriegsflagge, die achtern gesetzt wurde.

Das Fahrzeug gierte stark und kam dadurch dem Ufer, wo wir uns postiert hatten, sehr nahe, bevor es so viel Fahrt aufgenommen hatte, daß es dem Ruder gehorchte.

Plötzlich sah ich, wie einer der achternen Tripeltürme schwenkte, und einen Moment später starrte ich direkt in die drei schwarzen Kanonenrohre.

Auf unserer Höhe gingen sie hoch. Bald wiesen drei panzerfarbene Rohre gerade in den Himmel. Das Bild war überwältigend und nicht ohne menschliche Parallelen.

Ich konnte nicht anders, ich mußte lächeln und winkte

fröhlich hoch zu den steifen Gestalten auf der Brücke. Die Schrauben des Kreuzers wühlten den Bodenschlamm tüchtig auf.

Der achterne Drillingsturm hielt seine Kanonenrohre gegen den Himmel gerichtet, solange ich den Kreuzer sehen konnte.

»Komm jetzt«, bat Tanja und zog mich am Jackenärmel. »Ich weiß ein kleines, mongolisches Restaurant am Newskij Prospekt, wo wir ein gutes Mittagessen bekommen können.«

»Okay«, antwortete ich ein bißchen geistesabwesend.

BENGT MARTIN

Die Tournee

Wir waren den ganzen Tag gereist und sehr müde.

Lola und ich saßen auf dem Rücksitz, in alte Wolldecken gewickelt. Die Seitentüren unseres Lincoln-42 hatten wir mit Stricken zugebunden, um zu verhindern, daß sie wie große schwarze Flügel aufflogen. Die Schlösser waren festgefroren, und durch die Ritzen der Türen sahen wir den kalten, flimmernden Schnee.

»Ich hole mir noch eine Entzündung in den Eierstöcken, ehe diese verdammte Tournee zu Ende ist«, sagte Lola. »Aber das ist auch egal. Im Augenblick ist alles gleichgültig ... deshalb ist es egal.«

Kein einziges Haus, nicht einmal die kleinste Hütte auf den letzten achtzig Kilometern, nur dieser verfluchte Schnee und die Kälte. Kleine verkrüppelte Bäume, die der Schnee vergewaltigt und zur Erde gedrückt hatte. Überall im Schnee: Tierspuren.

»Wölfe?« fragte Lola und versuchte zu lächeln.

Nicht eine menschliche Behausung, soweit das Auge reichte, nicht eine Reifenspur. Keine menschlichen Hinterlassenschaften, die Scheiben am Auto waren zugefroren, und ich sah, daß Lola sie ab und zu fast verzweifelt mit ihren Fausthandschuhen bearbeitete. Trotz allem wollte sie hinausschauen.

Auf diese Weise sollten wir drei Monate lang reisen! Drei Monate. Wir hatten in Junosuanda Premiere gehabt, am selben Tag, als man nach der Vorstellung Tanz veranstalten wollte und die drei Musiker nicht kamen. Waren schon auf halbem Wege, kehrten aber plötzlich wieder um. Nichts Ungewöhnliches, sagte der Inhaber des Lokals. Musiker seien empfindliche Leute und kriegten leicht die Lappen-Krankheit.

Damals hatten wir noch über die Lappen-Krankheit gelacht. So ungefähr, wie man sich als junger Mensch über Altersschwäche lustig macht. Etwas Fernes, das uns überhaupt nichts anging. Jetzt saßen wir hier in einer alten, ausgedienten Diplomatenkarre, die früher im Dienst der französischen Botschaft gefahren wurde — ein Wagen, der bessere Zeiten gesehen hatte und sich jetzt resigniert mit seinem Schicksal abfand. Hier saßen wir also und fummelten mit kalten Händen an sämtlichen Finessen des Autos herum: einem alten Telefon zwischen Chauffeur und Fahrgast, Griffen aus irgendeinem vergoldeten Material, hier und da hingen Goldschnüre wie schmutzige Girlanden. Ledersitze, die einem den Hintern abkühlten — und wahrhaftig, wahrhaftig ein Barschrank. Leer.

Wir waren mit dem Wagen in Stockholm zufrieden gewesen. Hatten ihn während der fröhlichen Probezeiten immer wieder angesehen. Fanden es geradezu luxuriös, die Tournee im Auto zu machen. Fantasierten von exklusiven Getränken im Barschrank ... und jetzt hatten wir vergessen, ihn zu füllen. Es gab keinen Staatsausschank vor Kiruna, also in frühestens einer Woche. Nicht einmal daran hatten wir gedacht. Allmählich merkten wir, wie alle Tatkraft verdunstete, eine eigenartige Schlaffheit, eine Art Trancezustand hatte uns ergriffen. Schon jetzt ...

Wir waren mit der französischen Komödie ›Drei‹ auf Tournee. Wir, das heißt Björn, der auch fuhr, Lola und ich. Das Bühnenbild lag auf dem Wagendach festgeschnürt, und die losen Requisiten füllten den Gepäckraum. Unser eigenes Gepäck lag auf dem Boden vor uns aufgestapelt. Das war jetzt unsere Welt.

»Dann ist die nächste Station also Korpilombolo«, sagte Björn.

»Wieviel Kilometer noch?« fragte Lola, und mir fiel auf, wie schwer es ihr während der letzten Tage geworden war, auch nur die einfachsten Worte hervorzubringen. Es lag eine kleine Angst in ihrem Tonfall und ihren Handlungen. Sie war an den langen Reisetagen angespannt, wurde aber abends bei den Vorstellungen aufgelockert.

Sie hatte Angst, ich spürte ihr Grauen — und mein eigenes. Zu Anfang hatte alles so leicht ausgesehen; wir waren drei junge Leute, die gute Rollen in einem guten Stück hatten, und uns war die große Gunst zuteil geworden, drei Monate lang auf Tournee gehen zu können! Es war eine unsrer ersten Aufgaben, sie erschien uns gewaltig und verantwortungsvoll. Wir waren von all dem Neuen berauscht und wußten nichts über die Orte, die wir besuchen sollten. Die Probezeit war über Erwarten gut verlaufen, und wir kamen gut miteinander aus, obwohl wir uns noch nicht ganz kennengelernt hatten. Natürlich dachte man gelegentlich an die öde Landschaft, aber damals war das nur schön, großartig und befreiend. Wir hatten die Karten studiert und die fremden, fast exotischen Namen gelesen: Jukkassjärvi, Nattavara, Vettasjärvi. Namen, die nichts von der Kälte, der Isolierung, der Dunkelheit und der großen Stille ahnen ließen. Die alles umfassende Stille ... sie war am schlimmsten. Gegen die Kälte konnte man sich mit drei Paar langen Unterhosen wehren — der Stille konnte man lediglich seine eigene Stummheit entgegensetzen.

Und man hatte gedacht: Wir sind nur wir drei. Wir werden nur zu dritt sein, und es gilt, uns gegenseitig zu helfen und zusammenzuhalten. Man hatte gedacht: Vielleicht wird es schwer sein zu dritt draußen in der Fremde mit allem Neuen, aber es muß eben gehen. Irgendwie werden wir es schon schaffen. Es wird schwer sein, die notwendigen Kontakte zu finden, aber wir würden schließlich nicht die ersten sein, die ihre Gefühle in Kunst sublimierten. Und die Kunst winkte mit ihrem großen Anfangsbuchstaben froh in unseren Träumen, und drei Monate, Herrgott, drei Monate waren nur ein Fliegenklecks im großen Lebensfluß. Die würden schnell vergehen, und wir würden Theater spielen, wir würden die Chance bekommen zu zeigen, wozu wir ohne das Sicherheitsnetz der Schauspielschule taugten.

»... und stellt euch vor, wieviel Geld ihr zusammensparen könnt«, sagte die alte Schauspielerin. »Dort oben gibt es keine Gelegenheit, das Geld unter die Leute zu bringen. Ihr könnt dasitzen und sparen, euch selbst kennenlernen und gute Bücher lesen.«

Das hörte sich einfach an, das machen wir. Es hörte sich jubelnd einfach an; in der Lappmark sitzen, gute Bücher lesen und sich selbst kennenlernen. Jedenfalls glaubten wir das.

Ich sah Björn an. Er saß verbissen da und rauchte Pfeife, starrte in die weiße Landschaft und auf das hellere Weiß des Weges. Hier und da ein geschälter Tannenast, damit man sich nicht völlig in der weißen Öde verirrte.

Das Weiße ...

Es verbarg sich so manches in dem Weißen ... Ein Weiß, das mit noch stärkerem Weiß abwechselte. Weiß ... weiß ... eine Unendlichkeit aus weißem Nichts. Ein Nichts, das alles enthielt. Ein zermalmend schweres Weiß, wie eine Lawine ... eine weiße Kälte, die auf dich zukriecht, alle schützenden Masken herunterreißt und dich wie eine Libelle auf dem Meer bloßlegt. Entblößt und ohne Vorbehalte; ein Weiß, das enthüllt und verbirgt, das Haut und Konventionen abschürft ... Nackt in all dem toten Tingeltangel, mit dem wir uns behängten.

Björn und der Weg. Björn am Steuer. Björn mit der Pfeife. Björn, der seinen Blick konzentrierte, um sich in der öden Landschaft nicht zu verlieren. Lola, die dicht neben mir saß, ihre Fäustlinge in den meinen. Im Augenblick hatten wir keinen richtigen Vertrag in der Aktentasche. Keinen Vertrag, der drei Menschen drei Monate lang in einem alten Lincoln-42 aneinandergebunden hätte. Da war nur Björn am Steuer, und er fuhr entschlossen und sicher durch das endlose Weiß. Und neben mir Lola. Sie kratzte mit ihrer freien Hand an der Scheibe, doch die Eisblumen wucherten immer schneller. Sie gab auf. Und sie lächelte mich an. »Korpilombolo«, sagte sie. »Das klingt warm und gut. Man ahnt fast die Liebestänze der Farbigen um die Hütten herum.«

»Im Augenblick sind dort siebenunddreißig Grad Kälte«, sagte Björn.

Er lächelte nicht einmal andeutungsweise.

Wir wurden von Rentierkadavern verfolgt.

Rentierschlachten, Blut im Schnee. Tierleiber, zu Haufen getürmt. Großes ›kaltes Büfett‹ im Hotel in Korpilombolo mit Rentierkoteletts, Rentierleberpastete und Rentierrippchen, die wie eine dornige Prinzessinnenkrone mitten auf dem Tisch standen. Geruch von totem Wild. Immer dasselbe. Wir trugen unser Gepäck auf die Zimmer. Drei Einzelzimmer in einem düsteren Korridor. Der Geruch folgte uns auf den Fersen.

»Ich will nichts zu essen haben«, sagte Lola. »Ich glaube, ich kann oder will nie wieder etwas essen.«

Björn trat in Lolas Zimmer an das Fenster und sah hinaus. Immer Fenster. Wir gingen zuerst ans Fenster, wohin wir auch kamen. In Umkleideräumen, in Hotels: Fenster ... Fenster. Dauernd ein Gefühl von Unruhe, und es war, als gaukelten wir uns selbst eine gewisse Ruhe vor, wenn wir an einem Fenster standen. Als erwarteten wir etwas anderes als das weiße Bild.

»Es schneit wieder ... jetzt wieder«, murmelte er. »Am besten fahren wir den Wagen zu dem Saal hin, packen aus und versuchen dann, eine geheizte Garage zu finden.«

Lola und ich gingen auch zum Fenster. Da draußen stand

unser Wagen wie ein kleiner Punkt von Geborgenheit, eine Schneegrotte, ein Schneehöhlengefängnis, und das war irgendwie beruhigend.

Zwei Stunden bis zur Vorstellung, und dann ...

Dann, nach der Vorstellung, folgte der schwerste Teil des Tages. Einander nahe zu sein und doch auch nicht. In der ersten Woche schien alles neu, und die Unruhe hatte uns noch nicht eingekreist. Wir waren noch etwas unsicher in den Rollen, und natürlich war Lappland zauberhaft, tra-la-la. Ein bißchen Schnee, ein bißchen Kälte, was tat das schon? Und drei Monate vergehen ja so schnell!

Wir waren draufgängerisch bis zur Unerträglichkeit. Manchmal hielten wir inne, spürten unsere Masken und wurden etwas verlegen. So leicht führt man sich gegenseitig nicht hinters Licht ...

In der Garderobe ging es leichter. Wir waren zu dritt, wir waren uns nahe, und Stück für Stück entkleideten wir uns, ohne irgend etwas dabei zu empfinden. Wir schminkten uns und schlüpften in die Kostüme, die Nervosität wegen der bevorstehenden Vorstellung machte uns redselig. Kleine, uninteressante Geständnisse tropften zu Boden und wurden weggewischt. Etwas über Lolas Mann, seine Eigenheiten und fixen Ideen. Björn sprach von seiner Braut in Stockholm, die einen Kursus für Krankenschwestern mitmachte und meistens unnahbar war.

Ich saß in der Regel still da und hörte zu, hatte nicht viel beizutragen.

Und wir redeten rauf und runter, hin und her, dies und das, aber nie von Erotik.

Wir sprachen nie von dem, was uns am meisten am Herzen lag, und doch glaube ich, daß wir schon damals spürten, wie wenig dieses Hinundhergerede uns würde bremsen können. Dieses Sextabu kam uns nicht natürlich vor, und in uns wuchsen Kräfte, die am Fleisch zerrten. Es war eine Spannung in uns, die wir nachts, nach den Vorstellungen, am stärksten empfanden. Da saßen wir in einem der Zimmer zusammen, Lola strickte an einem Riesenpullover und verlor Maschen, und Björn und ich lagen vielleicht auf ihrem Bettrand mit einem Buch, das bis auf Seite drei gelesen war. Dabei suchten wir wie die Irren nach Worten, und unsere Augen waren unentwegt in Lola gebohrt.

Sie blickte manchmal vom Strickzeug auf, beobachtete uns und bewegte die Lippen, als ob sie spräche. Doch es kamen keine Worte. Wir hatten keine Worte! Wir vergaßen in solchen Augenblicken, wie man redet, wie man Buchstaben in sich formt und Worte aufbaut. Man lächelte, man versteckte sich hinter seiner eigenen Durchsichtigkeit und bohrte die Nägel tief in die Handflächen.

Es würde leichter gewesen sein, wenn wir nicht zu dreien gewesen wären. Wenn wir eine Möglichkeit zu Kontakten außerhalb unserer Dreieinigkeit besessen hätten, aber wir erreichten die Außenstehenden nie. Sie liefen uns in der weißen Landschaft davon.

Unsere Tage glichen einer dem andern: Reisen, Auspacken und Vorstellung. Die Wiederholung der Eintönigkeit des Vortages saß uns wie ein verdorbener Bissen im Halse.

Wir hatten in Stockholm eine stillschweigende Übereinkunft abgeschlossen. Wir spürten, daß wir sie nicht würden einhalten können. Ich sah Lola nicht mehr auf dieselbe Weise an wie früher. Hörte nicht mehr, wie sie redete oder was sie sagte. Lola war zu einem großen Brunnen geworden, und ich fühlte, wie nahe ich daran war, mich blindlings in ihn hinunterzustürzen.

Auch Björn war verändert. Auch er hatte andere Blicke bekommen, und ich fühlte Angst vor dem, was geschehen könnte, obwohl ich die Situation gleichzeitig als etwas Herrliches, Perverses und schmerzhaft Schönes empfand. Und Lola begann, ihre entschlossene Haltung zu verlieren. Wir empfanden ihre Nachgiebigkeit wie einen frohen Schmerz in der Brust. Wir fühlten, daß wir nicht mehr länger auf die

Weise leben könnten. Ein froher Schmerz in der Brust, der bald wie ein Geschwür aufbrechen und uns ein Erlebnis ohne Hemmungen schenken würde.

Und wir fanden die Worte noch nicht, vielleicht suchten wir gar nicht nach ihnen; wir wollten sie nicht gebrauchen, wir fürchteten sie, und während wir auf das Schöne, Unausbleibliche warteten, versuchten wir die Tage und Nächte erträglicher zu machen, indem wir uns gegenseitig Zärtlichkeit entgegenbrachten. So sehr wurden wir von der Zärtlichkeit eingefangen, daß wir jetzt alles andere völlig routinemäßig erledigten.

Die Vorstellungen am Abend öffneten ein Ventil, nur nicht das richtige.

Lola zeigte jetzt ein Lächeln, das ich vorher nie gesehen hatte. Es war flüchtig, frech und offen, es reichte noch nicht aus, um mich ... oder Björn zum Handeln zu verleiten. Wir glitten wie in einem Traum umeinander herum, und wir fühlten, daß der Zeitpunkt sich näherte. Es war wie ein Schwindel, so als verlöre man seine Identität und wüßte trotzdem, daß man so lebendig, wie ich unser Warten erlebte — so lebendig noch nie gewesen war.

Und das Leben, das wir in Stockholm hinter uns zurückgelassen hatten, war ein trockenes Büschel Heidekraut und mehr nicht.

Wir verloren uns in das Weiß, wir drangen darin ein, und unsere früheren Gesichter waren nicht mehr dieselben.

Erst war das Gefühl der Zärtlichkeit fast betäubend. Es wurde ein Erlebnis, jenseits allem bisher Erlebten, Lola entzündete es, und es umfaßte uns alle drei. Es war eine Sanftheit, eine mild duftende Bewegung. Eine Bewegung, die Björn genauso verpflichtend aufnahm, wie ich es tat. Anfangs nahm sich die Zärtlichkeit die üblichen Freiheiten; leichte Flügelschläge über Lolas weichem Haar. Eine Hand an Lolas Wange, meine Hand oder Björns Hand. Alle unsere Hände, und es prickelte in den Fingerspitzen, und es strömte

Wärme durch sie hin, die von Lola aus in unsere Körper überging.

Wir berührten einander flüchtig. Noch waren die Worte nicht vorhanden, aber wir begannen, uns nach ihnen zu sehnen und nach neuen Bewegungen für die Glieder.

Ich weiß nicht mehr, wie die Vorstellungen verliefen. Nicht mehr, wie sie ausfielen, kaum noch, was wir spielten. Wir existierten, und das Wichtigste war jetzt, alle Hemmungen zu sprengen und sich zu begegnen. Zu dritt. Es lag in der Luft, und keiner schloß sich aus. Es erschien natürlich, und Lolas Lächeln war der Schlüssel.

Nach einer weiteren Woche waren wir uns genauso nahe wie Kälte und Wärme.

Auf dem Fußboden meines Hotelzimmers fing es an ...

Wir hatten uns über vieles geärgert: Ein idiotischer Lappe in der ersten Reihe hatte während der Vorstellung die Zeitung gelesen. Ein anderer hatte leere Flaschen unter die Stuhlreihen gerollt. Eine schlecht geheizte Garderobe und dünner Kaffee. Doch das blieben alles nur Ausreden, wir waren über unsere Stummheit verärgert und über das Jukken, das sich über und unter der Haut ausgebreitet hatte. Das sich wie eine lodernde Steppe in uns breitmachte. Wir waren geil, verdammt geil, und wir wußten, daß wir jetzt die richtigen Worte, die einleitenden Bewegungen finden mußten.

Wir hatten Kognak gekauft. Massenhaft. Wir mußten noch weiter nordwärts, noch weiter in die Eiszeit hinein, und da konnte man den Schnaps gebrauchen.

Ich hatte ausnahmsweise mal ein gutes Zimmer bekommen mit einem großen Kamin in der einen Ecke und einem Doppelbett. Bisher hatten wir unsere Unterwäsche immer schön ordentlich in unsern Einzelzimmern über die Stuhlrücken gelegt und waren in kalten Betten eingeschlafen, mit Wänden zwischen uns. Bestenfalls mit Lola im angrenzenden Zimmer.

Es war an der Zeit, wir hatten Sonnenschein im Gemüt und zwei volle Flaschen Kognak auf dem Tisch sowie einen kalten Auerhahn, den eine alte Frau in Råneå über dem offenen Feuer gebraten hatte, und eine kleine Dose russischen Kaviar.

Ich machte Feuer und rief die andern.

Wir aßen, wir tranken. Lolas Mann wurde immer kleiner, und als er so klein war, daß er auf die Handfläche gepaßt hätte, schien es an der Zeit, ihn auf die Scheite im offenen Feuer zu legen. Björns kleine Krankenschwester zog die Haube übers Gesicht und wurde völlig verwischt. Wir lagen auf dem dicken, weichen Teppich vor dem Kamin, Björn und ich jeder auf einer Seite von Lola. Wir starrten in das Feuer, und die Hitze versengte unsere Gesichter.

»Jetzt ist es gut, jetzt ist mir wohl«, sagte sie. »Und auf jeder Seite einer ist doppelt herrlich.«

»Soll ich die Lampe am Bett ausmachen?« fragte ich.

Sie sah mich fast vorwurfsvoll an, und mir wurde klar, daß ich vorsichtig über die Blumenwiese pirschen mußte. Bloß die Stimmung nicht verderben, die sich über uns schlich, nicht zu plötzlich sein.

»Ich meine... es ist schön, wenn wir nur das Licht vom Feuer haben.«

»Mach nur aus.«

Sie sah froher aus, lächelte ein wenig. Dann bohrte sie den Kopf in den weichen Teppich und stieß kurze Laute aus wie ein Kauz. Sie war jetzt ein Kätzchen: einen Augenblick lag sie auf dem Bauch, dann schnellte sie in die Höhe, um sich wieder auf den Rücken zu rollen. Zappelte mit den Beinen in der Luft und miaute.

Draußen fiel dichter Schnee. Das Fenster war ganz weißgetüncht, und wir fühlten uns völlig eingeschlossen.

»Mehr Kognak?« fragte Björn.

Wir tranken ziemlich viel. Wir hatten vielleicht noch ein wenig Angst; uns war etwas sonderbar zumute, und obwohl wir lange auf diese Situation gewartet hatten, überrumpelte sie uns in ihrer Schlichtheit. In uns war schon alles bereit, und es tat jetzt, da wir endlich die Worte finden sollten, fast weh. Die Zunge war gelähmt beim Gedanken an Worte, und wir versuchten, uns mit den Augen, mit den Gliedmaßen auszudrücken.

Lola lag zwischen uns, und ich hörte ihren Atem, der stoßweise kam, als raube ihr das Feuer den Sauerstoff.

Wir rauchten und tranken. Lola hatte plötzlich Lust, von ihrer Kindheit zu erzählen:

»Im Sommer wohnten wir in den Schären ... auf Blidö. Stellt euch vor, ich weiß nicht einmal mehr, wie das Haus aussah, komisch ... und auch nicht, wie man dorthin gelangte. Doch, das Haus war gelb mit weißen Ecken, und ich erinnere mich an den Duft von gelbem Labkraut oder Jungfrau Marias Bettstroh, wie es wohl auch genannt wird. Bettstroh ... Wenn ich an den Duft denke, wird der ganze Sommer wieder lebendig. Die Tage am Meer ... wie frei man sich fühlte.«

»Du warst sicher ein hübsches Ding«, sagte Björn.

»Hübsch?«

»Du warst sicher ein kleiner Frechdachs ... so klein.«

Er zeigte mit den Fingern, wie klein der Frechdachs gewesen sein mochte, und Lola lachte. Ich lachte mit, war aber neidisch auf Björns Ungezwungenheit und ganze Mimik. Weil er gerade jetzt so frei wirkte, weil er so lustig aussah, als er mit dem Gesicht zeigte, wie Lola als kleiner Frechdachs gewesen war.

»Ich habe auch in den Schären gewohnt«, sagte ich, um irgend etwas beizutragen.

Aber Lola wollte von ihrer eigenen Schäre weitererzählen und sah ärgerlich aus:

»Ja, das gelbe Labkraut. Soll ich euch was erzählen? Nein, ach, das ist so dumm ...«

Es sei ganz egal, wie dumm es war, sagten wir, und ich

dachte, Lola ist die schönste Frau, der ich je nahegekommen bin.

Ich war lüstern und neugierig darauf, was Lola uns zu erzählen hatte. Mir war, als träte ich aus meinem Körper heraus und befände mich in ihrem, in Björn, in allem Lebendigen auf Erden, und das Atmen fiel mir schwer.

»Es wuchs Labkraut draußen vor dem Klo«, sagte sie. »Ihr wißt, so ein altmodisches Klosett mit drei Löchern. Mit drei Löchern«, wiederholte sie, damit wir ihr weiterhelfen sollten.

Wie schwer sie atmete! Das konnte nicht nur die Hitze sein. Ich fühlte, wie sie gleichsam aus ihrer Schale herauswachsen wollte.

»Ich weiß schon«, sagte Björn. »So eins hatten wir auf dem Lande auch.«

Lola glaubte ihm nicht, wollte ein Patent auf ihr Klo haben.

»Das sagst du bloß so«, meinte sie. »Nur um nett zu sein.«

Wir lachten wieder.

»Ein bißchen mehr Kognak, sonst wage ich es nicht«, sagte sie und unterdrückte ein Kichern.

Björn stand auf, um die Flasche zu holen, und als er uns eingoß, fiel mir auf, daß seine Hosen wie ein Segel über seinem Glied gespannt waren. Ich sah es deutlich, und Lola wandte sich ab und lachte. Mir schien, als errötete sie, aber es war vielleicht nur das Feuer.

Dann legte er sich wieder hin und schob seinen Arm unter ihren Kopf. Ich machte es auch, aber das wurde zu eng und unbequem. Zog ihn wieder zurück.

»Erzähle«, flüsterte Björn.

Sie konnte ja etwas erfinden, noch hatte sie eine Chance, aber die Spannung war zu groß, sie ließ selbst der kleinsten Lüge keinen Platz mehr.

»Da drin waren wir manchmal ... und spielten«, sagte

sie. »Manchmal saßen wir nur auf den Löchern, quatschten und schissen. Oder wir spielten Kaufmannsladen ... und manchmal ... ja, da waren auch ein paar Jungens, etwas älter als ich. Sie besuchten uns oft dort, wo wir wohnten ...«

Ich fand ihre Erzählung etwas umständlich, das Letzte war vollkommen überflüssig. »Wir spielten manchmal Kühe ... da drin«, sagte sie.

»Kühe?« unterbrach Björn, aber ich machte ihm ein Zeichen, still zu sein.

»Wir spielten, daß sie Kühe waren, und ich ... ich sollte sie melken. Wir schoben immer den Riegel vor und zogen uns nackt aus, und dann krochen die Jungens auf allen vieren herum und brüllten ...«

Sie erzählte gedämpft und intensiv. Die Spannung war fast unerträglich und der Raum voller Lüsternheit.

»Und dann hast du sie gemolken?«

»Jaah ...«

Wieder eine Pause. Nur das Knistern der Flammen vor uns. Und ich sah Lola vor mir. Nicht Lola als Kind, wie sie mit kleinen Jungen spielte. Mir war, als erlebte ich sie in mir so, wie sie jetzt aussah.

Björn lag da und betrachtete sie mit halbgeschlossenen Augen, auch sein Atem ging keuchend und stoßweise.

»Und du hast sie — da angefaßt?« fragte er.

»Ja ...«

Sie sah plötzlich geniert aus. Als erwache sie aus einem Traum, in dem sie eine schlechte Figur gemacht und vergebens versucht hatte, die Hülle des Traums zu durchdringen und herauszukommen.

»War es schön?« fragte ich, und es bebte zwischen meinen Schenkeln.

Sie kam wieder auf ihre Schären zurück und antwortete leise mit »ja«.

Wir tranken mehr, und ich lag auf dem Rücken und betrachtete mein Schwert, das starr aufgerichtet unter den

Jeans stand. Ich schämte mich nicht und hatte auch keine Angst, daß die beiden es sehen könnten; unter normalen Umständen hätte ich mich in ein Mauseloch verkriechen mögen.

»Weiter«, sagte Björn. »Jetzt mußt du weitererzählen.«

Und er streichelte Lola die Schenkel bis zur Taille hinauf.

»Ich nahm ihn in die Hand und schob ihn rauf und runter«, sagte sie. »Der eine Junge hatte dort schon einen großen Busch und aus seinem ... aus seinem, nein, ich kann es nicht sagen.«

»Schwanz«, sagte Björn und lachte kurz auf. »Sag es!«

»Schwanz«, sagte sie ganz vorsichtig. Dann wiederholte sie das Wort einige Male, probierte es aus und nahm es in sich auf.

»Aus seinem ... Schwanz kam eine dünne Flüssigkeit in meine Hand. Und der anderen Kuh stand er.«

»Und was machten die dann mit dir?« konnte ich mir nicht verkneifen zu fragen.

»Es war der erste Sommer, nachdem ich meine Brüste bekommen hatte. Sie waren sehr klein, und ich war riesig stolz auf sie. Ich weiß noch, daß ich auf der ganzen Überfahrt zur Insel dachte: ich habe Brüste gekriegt ... jetzt werde ich es den Jungen zeigen. Ich war dreizehn. Stellt euch vor ... erst dreizehn Jahre. Sie streichelten mir die Brüste, küßten sie. Aber sie hatten gleichsam nicht entdeckt, was man alles mit ihnen anstellen könnte. Und ich war völlig unwissend. Weißt du?«

Sie wandte sich an Björn und lächelte.

»Weißt du, was man mit ihnen anstellen kann und mit all dem, was eine Frau mit sich durchs Leben trägt?«

Dann kehrte sie ihr Lächeln mir zu, und ihr Mund war eine fröhliche kleine Spalte zum Öffnen.

Björn küßte sie. Seine Lippen umschlossen die ihren, und er biß sie vorsichtig in die Zunge. Sie wimmerte ein wenig wie ein kleiner Hund, und er griff in ihr Haar. Ließ seine Lippen auch dort Ausflüge machen.

Ich drehte mich auf die Seite und spürte ihre Hüfte, zu gleicher Zeit hart und weich, und sie nahm meine Hand und ließ ihre Finger zwischen die meinen gleiten. Dann wandte sie sich mir mit dem ganzen Körper zu, und ich fühlte ihre rauhe Zunge an meinem Ohr. Ich konnte mich kaum beherrschen, mein ganzer Körper wollte wogen, aber ich bewegte den Unterleib nicht, aus Angst, es könne mir kommen. Drei Wochen ohne Brunnen. Die letzte Nacht in Stockholm eine verstaubte Nutte, die ich in einem Nachtklub der Altstadt getroffen hatte.

Dann fingen wir an, sie auszuziehen. Wir spielten ein Entkleidungsspiel und wechselten uns von Kleidungsstück zu Kleidungsstück ab. So, wie man von einer Blume die Blütenblätter abpflückt ... ja, nein ... ja, nein ...

»Nein«, flüsterte sie und richtete sich halbwegs auf. Aber es war, als sehe sie das Sinnlose in ihrem »nein, nein« sofort ein, sie ließ sich zurückgleiten und stützte sich auf die Ellbogen. Und die Angst, die eben aufgeflackert war, erlosch endgültig. Doch sie wollte eine Art Erklärung abgeben, Rechenschaft ablegen:

»Ich bin überhaupt nicht glücklich ... es ist nicht so, wie ihr glaubt ... Es glüht nie in meinem Bett in der Stadt ... da ist es nur tot ... nur tot ...«

Ich fand Erklärungen überflüssig; sie rührten auf und beschmutzten. Aber ich verstand sie. Sie wollte erklären und ihr Zusammenleben mit dem Mann zu Hause bloßlegen, damit wir sie verstehen würden, und damit sie die Situation nicht als schwer und unnatürlich zu empfinden brauchte. Wenn sie irgendwann aufwachte und ihr normales Leben fortsetzen sollte.

Jetzt hatte sie nur noch ein Paar weiße Höschen an, in denen sie sich verbergen konnte. Ein Paar schneeweiße Höschen über der hellbraunen Haut, und Björn schlängelte sie ihr vom Körper. Ich wagte noch immer nicht, mich zu bewegen. Noch nicht.

So lag sie dann da in ihrem Feuer; es war ein unfaßbares Wunder, und wir liebkosten ihren Körper, küßten ihren Mund, ihre Ohren, ihre Hände und Füße.

Björn zerrte sich schnell die Kleider vom Leibe, und ich konnte meine Jeans wegen meiner Erektion kaum runterkriegen. Wir lagen alle drei nackt nebeneinander, und es gab keine Scham auf Erden, nur Offenheit und Freude. Björn küßte ihre Brüste, nagte an ihnen, als wolle er die Haut abschälen, um an das dunkle Fleisch heranzukommen. Ich kniete mich über sie und streichelte ihre Schenkel, während ich mit der Zunge ihren Mohn in der weichen Schonung suchte. Sie hatte ihre Schenkel um meinen Kopf geschlungen, und ich badete mein Gesicht in ihrem reichlichen Naß. Ihre Schenkel zuckten krampfartig um meinen Kopf, und ich wollte mit der Zunge weiter hinein, tiefer als tief. Mir war, als bekäme ich keine Luft mehr; und ich spitzte erneut die Zunge, um dem harten Mohn zu begegnen.

Ich spürte Björns Hand an meiner Wange. Er merkte meine Zunge an ihrem Mohn und schrie auf. Ein verdammt schöner Schrei, der sicher einige Hotelgäste weckte. Jetzt konnte ich nicht mehr länger warten. Lolas zuckende Bewegungen mit den Schenkeln, ihr Atem, der jetzt nur als ein schwaches Säuseln durch die Nasenlöcher kam. Ich legte mich der Länge nach hin, und sie spannte ihren Körper zu einem Bogen. Ich preßte mein Glied zwischen ihre Fußknöchel, glühende Lava strömte heraus, und ich war fertig.

Ich weinte vor Freude, legte mich auf die Seite und trocknete mein Gesicht an dem Teppich ab. Ich war glitschig wie ein neugeborenes Kalb, und an meinem Gesicht klebte Sand vom Teppich. Als ich im nächsten Augenblick sah, wie Björn sie in Stücke sprengte, küßte ich ihre Augen und ihr Haar und war Björns verschwitztem Gesicht ganz nahe.

Ich betrachtete ihren nackten Körper und erlebte ihre wonnevollen Bewegungen mit ganzer Seele, und ich war noch nie so glücklich gewesen. Ein großer Schmerz, der mich wunderbar durchflutete. Ein Schmerz der Zärtlichkeit und eine Dankbarkeit über das Herrliche und Schöne im Leben. Wie unvergleichlich reich alles war, wenn man seinen Körper zur Freude gebrauchte.

Mein Glied richtete sich wieder auf, und ich kroch an Lola entlang und ließ es an ihr Ohr, in ihr Haar gleiten.

Sie schrie auf.

Nein, sie war es nicht; alle Freudenschreie der Welt formten sich in ihrem Mund und perlten hervor wie eine blaue Quelle.

»Schneller«, bettelte sie. »Björn ... tiefer, bis auf den Grund ... schneller ...«

»Bald«, hörte ich Björn flüstern, »... bald sind wir am Ziel.«

Und ich sah ihre Schenkel, Waden und Füße. Sie bewegten sich wie Wellen um Björns Hinterteil und ragten wie Riffe in ihrem Meere auf.

»Jetzt ... jetzt ... es kommt, ich sterbe.«

»Jetzt«, flüsterte auch Björn, und im selben Augenblick fühlte ich Lolas Lippen.

Björn ruhte sich aus, den Kopf zwischen ihren Brüsten, und sie lag still, mit geschlossenen Augen, auf dem Rücken. Keiner von uns sprach. Ich glaube nicht einmal, daß wir auch nur einen Augenblick an das dachten, was eben geschehen war oder an die Ursache dazu. Es gab bloß eine einzige große Dankbarkeit in uns, und es gab auch uns selbst nur in diesem Jetzt.

Lange lagen wir regungslos da und ließen das Feuer sein Leben leben. Wir drängten unsere Gesichter aneinander, und wir sahen uns ohne Maskierung in die Augen.

»Es gibt keine Scham«, sagte Lola. »Es gibt überhaupt nichts Häßliches ... nur Leben.«

Es lag vielleicht ein Flehen in ihrer Stimme, und wir vernahmen es und antworteten schnell.

»Nein, es gibt keine Scham ... wenn nur alles echt und richtig ist.«

»Wollen wir uns anziehen?«

Die Frage fiel weich auf den Fußboden und suchte keine Antwort. Nur noch eine Weile beieinander sein. Ein kurzes Ausruhen noch.

Es schien, als seien alle Erklärungen sinnlos. Wir akzeptierten unser Verhältnis, und ich dachte an die Zukunft und war plötzlich glücklich darüber, daß wir noch Monate vor uns hatten.

Jetzt gab es nur noch uns drei auf Erden, und alle, die um uns herum lebten, waren bloß Statisten in einem Schauspiel: Hoteliers, Theaterleiter, Zimmermädchen, die wenigen aus dem Publikum, die sich hinter die Kulissen wagten. Alle lebten ein Leben jenseits unserer Erde.

Am Tage nach unserer ersten Begegnung saßen wir schweigend im Wagen, aber jene Natürlichkeit, die uns am Abend umschlossen hatte, war noch immer da und trug uns. Wir genierten uns nicht voreinander, waren nur etwas müde. Und vielleicht dachte Lola ein wenig an ihren Benjamin, der zu Hause in Stockholm herumlief und Teppichfransen kämmte. Davon hatte sie erzählt; von seinem Reinemachefimmel. Er wischte den Fußboden hinter ihr und kämmte die Teppichfransen, wenn sie es einmal gewagt hatte, dieses echte Wohlstandssymbol zu betreten. Da hatte sie gelacht, erzählt und erläutert, doch ihre Augen waren nicht ganz bei der Sache. Waren traurig. Vielleicht dachte sie an Benjamin, vielleicht war sie nur müde und sehnte sich nach der Nacht.

Nach ein paar Stunden wagten wir zu zeigen, daß das, was uns widerfahren war, uns nicht geschadet hatte; wir fingen an, von alltäglichen Dingen zu reden, wir saßen da und fantasierten uns von der weißen Landschaft draußen vor den Wagenfenstern weg.

»Du bist der Daumen«, sagte Lola zu mir. »Der kleine Daumen, der so leicht in den Mund schlüpft.«

Dann schwieg sie und lachte etwas verschämt.

»Was bin ich denn?« fragte Björn ungewöhnlich schnell.

»Jaa ... was bist du für einer? Ein großer Brummbär vielleicht, der die Augen voller Honig hat und vor all dem Süßen nichts sehen kann ... Oder ein kleiner Schneckerich mitten auf der Landstraße, der sich in sein Haus zurückzieht und glaubt, daß das große Auto ihm nichts anhaben kann, wenn er sich nur richtig zusammenzieht ... Dir ist Glut auf die Jacke gefallen ...«

»Wo sind wir denn heute abend?«

Wir sahen den Tournee-Plan durch, und uns wurde schlecht von den Namen der Orte.

»Man sieht überall kastrierte Rentiere«, sagte Lola. »Kennavara, wir sind in der Nähe der finnischen Lappmark. Wagen wir es, auf die Karte zu gucken, oder lassen wir es lieber?« Wir wagten es; Gott, wie lange war das her. Ganz oben am nördlichen Eismeer und vierzig Grad Kälte.

Wir machten Pinkelpausen, und jetzt spürten wir die Kälte fast nicht, so als wenn man in einer überhitzten Sauna friert. Lola hockte sich ungeniert hin und ließ ihren Strahl ein tiefes Loch bohren. Björn wollte ein großes »F« in den Schnee schreiben, aber es reichte nicht aus. Ich war noch etwas gehemmt und drehte mich diskret zur Seite.

Dann fuhren wir weiter. Mit ungefähr zehn Grad plus im Wagen. Lola und ich legten uns unter die Wolldecken.

»Leg die Arme um mich«, flüsterte sie. »Ich erfriere.«

Ich faßte ihre Finger in den Fäustlingen an — sie waren eiskalt, und ich begann sie zu massieren.

»So kalt bin ich am ganzen Körper«, sagte sie. »Es gibt kein einziges warmes Pünktchen in mir.«

Ich legte mich halb auf sie, um ihr meine Plusgrade zu geben.

Sie fing an zu zittern. Ich rieb mit den Händen an ihren

Schenkeln auf und ab, um sie etwas elektrisch zu machen.

»Wir sind bald am Ziel«, sagte Björn. »Noch zehn Kilometer.«

Kennavara, ein Dorf mit einer Pension, Versammlungshaus und vier, fünf Häusern. Wir wunderten uns immer, wo das Publikum am Abend herkam, und erfuhren, daß man im Auto, auf Schiern oder mehrere Kilometer zu Fuß kam, um die Vorstellungen zu sehen.

Wieder der Wildgeruch. Wieder der schnelle Umschlag von Winterkälte in muffige Wärme. Wieder schüchternes Lächeln und eine Sprache, die eine Mischung aus Finnisch, Schwedisch und Lappisch war. Wieder mißtrauisches und doch freundliches Lächeln. Nie eine einzige Frage; wir wurden in diesen Gegenden als etwas seltsam Überirdisches betrachtet. Oder vielleicht als das Gegenteil.

Die alte Lappin stand in der Küche und klopfte Fleisch. Sie trat einen Schritt zurück, starrte uns an und nahm wieder den gewohnten Gesichtsausdruck an.

»Wir sind vom Theater«, sagte Björn. »Wir haben wegen Zimmern geschrieben.«

Sie antwortete nicht, lächelte nur und wies uns zurecht. Wir schleppten unser Gepäck durch ein Labyrinth von Korridoren, und je weiter wir kamen, desto schwerer wurde uns das Atmen.

»Die besten ... die besten Zimmer«, sagte die Wirtin.

Wir dankten und erklärten uns mit ihren Zimmern zufrieden. Wieder drei Einzelzimmer, aber jetzt hatten wir keine Angst mehr vor ihnen. Wir grinsten uns kurz an und verschwanden mit unseren Koffern. Wie die Zimmer aussahen, ob sie komfortabel waren oder Aussicht hatten — das war alles unwesentlich. Wir gingen geradewegs auf die Betten zu und befühlten sie. Baten darum, geweckt zu werden und schliefen. Wir waren neun Stunden unterwegs gewesen und todmüde.

Wir wurden geweckt, gingen zum Versammlungshaus hinüber und halfen beim Aufstellen der Dekorationen. Holten unsere Schminke hervor und machten uns für die Abendvorstellung fertig. Wieder eine Vorstellung, und jetzt lächelten unsere Augen echt hinter den Repliken. Endlich. Und wir liefen in unsern Kostümen umher und spielten die französische Komödie ›Drei‹; mit jeder Betonung versprachen wir uns eine neue Nacht.

Klatschender Applaus und ein Publikum, das in die Kälte und die weiße Nacht hinaus verschwand. Ein Vorsteher, der sich bedankte und für die Vorstellung bezahlte. Immer ein unscheinbarer und dienernder Vorsteher.

Aber nicht mehr die Angst vor dem geschlossenen Raum, vor der Weite draußen. Kein Grauen mehr vor all dem Toten in der winterlichen Lappmark.

Jetzt gab es nur uns drei, und wir konnten viel Leben miteinander schaffen. Als wir uns abschminkten und dadurch wir selbst wurden, lachten wir zum erstenmal richtig befreit.

»Heute abend«, flüsterte Lola.

»Doppelt so schön und herrlicher als das Doppelte des Doppelten«, sagten wir.

»Ich schaff' es nicht bis nach Hause«, sagte Lola. »Ich schaffe es nicht, schaffe es nicht.«

»Es ist ja nur quer über die Straße.«

»Das ist zu weit ... für mich ist kein Weg kurz genug.«

Ihre Stimme jubelte, sie zog ihr elegantes Kostüm aus und schlug einen ausgelassenen Trommelwirbel auf ihrem Popo. Wir lachten und beeilten uns, gejagt von den Wölfen, den Wildschweinen — den Trüffelsuchern.

Durch das Fenster des Umkleideraums konnten wir unseren Gasthof sehen, und wir hatten zum erstenmal das Gefühl, ein Zuhause gefunden zu haben.

Wir liefen durch den tiefen Schnee quer über die Straße, und wir sangen, jauchzten und lachten. Wir rieben uns gegenseitig das Gesicht mit Schnee ein, und ich küßte Lolas

Schneemund. Er war frisch und rein, so daß ich es wiederholen mußte.

»Jetzt können wir alles tun, wozu wir Lust haben«, sagte Lola und öffnete die Tür zum Lufthof.

Wir schlichen uns an der Frau mit dem Fleisch in der Küche vorbei und wieder durch die schmalen, dunklen Gänge.

»Ich finde, wir sollten uns umziehen«, sagte Lola. »Als wenn wir ausgehen wollten, und dann sehen wir uns in einer Viertelstunde. Ist das den Herren recht?«

Es war ihnen recht, und Björn pfiff *When you wish upon a star* und verdrehte die Augen, bevor er in sein Zimmer rannte.

Ich suchte meinen grauen Flanellanzug hervor, der jetzt zerknittert war. Ich hatte ihn auf der ganzen Tournee ein einziges Mal angehabt; es hatte einfach an Gelegenheit dazu gefehlt. Dann wusch ich mich, seifte den ganzen Körper ein und fühlte, wie das Herz Ding-dong in der Brust machte. Ich fand, daß ich ganz gut aussah, und ich klopfte bei Lola an.

»Donnerwetter, das ging schnell«, sagte sie. »Was sagst du?«

Ich sah sie an. Sie trug ein wunderbares Kleid in hellem Ocker, das ich noch nie gesehen hatte. Es war wie Haut, und das dunkle Haar hatte sie leicht und luftig gebürstet. Ihr Gesicht war ausgeruht und ruhig, und ich mußte unwillkürlich ihre Lippen küssen. Ihre Schönheit stieg wie eine Hyazinthe unmittelbar aus der schwarzen Erde auf, sie verbreitete ihren Duft und ihre Farbe über den schäbigen, feuchtfleckigen Raum. Sie leuchtete wie eine Fackel, und das Zimmer verlor seine fettige, schmutzige Oberflächenhaut, und die Gegenstände um Lola herum funkelten wie Edelsteine: Tisch, Stühle, Bett, Decken, Bilder — alles veränderte sein Aussehen unter ihrer Zauberkraft. Dreckige Ölgemälde mit Birken und dem kleinen Ruderboot an einem bewegten See wurden zu leichtfertigen Stichen mit Hirten und Hirtinnen in anmutigem Liebesspiel. Das Bett war ein Lager aus Mimosen und Weiden, und dort würden wir ruhen, mit ihren weichen Brüsten im Mund, und uns nach Erlösung sehnen.

Wir würden ihre Befreier sein, ihre Hengste, und noch nie bin ich so nahe daran gewesen zu wiehern, wie in diesem Augenblick. Sie würde es sicher nicht übelgenommen haben, jetzt waren wir offen, es gab keine Mauern mehr niederzureißen. Sie waren zerbröckelt, es war nichts mehr von ihnen übrig.

Björn klopfte an und kam herein. War von ihrer Schönheit und Harmonie genauso ergriffen wie ich. Stand eine Weile wie angenagelt und konnte keinen andern Ruheplatz für seine Augen finden.

Lola machte das elektrische Licht aus und zündete ein paar kleine Kerzenstümpfe an, die wir im Hotel in Vittangi gestohlen hatten.

Wir setzten uns um den Tisch. Sahen sehr feierlich aus in unsern Festkleidern, als wären wir Konfirmanden oder zum ersten Ball herausgeputzt. Wie auf Kommando brachen wir in Gelächter aus und hatten das Bedürfnis zu reden.

»Wir sind ganz schön albern, was?« sagte Lola. »So teuflisch verantwortungslos habe ich immer sein wollen, davon habe ich von jeher geträumt. Aber ich hatte nie die Möglichkeit dazu, und außerdem glaube ich auch nicht, daß ich den Mut dazu besessen hätte ... bisher.«

»Aber hast du daran gedacht?« fragte ich und fühlte die Spannung vom Abend vorher, als Lola von den Spielen ihrer Kindheit erzählt hatte. Ich wollte, daß sie weitererzählte. Ich wollte von der saugenden Sehnsucht und der Begierde aufgestachelt werden, die sie durch die langsame Art und Weise in mir erweckte, in der sie von ihrem Leben, ihren Träumen erzählte.

Wir wechselten über auf das Bett und setzten uns schön nebeneinander, eins, zwei drei.

»Ich denke fast immer daran«, antwortete sie leise. »Zu Anfang hatte ich vor meinen Gedanken Angst, aber dann entspannte ich mich und ließ sie fliegen, wohin sie wollten. Aber ich fühlte mich einsam mit diesen Träumen. Benjamin genügte nicht ... konnte nicht ... nein, ich will nicht an ihn denken ...«

Wir saßen still da, und Björn streichelte ihre Schenkel. Sie bebte ganz leicht, als er sich der weichen Scham näherte, die unter der weichen Kleiderhaut lag und in warmer Erwartung klopfte. Ich beugte mich über das Bett und liebkoste ihre Brüste, während ich sie dauernd bat, etwas zu sagen. Ich flehte ihre Lippen an, all die Worte zu sagen, die zum Bersten reizen.

»Du mußt reden«, flüsterte ich. »Woran hast du gedacht, wenn du mit deinem Benjamin ins Bett gingst ...«

Sie zögerte kurz und öffnete sich dann wie ein Vulkan.

»An euch«, flüsterte sie, »an euch und an alle Männer auf der Welt. An alle Männer, die mich mit ihrem bloßen Gewicht hätten töten können. Manchmal sind sie weiß, manchmal gelb oder schwarz.«

Sie lachte auf, spitzte die Zunge, während sie unsere Reaktion in sich einsog. Björns Hand bewegte sich wie ein Vogel über ihren Schenkeln. Hielt still, kniff zu und flatterte weiter über ihren Körper hin. Als er sich ihrem Brunnen näherte, hielt er inne, und sie drückte ihren Körper gegen seine Hand, als wolle sie mehr.

»Ich glaube, die Schwarzen sind prima«, fuhr sie fort, »aber die Gelben haben mehr Ausdauer ... hab' das irgendwo gelesen. Die können es bis in alle Ewigkeit machen, bis in alle Ewigkeit.«

Sie schnellte hoch, umfaßte meinen Kopf und zog meinen Körper über sich. Ich küßte sie und spürte ihren Bauch unter meiner Lanze. Björns Hand setzte seine Wanderung an meiner einen Seite fort, und ich biß sie in die Lippe und bekam ein paar Tropfen von ihrem Blut in den Mund. Es schmeckte nach Eisen, und es beglückte mich, Lola eine Wunde beigebracht zu haben. Eine kleine Wunde, aus der ihr Blut hervorsickerte und in mich hinein.

»Hast du noch nie daran gedacht, wie es mit einer Frau sein würde?« fragte Björn und atmete schwer. Ich hörte, wie verdammt geil er war, und ich schrak zusammen bei seiner Frage.

»Mit einer Frau?«

Lola besann sich einen Augenblick, drückte sich an mich und erwiderte:

»Warum möchtest du das wissen? Würde dich das aufregen?«

»Ja ... ich stelle mir manchmal zwei Lotusblüten vor, die daliegen und miteinander spielen. Wie sie sich liebkosen, die Brüste streicheln, wie sie ihre Hände eine in den warmen Brunnen der andern legen.«

»Ich habe das noch nie mitgemacht ... aber vielleicht habe ich hin und wieder daran gedacht«, sagte Lola. »Mag sein.«

Doch wir hörten, daß es ihr fremd war und daß sie nur Björn einen Gefallen tun wollte.

Ich knöpfte ihr Kleid auf und riß die beiden Hautteile auseinander. Ich streifte ihr den BH und die Schlüpfer vom Leibe, und sie lag nackt da, nackt den zweiten Abend. Ich ließ meine Hand an ihrem harten Bauch entlanggleiten, verharrte mit einem Finger im Nabel, bohrte einen Augenblick und fühlte weiter unten ihre weiche Matte. Und eine Hand. Dort war besetzt, ich küßte statt dessen ihre Brüste, und sie flüsterte:

»Ich bin eine Dirne ... nein, das hört sich nicht schön an. Ich bin eine kleine, geile Hure ... klingt das besser?«

»Viel besser«, antwortete Björn dunkel, aber ich dachte an meine Nutte in der Altstadt, die nach Gin und Schafsfett roch. ›Wo sie das bloß herhatte?‹

»Ich bin eine Hure ... ich bin eine Hure«, schnatterte sie.

Ich biß sie leicht in die Ohrläppchen, während ich meine Hände tief in ihre Brüste drückte.

»Ich bin geil, ich bin eine Hure ... Schwanz«, sagte sie plötzlich und kicherte. »Schwanz ... Schwanz ... Schwanz.«

»In deiner Votze ... deiner weichen, saftigen kleinen Votze.«

»Jetzt«, sagte sie. »Jetzt ... jetzt ... jetzt.«

Sie richtete sich auf und sank wie zum Gebet in die Knie. Ich stellte mich breitbeinig hinter sie und führte meine Hand in ihre Scheide, fühlte den Stachelbeerbusch und pflückte ihre einzige Frucht. Ich spürte ihre enorme Absonderung, es lief mir wunderbar am Arm herunter, und ich spielte mit meiner Hand in ihr. Es war, als könne ich ihr Inneres erreichen.

Mein Kolben war steinhart, und ich führte ihn geradewegs hinein, das Zusammentreffen verlief ohne jede Mühe. Björn stand vor ihr und hatte seinen wuchtigen Stößer zwischen ihren Brüsten versteckt. Er bewegte sich langsam im Takt: eins-zwei, eins-zwei ...

Ich ließ meine Hände nach vorn gleiten und fühlte die Brüste sein Glied umschließen. Die Knospen waren steif wie Turmspitzen, und sie hatte Björn darauf aufgespießt.

Das Zimmer war voller Geräusche, die die Hitze noch heißer machten. Das Geräusch meines Kolbens, während ich ihn hin und herbewegte; es saugte an und ließ los und hörte sich wie ein zufriedenes Schmatzen zwischen ihren Schenkeln an. Ich hatte ihren Hintern an meinem Bauch, und ich war ein Hengst, der seine Stute deckte. Ich wieherte!

Ich wieherte, wie ich die Hengste draußen auf dem Lande vor lauter Brunst hatte wiehern hören.

»Ich bin eine Stute«, sagte Lola. Sie war anpassungsfähig und vermochte einem zu folgen ... »Ich bin eine Stute«, wiederholte sie, »und ich weide auf einer Wiese. Ich bin eine kleine unschuldige Stute, die noch nie was mitgemacht hat.«

Sie sprang auf und rannte im Zimmer umher.

»Jagt mich!« schrie sie. »Jagt mich, reißt mich in Stükke ... bringt mich um. Ich bin eine Stute, und ihr beide seid zwei gewaltig brünstige Hengste ...«

Wir jagten in dem winzigen Zimmer hinter ihr her. Wir zerrten an ihr, sprangen sie an. Kniffen sie, während wir nackt umherliefen. Ich gewann und fing sie wieder in meine frühere Stellung ein. Wieherte hengstzufrieden und rannte ihn ihr in den Leib.

Sie wieherte stoisch, und ich sah, wie sie Björn genüßlich mit der Hand Lust bereitete.

»Wie groß er ist«, sagte sie. »So groß und hart ...«

Ich zerdrückte ihre Brüste fast, ich wollte sie vernichten, sie lebendigen Leibes aufessen. Ich ließ ihn hin und herwandern, während meine Augen wie verhext an ihren kleinen Händen um Björns riesigen Schwanz hingen.

»Es kommt bald, verdammt, es kommt!« schrie Björn. »Warte, Lola ... langsamer ... sonst kommt es ...«

»Dann laß es kommen«, antwortete sie. »Mir kommt's auch ... Mir kommt's auch. Ah ... es ist zum Sterben ... Wie ist's mit dir, Bengt?« fragte sie.

»Gleich«, flüsterte ich, »... gleich ... ich werde dich füllen, bis du wie ein gespannter Ballon bist ... bis du in die Lüfte steigst ...«

»Mehr!« schrie sie. »Mehr, mehr, mehr ... bis ich sterbe ... so wie jetzt möchte ich sterben ... bei euch ... mit euch ...«

Ihr Körper fiel in Krämpfe, ein wunderbarer Krampf, der sich durch das ganze Zimmer fortpflanzte ... Ein Flitzbogen, bis zum Äußersten gespannt ... ein Regenbogen, so zerbrechlich war er im nächsten Augenblick.

»Ich sterbe ... ich bin tot«, flüsterte sie. Wir entluden alle drei gleichzeitig. Total erschöpft sanken wir auf die Matratze.

Wir kamen zu uns, als es klopfte. Es war, wie wenn man am Morgen aufwacht und nicht imstande ist, sich in einem vertrauten Zimmer zu orientieren. Es klopfte an der Decke, an der Tür, an den Wänden. Überall ärgerliches Klopfen von Leuten, die jene Welt bewohnten, der wir nicht mehr angehörten.

Wir lagen ganz still, aber ihr Klopfen hörte nicht auf.

»Ich muß was zu ihnen sagen«, sagte Lola. »Ich muß eine Erklärung geben, irgend etwas. Ich weiß nicht mal, ob wir dieselbe Sprache sprechen ... die und ich.«

Sie hüllte sich in einen Morgenrock, es war, als hätte sie zu den fremden Stimmen da draußen in ihrer Nacktheit nicht reden können.

»Ja ... was ist denn los?« sagte Lola ruhig.

»Sie müssen still sein ... Sie wecken das ganze Haus. Was machen Sie denn eigentlich da drin ... nehmen Sie doch auf andre Menschen Rücksicht ...«

»Wir proben«, antwortete Lola eiskalt. »Wir müssen proben, das gehört zu unserem Beruf ... aber jetzt werden wir still sein.«

Wir hörten, wie die Fremden mit wütenden Schritten in das Labyrinth davonschlurften, und Lola kam wieder zu uns.

»Wie wäre es mit einer kleinen Vergewaltigung?« lächelte sie. »Aber dann muß es eine verflixt geräuschlose kleine Vergewaltigung sein ...«

Wir lachten und bereiteten uns auf die nächste Runde vor ...

EVA BERGGRÉN

Die Wege des Herrn

Pastor Henningsen hörte nie auf, sich darüber zu wundern, daß saubere Wäsche da war, wenn er sie wechseln wollte; er war so lange Junggeselle gewesen, daß er den Mangel an frischer Wäsche beinahe als einen natürlichen Zustand hingenommen hatte. Munter pfeifend knöpfte er das weiße Hemd zu und besah sich im Spiegel: So war es also, verheiratet zu sein. Wie hatte er's früher nur ausgehalten?

»Erland«, rief seine Frau von der Treppe zum oberen Stockwerk, »wirf deine alten Hosen herunter, dann kann ich sie nachher bügeln.«

Er tat, was sie sagte. Als er sie am Fuß der Treppe stehen sah, wurde er von Glück erfüllt. Sie verkörperte alles, was ihm wert und teuer war: Ordnung, Klarheit, Geborgenheit, Ermunterung. Sie lächelte zu ihm hoch, ein strahlendes Lächeln, das im Dunkel der Treppe leuchtete.

»Ich liebe dich«, sagte er.

Sie wollte sagen, daß sie ihn auch liebe. Sie wollte sagen ... Sie sah auf die Uhr.

»Der Brei ist fertig«, sagte sie. »Ich hole ihn gleich herein.«

In seinen Ohren klangen die Worte wie eine Liebeserklärung.

»Schaffe ich's noch, den Schlips zu binden?« fragte er, hauptsächlich, um sie zurückzuhalten. Lachend durchschaute sie ihn.

»Das schaffst du gerade noch«, sagte sie und verschwand, eine unbestimmte Sehnsucht zurücklassend.

Der Brei stand auf dem Tisch, als er herunterkam. Das blaukarierte Tischtuch, die Vase mit roten Pfingstrosen, das Fenster, das zum sonnigen Obstgarten hin geöffnet war: alles wurde in ihm zu einem Lobgesang auf die Ehe. Er nahm sich eine große Portion Brei.

Sie stellte die Schale mit Apfelmus an seinen Platz.

»Dieses Mus ist säuerlicher als das vorige«, sagte sie. »Ich glaube, es wird dir besser schmecken.«

»Sicher«, sagte er, da er wußte, daß sie recht zu haben pflegte. Er goß reichlich Mus über den Brei und dann noch Milch darüber.

»Gut«, sagte er beim ersten Löffel. »Mächtig gut.«

Sie schnitt ihm eine Scheibe Brot ab und schob ihm den Butterteller hin. Er vergaß so leicht, sich ordentlich aufzulegen, wenn sie nicht aufpaßte.

»Fährst du nachher zum Schiff herunter und holst Marianne Strömberg ab?« fragte sie. »Sie braucht sicher Hilfe mit der Reisetasche.«

»Marianne Strömberg«, sagte er und runzelte die Stirn.

Sie konnte ein Lächeln nicht zurückhalten. Die Zerstreutheit ihres Gatten machte sie immer wieder mütterlich gerührt.

»Die Praktikantin«, sagte sie und schob ihm auch den Käse hin. »Sie wollte ja heute kommen.«

»Ach, die«, sagte er und schmierte sich kleinlaut eine Schnitte.

Dieser Tag bedeutete also, daß es für eine bestimmte Zeit mit ihren liebgewordenen Mahlzeiten zu zweit ein Ende haben würde. Er blickte sie an. Aber Gudrun sah überhaupt nicht traurig aus.

»Es wird schön sein, Hilfe zu bekommen«, sagte sie. »Ich habe mich in der letzten Zeit etwas müde gefühlt.«

Er spürte eine schwache Hoffnung.

»Du glaubst nicht ...?« sagte er und unterbrach sich verlegen.

Sie goß ein Glas Milch ein.

»Nein«, sagte sie leise. »So ist es nicht.«

Gedankenvoll aß sie den Brei auf. Fleißiger als gewöhnlich hatten sie in den letzten Monaten ihre ehelichen Pflichten erfüllt. War es immer noch nicht ausreichend?

Er sah sie bekümmert an, während sie den Kaffee servierte. Das helle Baumwollkleid hob die Sonnenbräune ihrer runden Oberarme hervor, das roggenblonde Haar leuchtete, und als sie sich über seine Tasse beugte, sah er den Pfirsichflaum auf ihren Wangen. Die breiten Hüften, die Rundung der Brüste, alles sah so blühend aus. Aber sie war bald dreißig. Wo hatte er gehört, daß die Fruchtbarkeit in den Dreißigern abnimmt?

»Gott könnte unsere Gebete gern bald erhören«, murmelte er.

Sie warf ihm einen schnellen Blick zu. Eine Strähne seines braunen Haares hing ihm in die Stirn, der Mund unter der geraden Nase war ernst. Würde sie ihn nicht so gut kennen, hätte sie glauben können, er sei mit Gott unzufrieden.

»Schade, daß ich abends so müde sein muß«, sagte sie leise und setzte die blaue Kaffeekanne ab.

Er sah hastig auf, der Blick seiner grünen Augen bat um Verzeihung.

»Ich sitze zu lange und lese«, sagte er. »Das ist eine Angewohnheit aus meiner Junggesellenzeit.«

Sie streichelte ihm leicht übers Haar und ging an ihren Platz zurück.

»Es gehen sicher mehrere Züge«, sagte sie leichthin, selbst fragend, warum die Erfüllung der ehelichen Pflichten immer so ... ja, zeitraubend sein mußte. Sie reichte ihm den Teller mit Gebäck.

»Nimm einen«, sagte sie und lächelte. »Sie schmecken wirklich prima, ich habe sie gestern gebacken.«

Sie waren gut, und er spürte einen gewissen Trost; die Spatzen zwitscherten in dem Jasminbusch vor dem Fenster. Sein Mißmut verschwand, und er nahm einen neuen Keks. Wenn man recht überlegte: Gudrun und er waren erst zwei Jahre verheiratet. Natürlich würden sie Kinder bekommen. Es galt nur, nicht den Mut zu verlieren. Heute abend könnten sie es ja wieder versuchen. Zufrieden ging er hinaus, um eine Pfeife zu rauchen, bis es Zeit wurde, zum Schiff zu fahren.

Als er zur Brücke hinunterkam, hatte das Boot schon festgemacht. Ein wenig neugierig betrachtete er das Mädchen neben der weißen Reisetasche. Sie sah etwas verloren aus, aber das sicher nur, weil er sich verspätet hatte. Er öffnete die Wagentür und stieg aus.

»Verzeihen Sie, daß ich zu spät komme«, bat er. »Ich kann nie die Zeit einhalten.«

Der unruhige Ausdruck ihres Gesichts verschwand. Pastor Henningsen streckte seine Hand aus.

»Willkommen«, begrüßte er sie. »Ich hoffe sehr, daß Sie sich bei uns wohlfühlen werden, Fräulein Strömberg.«

Sie legte ihre Hand in seine.

»Sagen Sie Marianne«, sagte sie hastig. »Ich bin erst siebzehn. Sie dürfen gern Du sagen, Herr Pastor.«

Er sah auf ihre stämmige Hand hinunter.

»Dann tu ich's auch.« Er lächelte. »War die Reise gut?« Er hievte ihre Tasche auf den Rücksitz und bat sie einzusteigen. Erst jetzt entdeckte er, daß sie lange Hosen anhatte. Nun ja. Die trugen heutzutage alle Mädchen. Er schloß die Tür hinter ihr, ging herum und setzte sich hinter das Lenkrad.

Sie war froh, daß er nett aussah. Sie lugte heimlich zu ihm hin. Er hatte einen lieben Mund, das sah sie sofort. Die Hände auf dem Lenkrad sahen auch lieb aus. Sie seufzte ein bißchen. Es war ein schönes Gefühl, wenn Leute lieb waren.

Auch er warf von Zeit zu Zeit einen Blick auf sie. Die Scheibe war heruntergekurbelt, und der Wind spielte in ihren langen Haaren. Süß war sie schon. Ihre Stupsnase ließ sie wie ein kleines Kind aussehen. Im Haar war überhaupt keine Ordnung, es wirkte so zerrauft und sonnengebleicht, daß man meinen könnte, sie käme direkt von der Westküste. Daß sie Gudrun eine wirkliche Hilfe werden würde, vermochte er nur schwer zu glauben. Sie schien überhaupt nicht in eine Küche hineinzupassen, am allerwenigsten mit dem gestreiften Baumwollhemd.

Aber Pastor Henningsen hatte unrecht gehabt! Sie paßte ganz ausgezeichnet dorthin. Im blauen Kleid und weißer Schürze wirkte sie außerordentlich praktisch, und sie kochte Essen und machte sauber, mindestens so sorgfältig wie Gudrun. Schließlich schämte sich Pastor Henningsen seiner übereilten Schlußfolgerungen.

Er beschloß, in der Predigt am Sonntag besonders hervorzuheben, daß man nie nach dem ersten Anschein urteilen solle. Am Samstag nachmittag saß er eifrig am Schreibtisch und schrieb, während er dann und wann nach geeigneten Zitaten in der Bibel blätterte. Der Haufen beschriebener Papierbogen wuchs auf dem schwarzen Schreibtisch. Da klopfte es an die Tür, und Gudrun kam herein.

»Laß dich von mir nicht stören«, sagte sie und zog eine Schublade aus dem Schreibtisch heraus. »Ich wollte weggehen und die Lose fürs Rote Kreuz verkaufen. Wo habe ich denn diese Liste?«

Sie fand sie und schob die Lade mit einem Knall wieder zu.

»Kommst du nach Hause, so daß ich heute nachmittag die Grundleine auslegen kann?« fragte er. Er widerstand seinem Impuls, die Hand auf ihre runde Hüfte zu legen. Sie hatte ein helles Kleid an und sah unwiderstehlich frisch aus.

Sie blickte ihn bekümmert an.

»Ich wollte bis zum Fischereiplatz herunterradeln«, sagte sie. »So schnell komme ich bestimmt nicht wieder.«

Er versuchte, kein enttäuschtes Gesicht zu machen.

»Es ist so schön draußen«, sagte er. »Und es würde solchen Spaß machen, die Leine auszuprobieren.«

Gudrun nickte energisch.

»Du mußt Marianne mitnehmen«, sagte sie. »Ich bin sicher, daß sie rudern möchte. Ich habe keine Ruhe, bevor ich diese Lose losgeworden bin.«

Sie radelte auf dem schmalen Sandweg zum Fischereihafen Österö. Es war ein beschwerlicher Weg, die Sonne schien ihr ins Gesicht, und die Räder wollten die ganze Zeit rutschen. Blinzelnd sah sie über die Felder hinaus, auf denen das Gras in den Heureitern trocknete. Bauer Nielsson konnte wirklich mit dem Trockenwetter zufrieden sein.

Als sie an die Abzweigung nach Sofielund kam, hielt sie einen Augenblick zögernd an. Sollte sie einen Umweg dorthin machen? Die kleine Kate war den Sommer über an einen Künstler vermietet. Vielleicht wollte er ein paar Lose zeichnen. Eine Ruhepause wäre schön, denn ihr war schrecklich warm, und sie hatte erst die Hälfte des Weges nach Österö hinter sich.

Es war kühl auf dem Waldpfad zwischen den hohen Tannen und schön, von dem blendenden Sonnenlicht wegzukommen. Die Büschel saßen voller bläulicher Beeren. Hierher würde sie Marianne in der Blaubeerenzeit mitnehmen, noch war es zu früh.

Der Pfad endete, und sie stand mitten im Wald vor einer Wiese. Hinter einigen knorrigen Apfelbäumen sah sie die lindgrüne Kate. Es säuselte geheimnisvoll in den Baumwipfeln, das Gras war hoch und voller Gänseblümchen und Kornblumen. Sie lehnte das Rad gegen den Holzschuppen und ging über die Wiese zum Häuschen.

Ein kleiner Vogel hüpfte in der hohen Linde am Häuschen hin und her. Sie betrachtete ihn, während sie anklopfte, und wurde von Verzauberung ergriffen. Die Hummeln summten in den hohen Glockenblumen an der Wand, es klang schläfrig im Sonnenschein. Dreimal klopfte sie. Da sah sie, daß die Tür abgeschlossen war, der Schlüssel hing an einem Nagel daneben. Es war nicht zu ändern. Sie würde an der Pumpe unter der Eiche etwas Wasser trinken und dann nach Österö weiterfahren.

Die Pumpe quietschte und rasselte. Ihr schien, als würde sie schon lange unbenutzt an diesem verzauberten Ort stehen, daß sie vergessen hatte, Wasser zu geben. Schließlich kam es doch, es war kalt und schmeckte nach Eisen. Sie trank aus ihrer gewölbten Hand. Dann spülte sie Gesicht und Hände ab. Am Brunnen wuchs Digitalis, gedankenvoll sah sie in die tiefen Kelche hinein.

Es war trist, daran zu denken, daß sie in wenigen Augenblicken wieder auf der staubigen Straße sein würde. Hier war es so lieblich. Schmetterlinge flatterten zwischen den Blumen, das Gras neben dem kleinen Erdkeller lockte, grün und kühl. Der Maler würde vielleicht bald zurückkommen. Sie konnte sich im Gras ausstrecken und warten. Mit diesem Entschluß zufrieden, legte sie sich auf den Rücken, zog den Rock ein wenig hoch und plierte in den blauen Himmel, an dem vereinzelte weiße Wolken schnell vorbeiglitten, ohne jemals die Sonne zu verdecken.

Sie wußte nicht, wie lange sie schon dagelegen hatte, dem Säuseln des Windes lauschend, als sie plötzlich die Stimme eines Mannes hörte. Verwirrt setzte sie sich auf. Nur ein Stückchen von ihr entfernt stand ein junger Mann in fleckigen Shorts und mit bloßem Oberkörper; er winkte ihr zu, als hätte er ihr etwas Eiliges mitzuteilen.

»Bleiben Sie liegen«, sagte er atemlos. »Ich wollte ein Kaffeetablett holen. Was bin ich doch für ein Idiot, ein blöder Hammel.«

Sie blieb gehorsam sitzen, zu überrumpelt, um zu protestieren. Das war also der Künstler, er wirkte aber reichlich jung. Sicher auch ein bißchen verrückt. Sie hörte, wie er drinnen im Hause rumorte. ›Bleiben Sie liegen‹, hatte er gesagt, aber zugleich auch von einem Kaffeetablett gesprochen. Auf seine wirre Art wollte er wohl ausdrücken, daß sie Kaffee bekommen sollte. Sie war es gewöhnt, wohin sie auch kam. Nun ja, sie mußte sich damit abfinden. Übrigens würde ihr eine Tasse guttun.

Als er wieder herauskam, hatte er eine Staffelei bei sich, auf der er ein Bild anbrachte. Er hatte sich auch ein Baumwollhemd übergezogen. Gudrun verspürte Erleichterung.

»Ich habe einen Versuch gemacht, alles hier zu malen«, sagte er und machte eine Bewegung mit der Hand. Sie merkte, wie mager er war. Er sollte wirklich mehr essen.

»Die ganze Zeit habe ich gewußt, daß etwas fehlt«, fuhr er fort. »Gerade eben wollte ich ausprobieren, wie sich ein Kaffeetablett im Grase machen würde, ob das dem Bild mehr Leben geben könnte. Und dann sah ich Sie. Es sind immer Frauen, die fehlen.«

Langsam ging ihr der Sinn dieser Worte auf. Sie wollte protestieren. Aber der Mann begann damit, Farbe auf seiner Palette zu mischen, und es war trotz seiner Jugend etwas Befehlendes an ihm; sie wußte nicht genau, wie sie sich verhalten sollte.

»Nein, wissen Sie«, begann sie und ärgerte sich, weil der Protest so lahm klang. »Sie müssen doch verstehen, daß Sie mich hier nicht einfach malen können.«

Er senkte die Palette.

»Ach so«, sagte er. Es war vorhin etwas Verbindliches in seiner Art gewesen, zu ihrer Unruhe sah sie es vollkommen verschwinden. »Und warum sollte ich das nicht dürfen?« fragte er, und sie senkte den Blick, als sei sie eine von Erlands Konfirmandinnnen.

»Seien Sie nicht dumm«, sagte sie unsicher. »Wir kennen uns ja nicht einmal. Sie wissen nicht, wer ich bin ...« Gegen ihren Willen wurde ihre Stimme streng, und sie runzelte die Stirn, um etwas von der Sicherheit wiederzugewinnen, die der idiotische Maler ihr zu rauben schien.

»Hier liegen Sie und ruhen sich auf meinem Grundstück aus«, sagte er. »Nett, wie ich bin, mache ich Ihnen nicht einmal Vorwürfe. Das einzige, was ich verlange ist, Sie zu malen. Aber Sie werden sofort böse und fangen an zu streiten.«

»Ich habe nicht mit Ihnen gestritten«, sagte Gudrun und fragte sich ängstlich, ob sie es wirklich getan hätte. Er hob die Palette.

»Sie können jedenfalls nicht abstreiten, daß Sie hier unbefugterweise eingedrungen sind.«

Sie wußte, daß seine Argumentation einen Haken hatte, aber sie konnte nicht darauf kommen.

»Nun ja«, sagte sie widerwillig. »Malen Sie drauflos ... wenn es nicht zu lange dauert.«

»Tüchtiges Mädchen«, sagte er zufrieden. Die Sonne leuchtete in seinen rotbraunen Haaren. Gudrun legte sich nieder. Sie mußte es Erland hinterher erklären.

»Sie sehen so zugeknöpft aus«, sagte er. »Ziehen Sie bitte den Rock über die Knie, und legen Sie die Arme über den Kopf.«

Hastig setzte sie sich wieder hoch.

»Gehen Sie jetzt nicht etwas zu weit?« fragte sie.

Er senkte die Palette.

»Wollen Sie, daß ich ein gutes Bild male?« fragte er.

Sie sah ihn verwirrt an. Seine Stimme klang so jung, die hervorstehenden Backenknochen gaben dem Gesicht einen weichen Zug.

»Entschließen Sie sich nur«, sagte er, und der weiche Zug verschwand. »Jetzt haben Sie schon so viel Theater gemacht, daß ich mir überlege, ob ich Sie gehen lassen soll.«

»Ich kam, um Lose zu verkaufen«, sagte sie schüchtern.

Er machte eine Bewegung mit der Palette.

»Brauche keine«, sagte er kurz. »Das einzige, was ich brauche, ist Ruhe zum Arbeiten. Verdammt, ich kann nicht inspiriert werden, wenn Sie dauernd rauf- und runtersausen«.

Inspiration war etwas, das sie kannte. Wenn Erland an einer Predigt arbeitete, ließ er sich ungern stören. Genauso war es mit ihrem Vater. Er ist auch Pastor. Von Kindesbeinen an hatte Gudrun gewußt, daß Inspiration eine kitzlige Sache war. Seufzend legte sie sich nieder und zog den Rock hoch.

»Noch mehr«, sagte der Maler. »Als ich kam, hatten Sie den Rock viel höher.«

»Da war ich allein«, murmelte sie.

Gegen seinen Willen wurde er gerührt. Er sah sie an. Sie hielt die langen Augenwimpern gesenkt, als hätte sie die Augen geschlossen.

»Haben Sie Angst vor mir?« sagte er. »Das wäre dumm. Sehe ich denn so aus, als wollte ich etwas anderes von Ihnen als Sie malen?«

Er sah, wie sie errötete, und bemerkte plötzlich den Pfirsichflaum auf ihren Wangen.

»Süß sind Sie schon«, sagte er, als hätte er es eben erst entdeckt. »Sogar verdammt süß!«

Er tauchte den Pinsel in die helle Farbe.

»Wollen Sie bitte den Rock noch ein wenig höher ziehen«, sagte er freundlich. »Und legen Sie den Arm über den Kopf, das sieht so fraulich aus.«

Sie wollte protestieren, erinnerte sich aber im letzten Moment an seine Inspiration. Verlegen tat sie, was er sagte. Er musterte sie kritisch.

»Darf ich Ihnen zeigen, wie Sie liegen müssen?« sagte er und fiel neben ihr auf die Knie, ohne eine Antwort abzuwarten. »Jetzt sehen Sie aus wie eine Pastorenfrau vom Lande.«

»Ich bin eine Pastorenfrau«, sagte sie steif.

Sie glaubte, das würde ihn ernüchtern, aber das tat es ganz und gar nicht.

»Eine verdammt süße Pastorenfrau«, sagte er und versuchte, ihre beiden Arme auf ihren Kopf zu legen. Ein wunderliches Gefühl überkam sie.

»Bald kümmere ich mich nicht mehr um Ihre Inspiration«, murmelte sie.

»Und ob Sie das tun«, sagte er heiter, lächelte mit roten Lippen. Sie sah hastig weg. »Das Haar darf nicht so wohlgebürstet sein«, fuhr er fort und zerraufte es mit den Fingern.

Wieder überkam sie das wunderliche Gefühl. Er sah in ihr Gesicht.

»Jetzt sind Sie richtig süß geworden«, sagte er, und sie bemerkte, daß er nicht fluchte. Und schön war es doch auch ... Unschlüssig sah sie in seine braunen Augen.

»Seien Sie lieb und stehen Sie auf«, sagte sie hastig.

Er beeilte sich nicht sehr. Der Blick seiner Augen wurde ernst. Er bewegte ihn zu ihrem Mund hin. Sie schloß die Augen.

Als sie die Augen wieder öffnete, war er tatsächlich aufgestanden. Sie spürte eine Leere.

»Jetzt ziehe ich Ihnen nur noch die Schuhe aus, dann sind Sie gut«, sagte er. Sie fühlte seine Hand an ihrer Fessel, und die sonderbare Mattheit kam zurück. Schnell nahm sie die Arme vom Kopf.

»Was nun?« sagte er und warf auch ihren zweiten Schuh weg. »War die Stellung unbequem?«

Es lag etwas Neckendes in seiner Stimme. Trotzig begegnete sie seinem Blick.

»Ziehen Sie mich noch mehr aus, dann gehe ich«, sagte sie heftig.

»Jetzt bin ich gewarnt«, sagte er. »Betrachten Sie es als Entkleiden, wenn ich an Ihrem Hals ein paar Knöpfe aufmache? Nur so weit, daß das Halsgrübchen zu sehen ist. Ich bin immer in Halsgrübchen vernarrt gewesen.«

Er ärgerte sie nur. An das Bild verschwendete er keinen Gedanken mehr. Eine lange Zeit war er sich bewußt gewesen, daß er auf sie einwirkte.

»Nehmen Sie die Arme wieder hoch«, sagte er, und sie

gehorchte. Schon seit langem hatte sie vergessen, warum sie das tat, was diese Stimme ihr befahl. Sie dachte kaum nach. Er knöpfte den obersten Knopf auf.

»Nein«, sagte sie bittend.

»Doch«, sagte er ruhig. Er fühlte sich wie ein Schuft. Aber schließlich war er nur ein Mann. Und da lag sie so süß und zitterte bei der kleinsten Berührung, mit Augen so rund und ängstlich. Das war wirklich mehr, als seine Selbstbeherrschung verkraften konnte.

Sie spürte die Finger an ihrem Hals und versuchte, sich daran zu erinnern, warum sie hier lag. Sein Haar leuchtete in der Sonne. Der neckende Ausdruck in seinen Augen war fort.

Dann bekam er den Knopf auf. Sie beugte das Kinn hinunter, um seine Finger festzuhalten. Offensichtlich machte sie es vollkommen falsch, denn als sie die Hand am Kinn fühlte, ergriff sie eine grenzenlose Mattigkeit. Sie bekam Tränen in die Augen. Aber aufstehen konnte sie nicht — jetzt weniger als je zuvor.

»Jetzt nehmen wir Knopf Nummer zwei«, sagte er still. Er hatte ihre Tränen gesehen. Aber er hatte auch die zarte Haut des Halses gefühlt, als sie das Kinn herunterbeugte. Wilde Pferde würden ihn jetzt nicht mehr halten können.

Als er den zweiten Knopf aufgemacht hatte, beugte er sich hinunter und küßte das Halsgrübchen. Es war das lieblichste Erlebnis. Daß es so etwas Weiches geben konnte. Sie drehte den Hals vor und zurück. Er hob den Kopf.

»Weine nicht«, sagte er und trocknete ihre Tränen mit der Hand.

Wie könnte sie nicht weinen. Niemals hatte jemand sie so geküßt. Auf das Halsgrübchen. Sie fand, daß all ihr Empfinden dort versammelt lag. Aber als er ihre Tränen trocknete, hatte sie das Gefühl, dies sei das Lieblichste, was sie je gefühlt habe; sie nahm ihre Hand und legte sie auf seine.

»Jetzt nehmen wir wohl den dritten und dann den vierten Knopf«, sagte er und lächelte ein wenig.

»Nein«, sagte sie hastig. »Du darfst nicht.«

»Darfst?« sagte er, der Tatsache bewußt, daß sie ihn geduzt hatte. »Glaubst du, ich werde dich um Erlaubnis fragen?«

Sie versuchte, ihn mit den Händen an seinem Tun zu hindern, aber er hatte keine Mühe, sie festzuhalten.

»Ich muß sagen, daß du praktisch gekleidet bist«, sagte er. Der Anblick ihrer Brüste innerhalb des dünnen BH weckte seine wilde Begierde. Er zog die Schulterbänder hinunter, bog die Schalen nach unten, und die Brüste streckten sich ihm mit ihren roten Warzen entgegen, wie Früchte, die nur darauf warten, zum Munde geführt zu werden. Er beugte sich hinunter und berührte sie leicht mit den Lippen, biß in eine rosige Brustwarze hinein. Schließlich zog er die ganze Warze in den Mund, machte Saugbewegungen, die sein ganzes Wesen mit Süße erfüllten.

Sie glaubte, den Boden unter den Füßen zu verlieren. Heftig führte sie die Hände zu seinem Nacken, wie um ihn festzuhalten, doch gleichzeitig wollte sie ihn fortschieben. Er lag mit dem Gesicht in ihre Brust vergraben, sie strich ihm über das lockige Haar und sprach unzusammenhängende Worte.

»Gib mir ein Kind«, sagte sie schließlich, dem Weinen nahe, und er ließ endlich die Warze los. »Lieber, du«, wiederholte sie und wünschte wild, er würde ihr das antun, was er wollte. »Gib mir ein Kind«, wiederholte sie und nahm sein Gesicht zwischen ihre Hände. »Einen Sohn, er soll wie du werden!«

Er sah in ihre Augen, aus denen alle Angst gewichen war.

»Du sollst Pastorenkinder gebären«, sagte er. »Im Pfarrerhaus darf kein Maler herumlaufen.«

Er knöpfte die letzten Knöpfe auf, und das Kleid glitt auseinander. Ihr dünnes Nylonhöschen saß gespannt, es war mit kleinen, weißen Sternen verziert. Unter ihm deutete sich die Rundung des Bauchs an. Er wurde von Weichheit ergriffen. Dann zog er das Taillenband herunter, und das weiche Gefühl verschwand. Rund um den Nabel saß ein Kranz von Schweißperlen. Er beugte sich heftig vor und küßte sie. Dann zog er das Höschen bis zu dem dunklen Schamhaar herunter, ihren ganzen Bauch mit Küssen bedeckend.

Die Erregung machte sie fast krank.

»Gott!« schrie sie angsterfüllt und schlug beide Hände vors Gesicht.

Er beugte den Kopf.

»Es wird gleich gut«, sagte er beruhigend, als sei er es gewesen, den sie angerufen hatte. Er nahm die Hände von ihrem Gesicht.

»Dreh dich um, so daß ich dich ausziehen kann«, bat er.

Widerspruchslos glitt sie auf die andere Seite, und er zog ihr das Kleid aus. Der Rücken raubte ihm den Atem. Er strich über ihn hin. Dann knöpfte er den BH auf, und als er herabfiel, wölbte er seine Hände um ihre Brüste. Schwer und mit Lieblichkeit gesättigt ruhten sie in seinen Händen. Er drückte sie, und sie beugte ihren Kopf so weit nach hinten, daß ihr dickes, kurzgeschnittenes Haar die braunen Schultern berührte.

Zum Schluß zog er ihr das sternengeschmückte Höschen aus. Es war nicht leicht, denn sie half ihm nicht. Aber er bekam es herunter und starrte einige Augenblicke überwältigt auf ihren Popo, strich mit seinen Händen darüber, die nie genug bekamen. Wie berauscht bohrte er das ganze Gesicht dort hinein, wo die Rundung am weichsten war, und es kam ihm vor, als versinke er in herrlichsten Daunenkissen.

Sie kämpfte gegen eine wilde Scham, bohrte die Hände in den Rasen. Aber es war nicht befriedigend, im Gras zu liegen und es auszureißen. Wie könnte er das verstehen?

»Ich weiß nicht einmal, wie du heißt«, sagte sie, und er hörte, wie aufgewühlt sie war. Vorsichtig drehte er sie um, und seine Hände waren voller Zärtlichkeit.

»Wie heißt du selbst?« sagte er.
Sein Gesicht war so nah, daß sie seinen Atem spürte.
»Gudrun«, sagte sie leise.
Er liebkoste ihren rosigen Mund.
»Ich heiße Bengt«, sagte er.
Sie glaubte, nie einen schöneren Namen gehört zu haben.
»Bengt«, flüsterte sie verzaubert. »Bengt, Bengt.«
Er konnte nicht aufhören, mit den Fingerspitzen über ihre Lippen zu streichen. Sie waren ungeschminkt, dahinter schimmerte eine weiße Zahnreihe. Schlafwandlerisch senkte er das Gesicht. Im Augenblick danach begrub er seinen Mund in ihrem, biß in die feste Unterlippe und spürte, wie sie den Mund öffnete. Triumphierend glitt er mit der Zunge hinein.

Sein schlanker Körper lag über ihr, sie glitt mit den Händen über seinen Rücken. Warm und gut rann der Speichel von seinem Mund in ihren, seine Zunge suchte nach einem Nest. Dann wühlte er seine Hand in ihren Schoß. Sie begann zu zittern.

Er griff um ihren Popo und hob sie gegen sich, den Schoß betrachtend, der für ihn weit geöffnet war, das schwarze Schamhaar naß von Schweiß. Er wurde von einer so starken Begierde ergriffen, daß er stöhnte; endlich führte er sein Glied in ihre Scheide ein und fühlte sich von zarter Wärme umhüllt.

Sie warf den Kopf vor und zurück, das Gesicht war verzerrt. Er bekam eine rote Brustwarze zu Gesicht, sog sie zwischen seine Lippen. Sie jammerte. Diese Wollust ... so lieblich ... so quälend ... wie war das möglich?

»Bengt!« schrie sie voller Angst. Sie entdeckte seine Schulter, und bevor sie noch bremsen konnte, biß sie ihn, bis sie Blutgeschmack im Munde spürte. Etwas Blaues, das Himmel war, kam auf sie zugerast. Sie fiel ... Bengt schrie etwas und sie begriff. Sie spürte eine wilde Freude, während gleichzeitig ihre Wollust zu Krämpfen wurde, die sie beinahe auseinanderrissen. Ihnen folgte eine plötzliche Ruhe, eine friedvolle Freude. Sie versank in einen dunklen Nebel.

Unendlich langsam kam sie wieder auf die Erde zurück. Sie sah einen grünen Baumwipfel, ein rotes Ziegeldach. Vom Wald war das wohlbekannte Säuseln zu hören. Eine Möwe ließ sich auf einem Telefonmast nieder, das Federkleid glänzte wie Gold in der Abendsonne. Abendsonne, ja. Wie spät war es eigentlich?

Er lag mit dem Gesicht an ihrer Schulter, jetzt sah er hoch.

»Ich muß schon sagen, ich beneide deinen Mann«, sagte er und lächelte.

Die Worte brachten sie mit einem Mal zur Besinnung.

»Was habe ich getan?« sagte sie und setzte sich hoch. »Bitte, sag mir, was habe ich getan?«

Er zog seine Shorts an und gähnte.

»Mach es nicht so feierlich«, sagte er. »Ich habe dich ausgeliehen. Dein Mann wird überhaupt nichts merken.«

Ihr lag eine heftige Antwort auf der Zunge, aber dann erkannte sie das Richtige an seiner Antwort. Es war klar, daß Erland nichts merken würde.

Sie dachte an das, was Erland und sie gemeinsam die Erfüllung der ehelichen Pflichten nannten. Sie schloß die Knöpfe ihres Kleides. Was sie und Bengt getan hatten, war von Pflichterfüllung so weit entfernt. Ihre Wangen wurden rot. Nie hätte sie geglaubt, daß ... nun ja, Beischlaf ... daß Beischlaf so ... lustbetont sein könnte. Sie äugte zu Bengt hin, wie er auf der Treppe saß und rauchte. Seine Hand, die die Zigarette hielt, hatte vorhin ... Sie sah fort. Vorhin, aber nie wieder, dachte sie. Denn jetzt würde sie auf der Hut sein, dachte sie. Jetzt würde sie ausweichen können. Versuchungen aus dem Weg zu gehen, wenn man nicht wußte, worin sie bestehen, war ja schwer.

Bengt machte die Zigarette aus.

»Kommst du wieder?« fragte er.

Sie reckte die Schultern.

»Natürlich nicht«, sagte sie so gemessen, wie sie konnte. Er lachte.

»Dann komme ich und hole dich«, sagte er. »Ich werde mich schon zum Pfarrerhaus durchfragen können.«

»Untersteh dich«, sagte sie erschreckt. Wider alle Vernunft lief ein angenehmes Kitzeln durch ihren Körper, und sie merkte, daß Ausweichen vor Versuchungen jetzt noch schwerer sein würde, jetzt, da sie wußte, worin die Versuchung bestand.

Auf dem schmalen Waldpfad wurde sie von einer Wolke von Mücken überfallen. Sie setzte sich blitzschnell aufs Fahrrad. Es war schön, wieder auf die Sandstraße zu kommen. Die Heureiter badeten in der Abendsonne, in einem Baumwipfel begannen Drosseln zu singen. Plötzlich fiel ihr die Liste im Fahrradkorb ein.

› Du liebe Zeit, die Lose ‹, dachte sie schuldbewußt, als sei die Tatsache, daß sie keine Lose verkauft hatte, das Schlimmste des heutigen Tages.

Der Pastor war mit der Grundleine fertig. Er saß achtern und genoß den Wind, der seinen Kopf fächelte. Marianne ruderte gut. Es gluckste am Bug, ein Geräusch, das er seit seiner Kindheit geliebt hatte. Langsam verbreitete sich eine himmlische Ruhe bis in seine ganze Seele; es war ja auch ein Feiertagabend.

Sie ruderten an der Südseite von Lillskär entlang. Das Wasser glitzerte in der Nachmittagssonne. Die Erlen am Strand waren dunkelgrün, das Schilf wuchs beinahe in den Himmel. Der Pastor hielt Ausschau: würde nicht bald der Strand kommen? Doch, da lichteten sich plötzlich die Schilfmassen, und ein kleiner Sandstrand kam zum Vorschein, glatt und gelb zwischen zwei hohen Felswänden.

Sie zogen sich aus, jeder auf einer anderen Seite des Erlengebüschs. Der Pastor ließ Marianne viel Zeit. Er legte seine

Kleider säuberlich auf einem Stein zusammen. Dann zog er die schwarze Badehose an, die Gudrun ihm gekauft hatte, und ging an den Strand, vorsichtig zwischen Fliegenpilzen und Kuhfladen balancierend.

Er fühlte nach, ob die Pfeife in der Bademanteltasche war, als Marianne aus dem Erlengebüsch hervorkam. Zuerst erkannte er sie nicht wieder. Aber dann hörte er ihre Stimme.

»Ich bin mitten in einen Ameisenhaufen geraten«, sagte sie. »Gucken Sie mal, wie ich aussehe.«

Automatisch blickte er auf ihre Beine. Ja, sie war rot. Ordentlich rot. Dann hob er wieder den Blick, so schnell, als hätte er sich verbrannt.

»Herr Pastor, Sie mögen es vielleicht nicht, daß ich einen Bikini trage?« fragte sie.

Er wandte den Blick zu einem hohen Wacholderbusch, um den sich blühende Hagebutten rankten.

»Du kannst doch anziehen, was du willst«, sagte er und dachte plötzlich an Gudruns blauen Wollbadeanzug. Der war jedenfalls anständig.

Marianne schaute zum Berg hoch.

»Ich will hochklettern und mir die Aussicht ansehen«, sagte sie. »Kommen Sie mit?«

Er schüttelte den Kopf.

»Klettere du nur«, sagte er. »Ich schwimme solange raus.« Aber er blieb stehen und folgte ihr mit dem Blick, als sie geschmeidig an der grauen Bergwand emporkletterte. Mit den Zehen suchte sie in einer Spalte nach Halt. Das eine Bein war erhoben, der Gummizug schloß sich um einen kräftigen Schenkel.

Sie drehte sich um.

»Ich komme nicht hoch«, sagte sie.

Er bekam die Innenseite eines Schenkels zu sehen, uneben und goldbraun in der Nachmittagssonne.

»Quatsch«, sagte er abrupt. »Diesen Berg schafft jedes Kind.«

Verärgert warf er den Bademantel neben den Wacholderbusch und nahm seine Armbanduhr ab. Bikini! War das ein Kleidungsstück für Siebzehnjährige? Er entdeckte einen Pilz und beförderte ihn mit einem Tritt zum Wald hin. Das hatte er verdient. Mordlüstern sah er sich nach weiteren Pilzen um.

»Herr Pastor«, rief Marianne.

Sie winkte dort oben von der Spitze des Felsens.

»Hier ist es so schön«, rief sie. »Man kann weit sehen ... Ja, nicht so weit«, sagte sie wahrheitsgemäß. »Aber weiter ...«

Er mußte lachen, und jetzt merkte er plötzlich, welch ein liebenswertes Bild sie abgab, mit zum Gruß erhobenen Armen und lang wehenden Haaren im Gesicht dastehend. Der Ärger war mit einem Mal verschwunden.

»Jetzt baden wir«, rief er fröhlich.

Lächelnd schaute er zu, wie sie herunterkletterte. Sie war so jung, so schön. Der BH schnitt in den Rücken ein, der oberhalb fest und braun hervortrat. Der Pastor seufzte. Es war nicht recht ... ganz einfach nicht recht ... daß alles an einem Mädchen so süß sein sollte. Das war ... ungehörig.

Er wurde wütend auf sich selbst.

»Der Letzte ist wasserscheu!« schrie er und sprang in das glitzernde Wasser hinaus.

Nach dem Baden war alles besser. Der Pastor holte die Pfeife hervor. Jetzt würde das Rauchen schmecken, nie schmeckte es so gut wie nach einem Bad. Zerstreut folgte er dem Flug einer Libelle. Dann zündete er die Pfeife an und zog den Rauch tief in die Lungen.

Marianne kam aus dem Erlengestrüpp in einem weißen, kurzen Frotteemantel heraus. Sie breitete den nassen Bikini auf dem Felsen aus und ließ sich neben ihm nieder.

»Mein Freund raucht auch Pfeife«, sagte sie. Der Pastor hielt ein Lächeln zurück. Sie sah aus wie ein Mädchen, das erwachsen spielt.

Marianne beäugte ihn schief. Wenn ihm das Haar so in die Stirn hing, sah er tatsächlich gut aus. Die Nase war hübsch. Aber am liebsten mochte sie seinen Mund, der sah aus, als könne er nie ein böses Wort sagen. Sie seufzte.

»Warum seufzt du?« sagte er freundlich. Sie seufzte wieder.

»Ich denke an so vieles«, sagte sie.

Der Pastor lächelte.

»Erdbeeren und Schlagsahne?« schlug er vor.

Sie war beleidigt.

»Ich kann doch wohl auch Probleme haben«, murmelte sie.

»Natürlich«, sagte er reuevoll. »Niemand lebt problemlos.«

Er sah so lieb aus, daß sie nicht widerstehen konnte, ihm ihr Herz zu öffnen.

»Ich habe Probleme mit meinem Freund«, sagte sie, »er liebt mich nicht.«

»Aha«, sagte der Pastor.

»Jetzt bin ich mit einem anderen zusammen«, fuhr sie fort, »aber der ist überhaupt nicht wie der erste. Übrigens glaube ich nicht, daß er in mich verliebt ist.«

Der Pastor spürte ein starkes Verlangen, das Gesprächsthema zu wechseln.

»Siehst du, wie rot der Himmel ist?« fragte er.

»Mein anderer Freund, der erste also, er und ich hatten es so gut zusammen«, fuhr Marianne fort, unbeeindruckt vom Sonnenuntergang. »Wir haben es getan, Sie wissen schon, was, Herr Pastor. Es war alles richtig. Aber bei dem Neuen ... er ist überhaupt nicht wie der erste.«

Der Pastor fühlte sich desorientiert. Er vergaß die Pfeife. Vermutlich hatte er falsch gehört. Es war ja alles so schnurrig.

»Wovon sprichst du eigentlich?« fragte er und runzelte die Stirn.

Marianne bemerkte die Stirnfalten nicht. Es war so schön,

sich auszusprechen, sie suchte nach einem guten Wort für das, was sie meinte, eins, das einen Pfarrer nicht vor den Kopf stoßen könnte.

»Mein erster Freund und ich ...«

»Überspring die Reihenfolge«, sagte der Pastor. »Was ist es, das du mit diesen Jungen eins und zwei getan hast?«

Sie fühlte sich mit einem Mal verlegen.

»Wir sind zusammen«, murmelte sie. »Intim, aber glauben Sie nicht, daß es Liederlichkeit wäre, denn das ist es nicht. Ich bin mir über meine Gefühle vollkommen im klaren.«

Er spürte eine erstaunliche Hilflosigkeit.

»Ich verstehe nicht«, murmelte er. »Du hast ...« Er schüttelte heftig den Kopf. Der Zorn stieg in ihm auf, gegen die Jungen eins und zwei, aber auch gegen sie. »Vollkommen im klaren über meine Gefühle«, wiederholte er. »Verstehst du, was du da sagst? Oder bist du so ein Gör ...« Er nahm einen tiefen Atemzug. »Ja, ein Gör bist du«, sagte er streng, »und wärst du meine eigene Tochter, würde ich dir eine ordentliche Tracht Prügel geben! Jetzt muß ich es wenigstens deinen Eltern erzählen.«

Ihre blauen Augen waren vor Entsetzen weit aufgerissen. Er wandte sich um. Der Zorn fiel von ihm ab. Es tat weh in ihm, als er daran dachte, daß er ihr Vertrauen getäuscht hätte. Natürlich war er gezwungen, sie zurechtzuweisen. Aber mit harten Worten ...

»Verzeih«, murmelte er.

Sie wollte nicht weinen. Aber als er um Verzeihung bat, konnte sie nicht länger dagegen ankämpfen; ungestüm warf sie sich mit dem Gesicht auf sein Knie und weinte, daß der ganze Körper sich schüttelte.

»Ich fand, Sie sahen so lieb aus!« schrie sie zwischen den Schluchzern. »Ich habe Sie bewundert. Oh, wie ich Sie bewundert habe. Aber Sie sind böse, und ich hasse Sie, hasse Sie, hasse Sie!«

Unglücklich sah er ihre Verzweiflung an.

»Ja, ich war böse«, sagte er. »Aber, bitte, verzeih mir dennoch.« Sie machte einen Versuch, den Kopf zu schütteln.

»Niemals werde ich Ihnen verzeihen«, schrie sie. »Nie in meinem Leben!«

Hilflos legte er seine Hand auf ihre Schulter, sah, wie die flaumige Wirbelsäule in dem weißen Bademantel verschwand.

»Marianne«, sagte er bittend. »Ich kann es nicht ertragen, daß ich derjenige gewesen bin, der dich so traurig gemacht hat.«

Endlich setzte sie sich hoch.

»Ich ertrage es auch nicht länger«, schluchzte sie. »Ich möchte so gerne, daß Sie mich gern haben.«

Er sah in das verweinte Gesicht.

»Ich hab' dich doch gern«, sagte er. »Ganz schrecklich sogar.« Sie strahlte.

»Wirklich?« sagte sie, und die Stimme zitterte ein wenig. »Wirklich?« Er nickte.

»In ganz hohem Maße wirklich«, sagte er und lächelte, ohne froh zu sein. Etwas war falsch, unglaublich falsch.

»Wir fahren heim«, sagte er bestimmt.

Sie senkte die feuchten Wimpern.

»Nein«, sagte sie. »Ich will hier sitzen ... und reden.«

»Es gibt nichts, worüber wir reden könnten«, sagte er steif.

Sie biß sich in die Unterlippe, das Gesicht war wieder traurig, und die Stupsnase erschien ihm unglaublich niedlich. Er sah zur Seite.

»Wir können doch über mich reden«, sagte sie. »Denn ich mag Sie auch.«

Gequält sah er auf die Hände in seinem Schoß.

»Dann tu's«, sagte er schließlich.

Alles wurde mit einem Mal so beschwerlich. Sie lehnte die Stirn gegen die hochgezogenen Knie. Das Herz klopfte. Es war so schön gewesen, als er sie eben getröstet hatte. Warum war es jetzt nicht schön?

»Wir fahren heim«, sagte er wieder und legte die Hand auf ihre Schulter.

»Marianne«, bat er.

Sie sah ihn an.

»Ich höre die ganze Zeit zu«, sagte sie.

Er merkte, daß er ihre Schulter drückte.

»Na dann«, sagte er. »Was hältst du von dem Vorschlag?«

Sie sah aus, als hätte sie nicht begriffen.

»Von welchem Vorschlag?«

Es war wie in einem Albtraum: man lief und lief, aber man kam nicht vom Fleck. Sogar die Hand auf ihrer Schulter lag noch da. Und als er beschloß, sie wegzunehmen, fand er, daß er sie zwar ein paar Zentimeter weggerückt hatte, daß sie aber im großen ganzen eigentlich immer noch dalag.

»Findest du nicht selbst, daß es am besten ist, wenn wir nach Hause rudern?« sagte er, seinen Vorschlag mit einer Hartnäckigkeit wiederholend, die, wie er meinte, an Idiotie grenzte.

Sie nickte.

»Es ist wohl das beste«, sagte sie schließlich leise.

»Die Sonne geht bald unter«, sagte er.

Sie nickte wieder.

»Das wird wohl«, murmelte sie.

Er starrte ihren Bademantel an.

»Warum gehst du dann nicht und ziehst dich an«, sagte er und hörte selbst, wie aggressiv seine Stimme klang.

Sie senkte den Kopf.

»Ich will nicht«, sagte sie, und die Stimme zitterte.

»Ich will nicht«, wiederholte er in einem Ausbruch von Zorn. »Ich denn? Was glaubst du, was ich will? Aber das interessiert dich wohl nicht.«

Sie antwortete nicht, und sein Zorn verrauchte.

»Marianne«, bat er begütigend. »Sei jedenfalls vernünftig.«

Sie sah erstaunt hoch, und er erinnerte sich an Adams Antwort an den Herrn nach dem Sündenfall: Die Frau, die du mir geschenkt hast, damit sie um mich sei, hat mir vom Baum gegeben, auf daß ich esse.

Verzweifelt fuhr er mit den Händen durchs Haar.

»Marianne«, sagte er und merkte, daß er flüsterte. »Marianne.« Dürstend streckte sie ihre Hand aus, und er nahm sie.

»Seien Sie nicht traurig«, sagte sie. »Bitte, Herr Pastor, seien Sie nicht traurig.«

Er nahm sie in den Arm, und ihre Augen sahen unverwandt in seine.

»Ich will dich nur küssen«, sagte er hastig. Und er beugte sich hinunter und berührte ganz leicht ihren halbgeöffneten Mund.

Es war schwerer aufzuhören, als er geglaubt hatte. Er machte einen Versuch. Da legte sie ihre stämmige kleine Hand auf seine Brust, zwischen die beiden Zipfel seines Bademantels. Die Hand wirkte braun gegen seine weiße Haut.

»Marianne«, sagte er. »Geh. Noch ist es nicht zu spät. Aber wenn du bleibst...« Er machte eine Grimasse, voller Schmerz.

Mitleidig betrachtete sie ihn.

»Ich bleibe«, sagte sie.

Er wurde von einem Taumel ergriffen. Wer war er denn, daß er in Ewigkeit nein sagen könnte?

Der Hals roch nach Wind und Salzwasser. Er küßte und roch immer abwechselnd. Es war, als fiele er... Er wußte nicht, was er tat. Das Haar hatte einen herben Geruch, es verfing sich zwischen seinen Lippen. Das Ohr war wie ein Blatt, ein Rosenblatt. Er biß und biß in das zarte Ohrläppchen.

»Du tust mir weh«, flüsterte sie, und er nahm sich zusammen, hob sein Gesicht und sah sie an. Sie spitzte den Mund ein wenig. Sofort mußte er ihn schmecken, die süßen Mädchenlippen küssen. Er fühlte ihre Zähne und begriff, daß sie ihren Mund geöffnet hatte, der Atem war wie Süßmilch und etwas mehr, Mädchengeruch. Ich werde sie noch aufessen, dachte er, das hat sie davon, daß sie so süß ist und so gut riecht. Dann packte ihn wieder die Lust, sie nur anzusehen, er trauerte nur darüber, daß er nicht alles auf einmal konnte, sehen, riechen, küssen.

Das Haar war zerzaust, das Gesicht glühte. Sie sah verwirrt aus.

»Warum hörst du auf?« fragte sie, aber er konnte nicht antworten, vermochte nur mit den Augen das liebliche Mädchengesicht einzusaugen. Sie hob die Augenbrauen, sah wie ein erstauntes Kind aus.

»Mach weiter«, sagte sie, und der Mund war bittend aufgeworfen. »Fahr fort, mich zu küssen.«

Sie war noch nie von einem Mann geküßt worden. Von Jungen, ja. Sie warf ihm einen scheuen Blick zu, seine Art, sie anzusehen. Jungen waren nicht so. Bei ihnen ging es nur husch, husch, alles war Spiel. Wieder wagte sie einen scheuen Blick. Sein Mund war ernst, der liebe Ausdruck wie weggeblasen. Erschreckt und angelockt sah sie in sein Gesicht, in dem jede Linie von tödlichem Ernst zeugte.

Sie führte seine Hand unter den Bademantel; sofort wurden seine Züge weich. Die Brustwarzen richteten sich unter seiner Berührung auf. Er strich und strich über sie hin; jetzt war der Ernst nur noch an seinem Mund zu erkennen.

»Ist es schön?« sagte er, und seine Stimme war voller Zärtlichkeit.

Verlegen versteckte sie ihr Gesicht an seiner Schulter.

»Ich kann nichts dafür, daß sie so werden«, sagte sie. »Ich verstehe überhaupt nicht, warum sie das tun. Verstehst du es?«

Jetzt wich der Ernst auch von seinem Mund.

»Das glaube ich schon«, sagte er.

Sie wurde von Bewunderung ergriffen. Gab es etwas, was er nicht verstand?

»Mein erster Freund biß mich immer in die Brustwarzen«, sagte sie und spürte ein starkes Verlangen, der Mann, der sie im Arm hielt, würde es auch tun. Aber die Hand, die ihre Brust liebkoste, fiel herunter.

»Bist du wieder da«, sagte er, und die schmalen Lippen bekamen einen grimmigen Ausdruck. Sie bekam Angst.

»Verzeih«, sagte sie und machte eine Bewegung, als wollte sie aufstehen. Der Bademantel öffnete sich.

»Du solltest Prügel haben«, murmelte er und sah auf ihre Brüste herunter. Sie in die Brustwarzen beißen. Niemals hatten Gudrun und er ... So etwas Unanständiges.

Sie versuchte, den Mantel zu schließen, aber er hinderte sie daran mit einem harten Griff ums Handgelenk.

»Hat dein Papa dich nie Mores gelehrt?« sagte er rauh. Sie sah das Glitzern in seinen Augen und bekam ernstlich Angst.

»Schlag mich nicht«, bettelte sie, und die Worte stolperten übereinander. »Bitte, schlag mich nicht.«

Er hatte es nicht vorgehabt, aber als er ihre Angst sah, fand er, das sei eine ausgezeichnete Idee. Spielend leicht legte er sie übers Knie.

»Ich werde dir beibringen, leichtsinnig zu sein«, sagte er und schlug den weißen Bademantel hoch. Sein Zorn war zur Hälfte gespielt. Aber als er den runden und schwellenden Mädchenpopo sah, wurde die Lust, sie zu strafen, unwiderstehlich. Sie hatte kein Recht, so verführerisch auszusehen. Hastig gab er ihr einige Klapse, leichte zuerst, aber dann härtere, als sie sich zu befreien versuchte.

»Laß mich los«, schrie sie, und Angst und Demütigung kämpften in ihr. Die Angst behielt die Oberhand.

»Es tut weh«, schrie sie, und schon hatte sie den Mund

voller Sand. Sie hob das Gesicht und kreischte direkt in einen Erlenbusch. Die Luft wurde von Schreien und Schlägen erfüllt.

»Es soll weh tun«, sagte er und kümmerte sich nicht mehr darum, die Schläge zu modifizieren. Bekam sie nicht genau das, was sie verdiente? Mit Befriedigung sah er die Rötung auf ihrem Popo sich ausbreiten, bis sie in der Farbe mit dem Sonnenuntergang wetteifern konnte.

»Bist du jetzt artig?« fragte er und nahm sie in seinen Arm, wo sie vor Schmerz und Demütigung schluchzte. Er dürfe das nicht tun, weinte sie, es sei böse, gemein, grausam, ja mehr als gemein, es sei einfach nicht lieb. Er wurde von Zärtlichkeit erfüllt, ihr war Gerechtigkeit widerfahren, jetzt wollte er nur noch trösten.

»So ja«, sagte er und hielt sie, als wäre sie ein Kind. »So ja, jetzt ist es wieder gut.«

Hingegeben weinte sie an seiner Brust, die von Tränen naß wurde, fühlte, wie seine Hand über ihr Haar strich. So unsagbar schön fühlte sich das an, so unsagbar schön. In Ewigkeit möchte sie hier sitzen und weinen, aber sie konnte keine Sorge mehr fühlen, keinen Zorn über den Schmerz auf ihrem Hinterteil. Es war ja alles gut jetzt ... Sie wollte sagen, sie sei nicht mehr traurig, daß sie ihn gern hätte.

»Marianne«, sagte er und drehte ihr Gesicht zu sich herum. »Sieh mich an.«

Zitternd gehorchte sie, ihr Blick flatterte an seinem Mund vorbei. Es war, als sei jeder Ausdruck von ihm gewichen. Erschreckt sah sie in seine Augen, ernst begegneten sie ihren, fragten nichts, baten um nichts.

»Was ist?« flüsterte sie.

Er nahm ihr den Bademantel ab, und sie ließ es widerstandslos geschehen. Ausdruckslos glitt sein Blick über ihren Körper. Dann breitete er seinen Bademantel aus und legte sie darauf, zog seine nasse Badehose aus.

»Ich habe Angst«, murmelte sie, als er sich hinunterbeugte. Ihr Herz klopfte wild. Ohne etwas zu sagen, glitt er mit den Händen über ihren Körper. Es waren keine vorsichtigen Hände, sie packten sie mit Haut und Haaren. Sie wollte protestieren, brachte aber keinen Laut hervor. Sein Körper war schreibtischweiß, aber voller Kraft; sie hatte nie gewußt, daß der Körper eines Mannes sich so anfühlte.

Verwirrt schloß sie die Augen. Es geschah ja nichts Gefährliches. Er liebkoste sie nur. Es war schön, schöner, als von einem Jungen gekost zu werden, schöner als irgend etwas auf der Welt. Einen Augenblick ruhte seine Hand auf ihrer Hüfte, sie wollte ihm sagen, daß sie ihn liebte, aber sie ließ es sein. Es gab keine Zeit, etwas zu sagen ... Keine Zeit ...

Er folgte den Veränderungen in ihrem Gesicht, während seine Hände immer weiter und weiter hinunterglitten. Er berührte etwas Rauhes und schaute. Mit hämmerndem Herzen starrte er auf ihr dunkles und kräftiges Schamhaar. Der Venusberg, dachte er. Er legte seine Hand darauf und gab ihm einen festen und bestimmten Druck. Innerhalb des runden und weichen Hügels spürte er deutlich das harte Schambein.

Ihre Knie gingen auseinander, und er sah die lockenden Innenseiten der Schenkel. Und wenn es das Letzte wäre, was er in seinem Leben täte, er mußte sie küssen, außer sich vor Erregung begrub er sein Gesicht zwischen ihren Beinen. Die Haut war wie Samt und voller Mulden. Sie schrie auf, aber es war, als schreie sie durch das Donnern eines Wasserfalls; er konnte nichts verstehen. Schwindlig vom Duft ihres Schoßes, versuchte er, sein Glied zwischen ihre Schamlippen einzuführen, aber seine Erregung war so groß, daß es ihm mißlang.

Seine Küsse hatten sie fast besinnungslos vor Hingabebereitschaft gemacht, es dauerte einige Sekunden, bis sie merkte, daß er nicht hineinkam. Jede Faser ihres Leibes trachtete nach Unterwerfung; sie nahm sein Glied und streichelte es, während sie es zu ihrem Schoß hinführte. Sie strich mit ihm gegen die Schamlippen.

»Ich liebe dich!« schrie sie, als er endlich eindrang, ihr Schoß wurde von schmelzender Wollust erfüllt. Heftig schlang sie die Arme um seinen Rücken, er war breit und stark, sein ganzer Körper hatte eine Schwere, die ihr deutlich sagte, daß er ein Mann und kein Junge sei. Warum weinte sie? Diese Wollust ... tötete sie ... tötete sie. Außer sich hämmerte sie mit den Fäusten auf seinen Rücken.

»Ich sterbe!« schrie sie und zog ihre Knie bis zum Kinn hoch, wie um ihren Tod zu beschleunigen. Im gleichen Augenblick verwandelte sich der unerträgliche Krampfzustand in ihrem Schoß in etwas Lusterfülltes und Schönes; sie lachte und weinte, lachte und weinte. Er spürte, wie sein Same sich entleerte, es war wie ein Trompetenstoß des Triumphs, er schwebte in Sphären voller Seligkeit ... Beinahe bewußtlos fiel er auf etwas Weiches und Warmes hinab. Dann lagen sie beide da, ohne Sinn für das, was um sie herum war, während der Juliabend sich langsam über sie senkte.

Es war beinahe dunkel, als der Pastor das Boot ins Wasser schob. Er setzte sich an die Riemen, ruderte mit unregelmäßigen und ruckartigen Schlägen. Marianne sah ihn scheu an.

»Herr Pastor, haben Sie es eilig?« fragte sie.

»Das habe ich«, sagte er kurz. »Wenn es dir Spaß macht, ich habe meine Predigt noch nicht fertig.«

Sie sah fragend aus.

»Predigt?« wiederholte sie.

Er ruhte auf den Riemen aus.

»Ich bin zufällig der Pastor in diesem Ort«, sagte er, und die Stimme war außerordentlich höhnisch. »Und morgen habe ich Vormittagsgottesdienst ... Für den Fall, daß es dich interessiert.«

Um ihn zu besänftigen, versuchte sie so verständnisvoll wie möglich auszusehen.

»Ich verstehe«, sagte sie und nickte. »The show must go.«

Niemals hatte Pastor Henningsen verstanden, wie Adam und Eva sich mitten in dem blühenden Lustgarten gegen den Herrn versündigen konnten. Nach dem Ereignis auf Lillskär wußte er es besser. Reuevoll und demütig betete er morgens und abends sein Vaterunser, nicht zuletzt die Zeile, die da lautet: Und führe uns nicht in Versuchung.

In der Versuchung stellt Gott die Menschen auf eine Probe. Darüber hatte er selbst schon eine Predigt gehalten. Gequält grub er sie aus seiner Schublade aus und las sie unter wachsendem Staunen. Sie war so offenkundig von einem Mann geschrieben, der nicht wußte, was eine Versuchung ist. Daß seine Gemeinde ihn nicht ausgelacht hatte!

Müde lehnte er den Kopf gegen den schwarzen Schreibtisch. ›Führe uns nicht in Versuchung.‹ Was hatte er Böses getan, daß Gott ihn so in Versuchung führen mußte! Er, der sein Leben lang ohne eine Ahnung von der Gier des Fleisches gelebt hatte. Jetzt war er nicht länger ahnungslos. Jetzt konnte er diese Zeile beten, so brennend wie irgend möglich, diese Zeile, die er früher so unbekümmert gemurmelt hatte: Führe uns nicht in Versuchung.

Daß es so leicht sein konnte zu fallen ... obwohl man auf der Hut war und obwohl man betete. Schon zwei Tage nach dem Ereignis auf Lillskär fiel er wieder. Dann hörte er auf zu beten. Es war sinnlos. Er wollte nicht einmal erhört werden. Wenn Gott ihm nun eine solche Prüfung auferlegte — und sie ihm wieder und wieder auferlegte, dann lag die Schuld bei ihm selbst. Er erschauerte bei diesen lästerlichen Gedankengängen.

Mußte er denn seine Berufung aufgeben? Er ging in der Lindenallee auf und ab, sah den weißen Pfarrhof, sah Gudruns Kleid zwischen den Obstbäumen, hörte die Glokken den Feiertag einläuten. Es war Samstag. Morgen würde er wieder auf der Kanzel stehen. Und er wollte es. Er hatte schon seine Predigt geschrieben. Eine ausgezeichnete Predigt.

Er seufzte vor sich hin. Gudrun war gerade dabei, Erdbeeren zu pflücken. Sein Herz schmerzte vor Zärtlichkeit für sie. Würde denn Granö jemals eine bessere Pfarrersfrau bekommen können? Verzweifelt fuhr er sich mit der Hand durchs Haar. Er konnte die Berufung nicht aufgeben. Mußte er es denn übrigens? Wenn Marianne dichthielt ... Aber konnte man sich auf eine Siebzehnjährige verlassen?

Auch Gudrun hatte Kummer, obwohl sie gerade jetzt ans Mittagessen denken mußte. Als Vorgericht würde es eingemachten Aal geben und zum Nachtisch Erdbeeren mit Schlagsahne. Die Lose fürs Rote Kreuz waren zum Glück größtenteils verkauft, nicht zuletzt mußte sie es Bengt danken. Sie errötete. Er hatte nicht nur zehn Lose gezeichnet ... *Das* war auch wieder geschehen. Und wenn ihr Gott nicht half ... Sie steckte eine Erdbeere in den Mund, reckte sich, spürte eine schwache Lust, Bengt zu treffen. Eine recht starke Lust übrigens. Sie könnte mit dem Rad hinfahren, auf dem Weg Pilze pflücken und im Vorbeigehen bei Bengt reinschauen. Was wäre eigentlich natürlicher?

Aber Bengt war nicht zu Hause. Enttäuscht und ein wenig böse, sowohl auf ihn als auch auf sich selbst, radelte Gudrun wieder nach Hause. Es säuselte verlassen in den Bäumen. Aus der Ferne war die Musik von der Tanzerei zu hören. War Bengt dort? Marianne hatte davon gesprochen, dorthin zu gehen.

Sie würde nach Hause gehen und die Pfifferlinge braten, die sie gefunden hatte. Das müßte gut zum Sonntagslunch passen. Eier und Bacon und Pilze. Erland würde sich freuen!

Der Wind kam aus der Richtung des Tanzbodens, dann und wann drangen die Töne sogar in die Küche. Sie schloß die Fenster. Es hatte keinen Sinn, die Mücken hereinzulassen. Sie stellte den Teller mit den frischgebratenen Pilzen in die Speisekammer. Wo steckte Erland nur?

Überall diese Ziehharmonikamusik. Ärgerlich schloß sie auch das Schlafzimmerfenster. Daß Bengt ausgerechnet heute abend ... Es war natürlich klar, daß er zum Tanzen gehen würde. Vielleicht saß er jetzt gerade mit einem Mädchen im Wald und flüsterte. Erzählte, daß er sogar die Frau Pastor verführt hätte.

Nicht wenig beunruhigt zog sie den Pyjama an. Konnte sie sich wirklich auf Bengts Verschwiegenheit verlassen? Mit hochgezogenen Augenbrauen faltete sie den Bettüberzug zusammen und legte ihn auf einen Stuhl.

Erland kam herein, ohne daß sie es bemerkte.

»Gehst du schon schlafen?« fragte er.

Sie fühlte sich schuldbewußt, weil ihre Gedanken bei Bengt gewesen waren.

»Ich bin müde«, sagte sie.

Er blieb stehen. Sie hatte einen süßen Schlafanzug, gelb mit weißen Knöpfen. Die Ärmel waren kurz. Er blickte zur Seite. »Hast du Pilze gefunden?« fragte er.

Sie nickte.

»Ein paar«, erwiderte sie.

Er war es nicht gewohnt, sie verlegen zu sehen.

»Ich setz mich hin und lese«, sagte er und sah auf ihre bloßen Füße hinunter. Sie ging zum Bett hin.

»Tu das«, sagte sie.

Es war wirklich ein süßer Schlafanzug. Was für runde Arme sie hatte. Und der Nacken, sonnenverbrannt unter dem kurzen Haar.

»Gudrun«, sagte er und fragte sich, warum er so hartnäckig stehen blieb. Die Nachttischlampe leuchtete einladend über den Kissen und Laken des Bettes. Er machte einen Schritt auf sie zu. Das Buch, das er in der Hand gehalten hatte, fiel mit einem Knall zu Boden. Beide bückten sie sich, um es aufzuheben.

Er fühlte, wie gut sie roch und wunderte sich, daß es ihm nicht früher aufgefallen war. Das Haar leuchtete im Lichtschein. Sie senkte die langen Wimpern.

»Gudrun«, sagte er wieder.

Sie saßen immer noch in der Hocke. Er legte die Hand auf ihr Knie, nahm sie aber hastig wieder fort. Sie erbebte. Er hatte eine starke Hand. Merkwürdig, daß sie das früher nicht bemerkt hatte.

Sie erhoben sich beide.

»Dann werde ich also gehen«, sagte er. Er wollte ihr einen Gutenachtkuß geben. Das tat er ja immer. Aber etwas sträubte sich. »Gute Nacht«, murmelte er.

Unter der Schlafanzugjacke sah er die Umrisse ihrer Brüste. Sie bemerkte den Blick, das Herz begann zu hämmern.

»Erland«, sagte sie hastig. Verlegen brach sie ab.

Er konnte nicht gehen. Er wollte nicht. Er würde sie in die Arme nehmen. Sie war ja schließlich seine Frau ... Warum war es plötzlich so schwierig, warum machte es ihn verlegen? Was sagte er noch immer, wenn sie das ... tun wollten? Er streckte die Hand aus und legte sie ihr auf die Schulter, nach Worten suchend. Da fühlte er, daß sie zitterte. Plötzlich waren ihm die Worte egal, und er zog sie an sich, warm und prächtig fühlte sie sich an. Das Bild Mariannes wurde wie ein Blatt im Wind fortgewirbelt. Er knöpfte entschlossen die Schlafanzugjacke auf.

»Mach das Licht aus«, sagte sie, verlegen über die heftige Reaktion ihres Körpers.

»Nein«, sagte er bestimmt. »Ich will dich ansehen.«

Nackt und duftend lag sie auf dem Bett, ein Meer blühender Weiblichkeit. Er riß sich die Kleider vom Leibe ... Das Bett sah hinterher aus wie niemals sonst. Wollüstig reckte sie sich.

»Ich habe Hunger«, sagte sie.

»Die Pilze«, sagte er. »Wie wäre es mit einer Schnitte?«

Sie bereitete in der Küche ein Tablett, während sie errötend an das Wunder von eben dachte. Daß Erland und sie ... Unruhig dachte sie an Bengt. Wenn er nur keine Schwierigkeiten machte.

Sie löschte das Licht und öffnete ein Fenster. Da hörte sie Schritte auf dem Kiesweg. Vorsichtig spähte sie hinaus. Die Schritte blieben am Kücheneingang stehen.

»Wann kann ich dich wiedersehen?«

Sie erkannte sofort Bengts Stimme und gleich darauf die Mariannes.

»Jederzeit«, erwiderte sie leise. »Morgen, wenn du willst.«
Einige Sekunden lang spürte sie Eifersucht, der sofort ein Gefühl von Erleichterung folgte. Jetzt brauchte sie sich keine Sorgen mehr zu machen, Bengt könne etwas anstellen.

Auch der Pastor hatte das Paar gesehen und einen Stich vor Eifersucht gespürt. Er stand am offenen Schlafzimmerfenster und rauchte.

»Marianne hat offensichtlich einen Begleiter beim Tanzen gefunden«, sagte er, als Gudrun mit dem Tablett heraufkam.

Gudrun lachte ein wenig.

»Ja, ich hab's gesehen«, sagte sie fröhlich.

Der Wind fächelte die weißen Gardinen.

»Wer war es?« fragte er.

Gudrun schüttelte die Kissen im Bett auf.

»Dieser Künstler, von dem ich dir erzählt habe«, sagte sie leichthin. »Der die zehn Lose gekauft hat.«

Der Pastor rauchte weiter. Seine Eifersucht verschwand mit dem leichten Rauch, hinaus über die dunklen Obstbäume.

»Iß das Pilzbrot, bevor es kalt wird«, sagte Gudrun.

Sie aßen mit gutem Appetit.

»So wollen wir es immer haben«, sagte der Pastor bestimmt.

Gudrun errötete. »Ja«, sagte sie.

Er kroch ins Bett.

»War es das erste Mal, daß du es so empfunden hast?« fragte er.

Sie fühlte die Andeutung eines Wunsches, ihm von Bengt zu erzählen, aber dann sah sie den Blick ihres Gatten, so offen und gut. Starke Zärtlichkeit erfüllte sie. Er würde niemals begreifen.

»Ja«, sagte sie schüchtern. »Es war das erste Mal.«

Er löschte das Licht, küßte sie auf die pfirsichweiche Wange und ließ einen Augenblick lang sein Gesicht an ihrem Hals ruhen.

»Woran denkst du?« murmelte sie.

Einige Sekunden war er in Versuchung, ihr von Marianne zu erzählen, aber er hielt an sich, er hatte Angst davor, sie traurig zu machen. Seine Liebe vermengte sich mit Zärtlichkeit. Sie würde schon eine Menge verstehen, aber es wäre zuviel verlangt, die Geschichte mit Marianne begreifen zu können.

»Ich denke schon ans nächste Mal«, sagte er, und diese Antwort ließ einen erwartungsvollen Schauer durch ihren Körper rieseln.

Er hatte seinen Seelenfrieden wieder. Gott verzieh ihm sicher, daß er draußen auf Lillskär der Versuchung nachgegeben hatte. Übrigens verzieh ... Würde es nicht lästerlich sein, dann hätte der Pastor nicht übel Lust, ihm zu danken, denn wäre Marianne nicht gewesen, dann hätten Gudrun und er das vielleicht niemals erleben können.

Gudrun ging etwa gleichen Gedanken nach, wenn sie sich auch um Bengt drehten.

»Die Wege des Herrn«, murmelte sie.

Es war wie eine Antwort auf seine eigenen stillen Überlegungen, aber er fühlte sich zu schläfrig, um darüber nachzudenken.

»Ja, sie sind unerforschlich«, sagte er und gähnte. »Wahrhaft unerforschlich.«

EVA BERGGRÉN

Ferienschule

Mette lag auf dem Rücken im Gras neben der verwilderten Fliederlaube und büffelte Deutsch. Die Sonne brannte, und die Luft war erfüllt vom Summen der Insekten. Ein Stück weiter stand Rakel und hängte Wäsche auf. Das sah schön und kühl aus. Mette seufzte. Sie seufzte oft, wenn sie Rakel sah, denn Rakel war so schön, daß einem das Herz im Leibe stehenbleiben könnte. Sonderbar, daß jemand mit ihrem Aussehen Lehrerin in Deutsch geworden ist! Das paßt irgendwie nicht zusammen.

Rakel war ihre jüngste Tante. Sie hatte ein Baby. Mette half bei der Babypflege, und Rakel gab ihr dafür Unterricht in Deutsch. Auf diese Weise konnte sie den Sommer in den Schären verbringen und leistete Rakel Gesellschaft, während Lars-Erik in San Mariego war und Tunnel sprengte. San Mariego hatte tropisches Klima. Mette verjagte eine Fliege. Wie heiß mochte es wohl da sein, wenn es hier auf Krokön schon so warm sein konnte?

»Wie geht es«, fragte Rakel, »verstehst du etwas nicht?« Sie wrang ein Babylaken aus, daß die Wassertropfen spritzten. Trotz der Entfernung konnte Mette deutlich ihren nackten Körper sehen, lang und braun, mit einer Brust, die vor Milch strotzte. Während der Hitzewelle gingen sie und Mette tagsüber nackt. Sie wohnten so abgeschieden, daß sie sich ungestört fühlten. Mette setzte sich auf.

»Ich habe Durst«, sagte sie, »da kann man nicht büffeln.«
Rakel hängte das Laken auf.

»Trink eine Limonade. Dann geht es vielleicht besser«, schlug sie vor.

Sie hielt eine Wäscheklammer zwischen den Zähnen. Mette beeilte sich, dem Vorschlag zu folgen. Im Keller war es erfrischend. Der Boden kühlte die nackten Füße. Sie nahm einen Pommac aus der Kiste. Als sie wieder nach draußen kam, stand Rakel am Kinderwagen, weil Lotta angefangen hatte zu schreien. Sie beugte sich nieder und nahm sie hoch.

»Ich gehe nach oben und stille Lotta«, sagte sie und küßte den dunklen Kopf, der auf ihrer Schulter lag. »Danach muß ich die Liste schreiben für alles, was wir einkaufen müssen, wenn Åke kommt.«

Ja, Åke. Mette setzte sich ins Gras und trank aus der Flasche. Es schmeckte himmlisch. Sie wußte schon, wer Åke war. Das wußten sogar ihre Eltern. Er kam nicht bloß, um guten Tag zu sagen. Sie stellte die Flasche in bequeme Reichweite. Trotzdem war sie neugierig. Sie hatte ihn nie vorher gesehen. Überhaupt hatte sie nie den Liebhaber einer Freundin getroffen. Sicher war er unsterblich in Rakel verliebt. Unsterblich.

Sie legte sich auf den Rücken. Wie sie Rakel beneidete. Wie wunderbar, siebenundzwanzig zu sein, viel amüsanter als siebzehn, und sogar ein eigenes Baby zu haben. Sie lächelte vor sich hin. Jetzt lag Lotta und sog an Rakels Brust. Wie herrlich mußte das sein. Mette strich über ihre Brustwarzen. Sie erschauerte vor Wohlbehagen und dachte an den Unterricht am Morgen. Wegen der Wärme hatte sie unter der Eiche gesessen. Rakel hatte sich mit einem Stück Papier Luft zugefächelt. Es war Zeit zum Stillen gewesen, und einzelne weiße Tropfen waren aus Rakels Brust gesickert. Mette hätte sie ablecken mögen. Sie hatte gefragt, wie das schmeckt. »Probier selbst«, antwortete Rakel, »ich habe genug, es reicht auch für dich mit.«

Warum hatte Mette es nicht gewagt? Sie liebte ja Rakels

Brust. Nun war die Gelegenheit verpaßt. Sie öffnete die Grammatik. Die starke und schwache Beugung der Adjektive war an der Reihe. Wie dumm, ein Adjektiv auf mehr als eine Weise zu beugen. Seufzend ließ sie das Buch sinken und sah auf das lindgrüne Haus, dessen rotes Ziegeldach über die Reihe knorriger Apfelbäume ragte. Das Gras klebte an ihrem Rücken, und sie drehte sich auf den Bauch. Was würde Lars-Erik tun, wenn er wüßte, daß Rakel hinter seinem Rücken einen Liebhaber hatte? Sich erschießen? Vielleicht. Mette kamen beinahe Tränen in die Augen. Sie konnte Lars-Erik so gut leiden. Genaugenommen war Rakel recht herzlos. Jemand müßte einmal ein ernstes Wort mit ihr reden. Wäre sie vielleicht die Rechte? Sie könnte es wohl versuchen. In aller Freundschaft natürlich.

Es bewegte sich etwas im Flieder. Die fast ausgeblühten Dolden strömten einen so schweren Wohlgeruch aus, daß ihr fast der Kopf schmerzte. Jetzt bewegte es sich wieder. Im gleichen Augenblick wehte der Wind ein paar Zweige zur Seite, und ihr wurde mitten im Sonnenschein kalt: Ein Junge stand da und äugte nach ihr. Sie wollte ihn eben anschreien, als sie merkte, daß etwas komisch war: nun sah sie auch, was. Er hatte sie heruntergezogen und war nackt. Er hielt *diesen da*, der grotesk groß und rot war, und bewegte die Hand hin und her, hin und her.

Mette war wie versteinert. Sie hatte keine Ahnung davon, daß *dieser da* so aussehen könnte. Sicher war er mißgebildet oder aber pervers. Eklige Alte machten so etwas, hatte sie gehört. Aber solche Ekel wären gefährlich. Endlich löste sich ihre Erstarrung, sie sprang auf die Füße, raste den Weg hinauf zum grünen Haus und hinein in das Schlafzimmer, wo Rakel gerade dabei war, Lottas Windeln zu wechseln.

»Rakel«, rief sie atemlos, »ein ekliger Kerl steht im Flieder.« Rakel legte Lotta in den Korb.

»Wo sollte er denn sonst stehen?« fragte sie ruhig.

Mette lehnte sich keuchend gegen den Türrahmen. »Es ist

wahr«, sagte sie heftig, »ich spaße nicht. Es stand ein ekliger Alter im Flieder. Auf Ehrenwort!«

Rakel wurde leicht irritiert. Sie begann Lottas Kleider zusammenzulegen.

»Wie sah das Ekel aus?« fragte sie. »Wir sollten vielleicht sein Signalement der Polizei geben.«

Mette fühlte Erleichterung. Endlich glaubte Rakel ihr. Sie runzelte die Stirn und grub in ihrem Gedächtnis.

»Ich weiß nicht richtig«, sagte sie. Da fiel ihr ein Detail ein. »Er hatte Badehosen«, sagte sie eifrig, »rot aus Nylon.«

Rakel stellte das Zellstoffpaket in den Schrank. »Siehst du«, sagte sie, »immerhin etwas. Na, und sein Alter, wie würdest du das einschätzen?«

Mette errötete plötzlich.

»Nicht so alt«, meinte sie.

Rakel ging zum Spiegel und begann, ihr langes schwarzes Haar zu bürsten. Um ihre Lippen spielte die Ahnung eines Lächelns. »Vielleicht war er in deinem Alter«, sagte sie freundlich.

Mette nickte.

»Ich glaube«, flüsterte sie.

»Der eklige Kerl war vielleicht ein Schuljunge«, sagte Rakel, »ein gewöhnlicher, netter Schuljunge, der im Gebüsch herumschlich, um ein süßes Mädchen zu sehen, das zu allem Überfluß noch nackt war.«

Mette schüttelte den Kopf in heftigem Protest.

»Er hatte *diesen da* herausgeholt«, sagte sie mit zitternder Stimme. »Er machte ... Er war dabei ... Oh, Rakel«, rief sie zum Schluß, außer sich über Rakels Mangel an Interesse, »der war so groß, du wirst es mir um nichts in der Welt glauben!«

Rakel steckte das Haar auf. Sie betrachtete ihr Spiegelbild. »Armer Junge«, sagte sie träumend. »Ich hätte dortsein sollen. Da hätte er wahrhaftig nicht dazustehen und auf die Erde zu spritzen brauchen.«

Mette starrte sie an.

»Du machst dich lustig«, sagte sie zum Schluß. Ihre Stimme war dem Weinen nahe. Sie ging zum Wickeltisch und fing an, mit den Büchsen und Flaschen herumzuhantieren. Sie wendete Rakel, die immer noch die Bürste in der Hand hielt, den Rücken. Ein paar Grashalme saßen festgeklebt auf ihrem nackten Hintern. Rakel wurde warm ums Herz.

»Kleine Unschuld«, sagte sie leise, »meine Jungfrau mit Gras im Haar ... oder auf jeden Fall auf dem Hintern.«

Mette drehte sich heftig um. In ihrer Bewegung lag etwas Wachsames.

Rakel sah plötzlich die Bürste in ihrer Hand. »Was denkst du?« fragte sie und sah von der Bürste zu Mette.

»Nichts«, sagte Mette hastig, »gar nichts.«

»Aber ich denke etwas«, sagte Rakel. »Hier gehst du, ein süßes und hübsches Mädchen von siebzehn Jahren, umher wie die grünste Unschuld. Dabei solltest du vollauf mit Liebesabenteuern beschäftigt sein. Aber da du Jungen als eklige Alte ansiehst, ist es vielleicht nicht so merkwürdig, daß du immer noch im Stande der Jungfräulichkeit bist.«

Mette öffnete den Mund, um etwas zu antworten, ließ es aber. In ihren Augen war immer noch der wachsame Ausdruck. Rakel sah verblüfft auf ihre Bürste. Da verstand sie plötzlich und konnte ein Lächeln nicht unterdrücken. Sie schüttelte leicht den Kopf.

»Mette«, sagte sie, »komm.«

Mette machte einige zögernde Schritte zu ihr hin. Ein Stück vor der Tante blieb sie stehen und machte den Versuch, überlegen auszusehen. Rakel mußte wieder lächeln. Sie zog das Mädchen an sich. Mette schloß die Augen, überwältigt davon, diesen runden Schultern und schwellenden Brüsten plötzlich so nahe zu sein.

»Als ich in deinem Alter war, hatte ich bereits eine ganze Reihe von Liebhabern.« Rakel hielt die Lippen an Mettes Haar. Das Mädchen entzog sich ihr heftig.

»Glaubst du, ich will werden wie du?« brach sie aus. Die Wachsamkeit war spurlos verschwunden. Sie erinnerte sich an ihren Entschluß, mit Rakel ein ernstes Wort zu reden. »Du, die sich nicht schämt, hinter Lars-Eriks Rücken Liebschaften zu haben, während er allein in San Mariego sitzt und im Schweiße seines Angesichts schuftet, um dich zu versorgen.«

Sie stampfte mit dem Fuß auf.

»Ja, du kannst es nicht abstreiten, daß Åke dein Liebhaber ist. Ich weiß es aus sicherster Quelle. Versuch doch, das Gegenteil zu beweisen, versuch es doch.«

Rakel betrachtete das schäumende Mädchen mit einer Mischung aus Ärger und Zärtlichkeit. Da stand sie mit ihren langen, glatten Haaren, strähnigen Stirnlocken, verschwitzt und sommersprossig, mit runden und kräftigen Hüften und dem süßesten, krauslockigen Schamhaar, das genauso braun wie ihr Kopfhaar war.

»Eine Hure bist du«, schrie Mette im selben Augenblick, »und du willst, daß ich genauso werde ... da gehe ich lieber ins Kloster, das kann ich dir sagen, tausend-, tausendmal lieber!«

»Du kleiner Idiot.« Rakel spürte, wie der Ärger in ihr hochkam. Sie setzte sich auf das Fußende des Bettes, und im Nu lag das Mädel über ihren Knien. Mette kam nicht einmal zum Protestieren, Ihr war, wie wenn man aus einem Traum erwacht, und sie fühlte sich gelähmt, als sie daran dachte, was sie gesagt hatte. Sie, mit der Rakel in aller Freundlichkeit reden wollte. Nun würde Rakel sie sicher totschlagen, totschlagen ...

Die weißlackierte Haarbürste war platt und breit. Sie tanzte auf und nieder auf dem sonnengebräunten Mädchenhintern und hinterließ prächtige, rote Flecke. Mette schrie ohrenbetäubend. Rakels Zorn verrauchte und wich einer wachsenden Zufriedenheit. Die kleine Unschuld bekam, was sie verdiente. Danach würde Rakel ein ernstes Wort mit ihr reden. Im übrigen reichte es vielleicht schon, die Bürste sprechen zu lassen. Das war anscheinend eine Sprache, die sie verstand. Also vorwärts für König und Vaterland ...

Zum Schluß war die Erziehungsfläche knallrot.

Mette hörte auf zu schreien und starrte mit tränenerblindeten Augen auf Rakels rote Zehennägel. Warum war sie nicht tot? Wie hatte sie jemals auf die Idee kommen können, mit Rakel vernünftig reden zu wollen. Die Arschbacken brannten unausstehlich, aber noch schlimmer, daß Rakel so böse geworden und vielleicht immer noch böse war.

»Verzeih mir«, murmelte sie schluchzend, »Liebe du, verzeih.«

Rakel nahm sie in die Arme, streichelte und küßte sie und strich ihr über das Haar.

»Kleiner Dummbart«, sagte sie, »das hast du davon, daß du dich aufführtest, als wolltest du eine Unterschriftensammlung starten für die Hebung der Moral des schwedischen Volkes. Außerdem ist Åke wirklich nicht mein einziger Liebhaber.«

»Meinetwegen kannst du gern tausend Liebhaber haben.«

Mette heulte und heulte, bis Rakels Brüste naß von Tränen waren. Sie versuchte, ihr Gesicht mit ihrem langen Haar zu trocknen. Da nahm aber Rakel ein Taschentuch aus dem Nachttischkasten.

»Nein, mein Kind«, sagte sie bestimmt, »nun ist es genug. Trockne die Tränen ab, schneuze dich, und danach sind wir wieder Freunde.«

Mette gehorchte und lehnte sich wieder an Rakels Brüste. »Oh, Rakel«, sagte sie. »ich wünschte, daß Åke am Samstag nicht kommt. Ich wünschte, daß es weder Åke noch Lars-Erik gäbe. Nur dich und mich dürfte es geben, nur dich und mich auf der ganzen Welt.«

Rakel sah in das tränenüberströmte Gesicht. Sie spürte, wie sich die Gefühle des Mädchens verändert hatten und war selbst erregt von dem, was geschehen war. Sie ließ den

Blick über Mettes Körper gleiten und sah auf die dichtgeschlossenen Schenkel. Gedankenverloren ließ sie ihre Hand darübergleiten. Mette seufzte ein bißchen, die Unterlippe zitterte. Da trennte Rakel Mettes Schenkel und legte die Hand über die krauslockige Scham, einen Finger zwischen Mettes Schamlippen; sie liebkoste sie ganz leicht, so, wie man eine kleine und feste Rosenknospe berührt.

Für Mette kam die Berührung völlig unerwartet. Heftig bohrte sie ihr Gesicht in Rakels Brüste. Rakel rückte ihre Brustwarze nahe an Mettes Mund.

»Trink«, sagte sie, »du warst ja neugierig, wie es schmeckt.«

Ihre Hand lag immer noch zwischen Mettes Beinen. Sie rief Wollust hervor, von der Mette keine Ahnung gehabt hatte. In empfindsamer Verwirrung öffnete sie die Lippen, um die dunkelrote Brustwarze entgegenzunehmen. Sie wuchs im Mund und füllte den Gaumen mit kitzelnder Wollust. Unerwartet warm und süß kam der Strahl. Mette vergaß alles. Sie trank und schluckte, während Rakels Finger rhythmisch ihre Klitoris berührte.

Schwindlig und taumelnd stand sie einen Augenblick später auf dem Fußboden und spürte Rakels Hände fest um ihre Hüften. Sie weinte beinahe vor Enttäuschung.

»Mehr«, sagte sie bittend, »liebe Rakel, mehr.«

Rakel mußte über den braungekräuselten Schoß lächeln, der sich ihr entgegenstreckte und dessen Duft in ihre Nasenlöcher stach.

»Einen Mann brauchst du, das ist es. Diesen Jungen im Flieder zum Beispiel. Er ist genau das, was du jetzt brauchst.«

»Nein, nein«, Mette schüttelte den Kopf. »Du bist es, die ich brauche. Oh, warum kannst du mir nicht helfen, Rakel? Warum kannst du mir nicht helfen?«

Rakel lockerte den Griff um ihre Hüften.

»Nein, meine Jungfrau.« Sie reckte sich, strich den Bett-

überzug glatt und legte die Bürste zurück auf die Kommode.
»Nun werden wir uns nach einem Mann für dich umsehen.«
Sie lächelte Mette zu, die unglücklich und mit hängenden Armen dastand. Obwohl ihr die kleine Unschuld leid tat, war ihr vollkommen klar, daß es leichter sein würde, in ihrem jetzigen Zustand einen Mann für sie zu finden, als wenn sie erst befriedigt wäre. Sollte Rakel etwas tun, so dieses: den Topf am Kochen halten.

»Komm«, sagte sie, »so kannst du nicht gehen.«

Hoffnungsvoll ging Mette ihr entgegen, aber Rakel bürstete ihr nur das Haar und rieb ihr die Wangen mit Eau de Cologne ab.

»Nun hast du meine Milch getrunken«, sagte sie und legte den Arm um Mettes Schulter, »darum mußt du genau das tun, was ich sage. Zieh dir etwas an und mache einen Spaziergang zum Strand. Das hilft dir, deine Gedanken zu ordnen. Ich schreibe den Speiseplan und mache die Heringe sauber. Und dabei werde ich versuchen, einen geeigneten Mann für dich ausfindig zu machen. Wir sprechen heute abend darüber.« Sie legte die Hand auf Mettes Hinterteil und trieb das widerstrebende Mädchen aus dem Zimmer.

Mette zog sich wie im Traum Bluse und Shorts an. Geistesabwesend ging sie über die Wiese und bog in den grünen Waldweg ein. Dort war es schön und kühl. Ein paar Vögel zwitscherten im Gebüsch. Es klang, als wenn sie sagten: Sieh her, sieh her. Ein Bachstelzenpaar lehrte die Jungen das Fliegen. Die Vogelbrüste waren wie Daunenbälle. Ein gelber Schmetterling kam geflattert, setzte sich auf eine Blume und flog sofort wieder auf, Mette schräg entgegen, als würde er vom Wind getrieben. Ein Eichhörnchen schwatzte auf einem Baum. Es sah mit Augen wie Glasperlen auf Mette. Sie erinnerte sich plötzlich an die Haare in Rakels Armhöhle, die weich waren und nach Schweiß dufteten. Sie schloß die Augen, stolperte aber über eine Wurzel und machte sie schnell wieder auf. Das Gras sah aus wie grüner Samt. Sie bekam Lust, es mit der Hand zu berühren. Wie weich es war. Wie oft war sie diesen Weg gegangen! Warum war ihr nie aufgefallen, wie schön er ist.

Überraschend blau öffnete sich die Förde, als sie endlich aus dem Wald kam. Sie ging an einer Gruppe von Häusern vorbei und hörte durchs offene Fenster Geschirr klappern. Am Strand streifte sie die Sandalen ab und stand mit nackten Füßen im trockenen Sand. Sie betrachtete ein einlaufendes Segelboot. Warum war alles so lieblich, so wonnig, daß man kaum zu atmen wagte? War sie wirklich immer noch Mette? Ein Kind weinte in einem der Häuschen. Aus dem Vorgarten des weißen Hauses wehte ein betäubender Jasminduft, gemischt mit dem Geruch von Tang und Bootsstegen. Die Klippen am anderen Ufer leuchteten auf. Hätte sie den Badeanzug mitgehabt, wäre sie hingeschwommen, geschwommen und geschwommen.

Das Segelboot kam näher. Ein Mann mit bloßem Oberkörper war dabei, die Segel niederzuholen. Er war so nahe, daß Mette deutlich sein Gesicht erkennen konnte. Ab und an sah er zu ihr hin. ›Kann er mir ansehen, was ich erlebt habe‹, dachte sie ängstlich. Und als wenn der Mann ihre Gedanken erraten hätte, lächelte er ihr plötzlich zu. Verwirrt legte sie den Finger an den Mund. Im gleichen Moment war der Mann vergessen. Sie strich und strich über ihre Lippen, war mit Körper und Seele wieder bei Rakel, erinnerte sich an die Süße ihrer Milch und an das liebliche Kitzeln der Brustwarze am Gaumen.

Nachmittags kam ein Gewitterschauer auf. Die Küche wurde dunkel wie am Abend. Rakel schaltete die Deckenlampe ein. Sie kochte Rhabarbersaft und sah aus, als erinnere sie sich nicht an das, was geschehen war. Die ganze Küche duftete nach Saft. Mette verabscheute ihn plötzlich mit jeder Faser ihrer Seele. Rakel hatte sie zum Flaschenwaschen angestellt. Mette hätte vor Enttäuschung weinen können. Rakel schien überhaupt nichts zu merken. Sie rührte im Saftkessel und schmeckte ab. Als Mette endlich mit den Flaschen fertig war, durfte sie sich an den Küchentisch setzen und mit so zierlicher Schrift wie möglich ›Rhabarbersaft 1965‹ auf eine Reihe kleiner, weißer Etiketten schreiben. Währenddessen ging Rakel hinauf ins Schlafzimmer, um Lotta zu versorgen.

Doch es war keineswegs so, daß Rakel etwas vergessen hätte. Mit nüchternem Blick erkannte sie, wie nahe die kleine Unschuld dem Siedepunkt war. Aber wie sie ihr Gehirn auch anstrengte, sie konnte den Mann nicht finden, in dessen Arme das Mädchen wie eine reife Frucht fallen sollte. Ein netter Mann müßte es sein, ein reifer Mann, ein erfahrener Mann, ein zärtlicher und etwas väterlicher Mann. ›Wo bist du, du gute Zigarre?‹ dachte sie, während sie sich über die lallende Lotta beugte. Lars-Erik wäre ideal gewesen, aber leider saß er in San Mariego. Und ihre kleine Unschuld auf gut Glück auf den Tanzboden schicken, das wollte sie nicht. Das erste Erlebnis war viel zu wichtig für kommende Freuden, als daß man wagen könnte, es dem Zufall zu überlassen.

Erst nach dem Stillen kam sie darauf und wurde so froh, daß sie Lotta über ihren Kopf hob. ›Åke! Ich sehe den Wald vor Bäumen nicht‹, dachte sie. ›Wie konnte ich einen Mann wie Åke übersehen.‹ Mit Lotta im Arm tanzte sie umher. Aber Lotta protestierte, und Rakel mußte sich beherrschen.

»Mette«, rief sie, »schnell, komm!«

Ein Ruck fuhr durch Mette, als sie endlich Rakels Rufen hörte. Sie hatte so lange gewartet, daß sie sich krank fühlte. Zitternd vor Aufregung ging sie die Treppe hinauf. Sie griff fest um das Treppengeländer. ›Sie wird mich nur um eine Gefälligkeit bitten‹, dachte sie sich. Mit klopfendem Herzen trat sie ins Schlafzimmer und glaubte, daß ihre Erregtheit deutlich zu sehen sein müßte.

Das war sie auch. Rakel konnte ein Gefühl des Mitleids nicht unterdrücken. Sie legte Lotta in den Korb und stopfte die Decke fest. Nach der Mahlzeit schlief Lotta immer sekundenschnell ein. Sie machte die Deckenlampe aus und knipste die kleine Lampe auf dem Nachttisch an.

»Setz dich«, sagte sie und nickte in Richtung des Bettes. Mette gehorchte. Sie glaubte, nicht atmen zu können. Rakel setzte sich neben sie und legte den Arm um ihre Schulter.

»Meine Jungfrau«, sagte sie und biß ihr zärtlich ins Ohr. »Am Freitag wirst du deine Unschuld los. Wird das nicht schön?«

Mette kamen vor Enttäuschung Tränen in die Augen. Sie starrte auf Rakel, deren rosa Kleid umschloß, was Mette einzig und allein begehrte. Sie senkte den Kopf und sah durch einen Tränenschleier auf ihre Knie.

»Das ist doch kein Grund zum Weinen.« Rakels Stimme war voller Zärtlichkeit: »Wenn du nur ahnen könntest, wie nett Åke ist. Ich wette, daß du dich in ihn verlieben wirst. Laß die Nase nicht hängen, Mette. Du weißt ja doch, daß alles so wird, wie ich will.«

Sie machte einen Versuch, Mettes Kopf zu heben, aber Mette brach in lautes Weinen aus.

»Ich will Åke nicht haben«, schrie sie. »Ich will dich haben. Nur dich.«

Rakel zog Mette an sich.

»Ja, ja«, sagte sie beruhigend. »Jenes Vergnügen, das ich dir geben kann, ist klein im Vergleich zu dem, das ein Mann schenkt. Mein Finger ist nur ein Finger. Finger hast du im übrigen selbst. Aber, siehst du, der Mann hat etwas, das alle Finger der Welt übertrifft. Und wenn du das am Freitag fühlst, wirst du mir recht geben. Weine nun nicht. Mein Kleid wird völlig zerknittert und naß, und du wirst am Freitag auf keinen Fall drum herumkommen. Siehst du wohl, mein Kleines, mach nun keine Schwierigkeiten. Du weißt, daß ich das nicht leiden kann!«

Wenn Rakel so war, wußte Mette, daß es sich nicht lohnte, etwas dagegen zu sagen. Sie versuchte, sich zu beherrschen, nahm das Taschentuch und trocknete ihr verweintes Gesicht ab. Sie würde gezwungen sein, Åke das da machen zu lassen. Einen Mann, den sie nicht einmal kannte. Einen Mann, der nicht zögerte, mit der Frau eines anderen ins Bett zu gehen. Eine heftige Sehnsucht nach Lars-Erik überkam sie. Wenn er nur wüßte, wenn er nur ahnte! Wieder überwältigte sie das Weinen. Sie schlug die Hände vors Gesicht und ließ die Tränen strömen.

»Armer Lars-Erik«, schluchzte sie, »armer, armer Lars-Erik!«

Rakel mußte lächeln.

»Warum ist es schade um Lars-Erik?«

Mette machte einen Ruck mit dem Kopf.

»Er schuftet und schuftet«, sagte sie mit halberstickter Stimme, »in einem fremden Land.« Sie merkte, daß es schwerer war, sich vorzustellen, was er machte, als sie geglaubt hatte. »Eines schönen Tages wird er sich zu Tode arbeiten«, setzte sie fort und begann sich zu fragen, ob es wirklich so schwer sei, als Diplomingenieur zu arbeiten. »Armer Lars-Erik jedenfalls«, endete sie lahm.

Rakel lachte, bis ihr die Tränen in die Augen kamen. Mette sah sie erstaunt an. Sie bekam beinah selbst Lust zu lachen.

»Ja, was weiß ich, was er macht«, sagte sie verlegen.

»Aber ich weiß es«, sagte Rakel immer noch lachend, zog die Nachttischschublade auf und nahm ein Blatt heraus. »Ich glaube, es könnte dir gut bekommen, einige Zeilen aus seinem letzten Brief zu hören«, setzte sie fort.

Es wehte kühl durch das offene Fenster. Mit dem Wind kam ein Duft von Jasmin. Rakel begann zu lesen:

»Gestern war ich wieder in Esperanza, denn wenn es auch teuer ist, so bekommt man doch nirgendwo süßere Mädchen. Sie sitzen dort sittsam aufgereiht in ihren kurzen Kleidchen, erheben sich auf Befehl, lüften ihre kleinen Hemden und zeigen ihre Reize. Man faßt hier nach einem Hintern, streicht dort über einen Haarbusch oder wölbt die Hand um eine Brust. Gestern verlor ich ein wenig die gute Laune, weil ich eine Dreizehnjährige bestellt hatte, die meistens belegt ist; aus Versehen bekam ein anderer Kunde sie. Du weißt, wie es ist, wenn man sich auf etwas gespitzt hat. Ich wünschte, ich könnte sie Dir beschreiben: ihre zarten Schultern, die Hüften noch nicht fertig ausgewachsen, die Brust, die gerade begonnen hat zu knospen. Gleichzeitig hat sie so etwas Freches an sich. Sie wirft einem Blicke zu, die einen Mann dazu bringen, sich verloren zu fühlen. Eine richtige Lolita. Die Wirtin nimmt aber auch entsprechende Preise. Na ja, ich ging also mit der Wirtin und besah die Mädchen. Ein Strom von Entschuldigungen floß die ganze Zeit aus ihrem Mund. Gab es keine, mit der ich mich heute abend zerstreuen wollte? Sie hatte eine Fünfzehnjährige, die tatsächlich noch frei war. Wenn ich mitkommen wollte, würde sie sie mir selbst vorführen. Die Fünfzehnjährige hieß Fiorella. Sie maulte ein bißchen, aber niemand konnte leugnen, daß sie süß war. Glattes, kohlschwarzes Haar, runde Wangen und ein Körper, so rund und prächtig, daß ich mich mit dem Gedanken versöhnte, die Dreizehnjährige nicht zu bekommen.

›Zieh das Hemd aus, Fiorella‹, sagte die Wirtin und Fiorella gehorchte, obwohl der Blick, den sie mir zuwarf, nicht gerade fröhlich war. Die Wirtin drehte sie herum, und ihr Redefluß strömte die ganze Zeit: ›Fühlen Sie hier, Monsieur, welcher Hintern, welcher Bauch, und die Brüste, Monsieur, haben Monsieur jemals so rosige Brustwarzen gesehen?‹ Ich stellte mich zweifelnd. Die Wirtin ärgerte sich über Fiorella und gab ihr einen Klaps, der sie in die Luft hopsen ließ. Und danach war Schluß mit der Sauertöpfigkeit Fiorellas. Als ihre saure Miene verschwand, sah ich, daß sie den hübschesten Mund der Welt hatte. Er war zum Küssen schön, so daß mein Ärger über die Unzuverlässigkeit der Wirtin endgültig fortgeblasen wurde. Ich nahm also Fiorella, obgleich sie teuer wie die Sünde war, und welche Nacht, Rakel, welche Nacht! Ich wünschte, Du wärest dabei gewesen. Beim letztenmal saß ich auf einem Stuhl, während Fiorella auf mir ritt, so geschmeidig, wie es nur eine kann, die unzählige Gelegenheiten zur Übung hatte. Die festen Brüste schaukelten, die wohlgenährten Schinken klatschten auf meine Schenkel, rhythmisch, taktfest. Als ich die Auslösung nicht mehr länger zurückhalten konnte, beugte sie sich vornüber, so daß ihre Brustwarzen meine Lippen kitzelten. Ich sog sie ein in meinen Mund und dachte an dich. Hinterher bat sie mich, wiederzukommen, und das werde ich sicher tun, aber zuerst muß ich diese Dreizehnjährige haben. Ich fühle keine Ruhe in meinem Körper, bevor ich nicht weiß, wie es ist, mit einer zu schlafen, die noch nicht ausgewachsen ist.«

Mette fühlte eine grenzenlose Verwirrung. Sie erinnerte sich plötzlich an ein Gänseessen vor mehreren Jahren. Ahnungslos hatte sie gesessen und von dem guten Fleisch gegessen, als Onkel Knut ein Wohl aussprach auf den armen Mårten. Erst da war ihr klargeworden, daß das Fleisch, von dem sie alle aßen, ihr eigener Gänsefreund Mårten war. Und es hatte nicht geholfen, daß sie sich hinterher erbrach. Davon wurde Mårten nicht wieder lebendig. Etwas von der gleichen Verzweiflung spürte sie jetzt. Sie faltete die Hände, wie um ein Unglück abzuwehren.

»Oh, Rakel«, rief sie mit schmerzerfüllter Stimme, »werdet ihr euch scheiden lassen, du und Lars-Erik?«

»Gott bewahre uns.« Rakel zog Mettes Kopf herab auf ihre Knie und spielte zerstreut mit ihrem Haar: »Findest du, daß der Brief wie von einem Mann klang, der sich scheiden lassen will?« Sie strich Mette über die Lippen. »Findest du?«

Mette wußte nicht, was sie sagen sollte. Die Berührung mit Rakels Fingern verwirrte sie noch mehr. »Wirst du nicht eifersüchtig?« fragte sie. »Ich würde es tun. Ich würde völlig verrückt sein vor Eifersucht!«

Rakel lächelte, spielte mit Mettes Ohr, das zart wie ein Rosenblatt war.

»Verrückt werde ich vielleicht, aber nicht vor Eifersucht«, antwortete sie. »Gott, was habe ich früher von Bordellen fantasiert. Hast du das nie?«

Mette fiel ein alter Wunschtraum ein und sie errötete. »Doch«, murmelte sie.

Rakels Gesicht wurde verträumt:

»Welche möchtest du lieber sein? Fiorella oder die Dreizehnjährige?«

Mette fühlte eine steigende Erregung. Sie blickte auf Rakel, und alles, was sie sah, erschien ihr so schön, daß die Begierde in ihr brannte.

»Die Dreizehnjährige«, antwortete sie widerwillig. Ihre Erregung wuchs. Warum war kein Mann in ihr Leben gekommen, als sie dreizehn war?

Rakel zog sie zu sich hoch.

»Siehst du«, sagte sie, »und nun bist du siebzehn, aber deine Unschuld hast du immer noch. Ich glaube, Fiorella und die Dreizehnjährige würden lachen über dich, wenn sie wüßten, wie grün du bist.«

Mette errötete vor Entrüstung.

»Grün bin ich wohl nicht«, murmelte sie.

Rakel legte den Arm um sie und schüttelte ihr das Haar zurecht. »Doch, kleiner Grünschnabel«, sagte sie und rieb ihre Nase leicht an Mettes. »Aber das macht nichts«, tröstete sie. »Am Freitag setzen wir die Liebe auf den Stundenplan. Ich bin überzeugt, daß es dir leichterfallen wird als Deutsch und daß du viel bessere Zensuren bekommst.«

Mette bebte vor Unruhe.

»Ich kenne ja Åke gar nicht«, sagte sie. »Oh, Rakel, ich werde so schüchtern und dumm sein. Worüber soll ich mit ihm sprechen? Und wie macht man es? Liegt man bloß da wie ein Idiot und tut nichts? Er wird denken, daß ich kindisch bin, so kindisch, so kindisch.«

Rakel war ein paar Augenblicke still. Impulsiv zog sie das Mädchen an sich. »Es wird alles gutgehen«, sagte sie beruhigend, »verlaß dich auf mich.«

Aber Mette schüttelte den Kopf.

»Wenn du doch dabeisein könntest«, seufzte sie. »Können wir ihn nicht fragen, ob du das darfst?«

»Willst du es denn?« fragte Rakel.

Mette nickte

»Dann würde ich viel weniger ängstlich sein«, sagte sie.

Rakel erhob sich vom Bett.

»Da kannst du von jetzt an aufhören Angst zu haben«, sagte sie. Sie glättete ihr Kleid und sah auf die Armbanduhr. »Du liebe Zeit, wie spät es geworden ist«, rief sie aus. »Willst du nicht eine Tasse Schokolade für uns zurechtmachen, während ich Lottas Sachen wegräume?«

Am nächsten Tag war Rakel genau wie sonst. Deutsch schien wieder das Wichtigste der Welt zu sein. Die Lektionen nahmen kein Ende. Nach Präpositionen kam manchmal der Dativ, manchmal der Akkusativ, und intransitive Verben mußte man mit ›sein‹ beugen. Sie saß im Schatten der Eiche bei den weißen Möbeln. Mette sah seufzend auf Rakels Brust. Würde sie jemals wieder Rakels Milch schmecken dürfen? Sie blickte auf das kohlschwarze Schamhaar und wurde von Schwindel ergriffen.

»Ja, es ist warm«, sagte Rakel, »aber versuch dich trotzdem zu konzentrieren. Die Lektion ist gleich zu Ende.«

Der Abend war nicht besser. Mettes Unruhe wuchs. Sie hatte gedacht, daß sie beide wie zwei Schwestern über den kommenden Freitagabend sprechen würden. Aber Rakel war dabei, die Schnur der Spinnangel zu entwirren, die sich verheddert hatte. Ab und zu traf Mettes Blick sie über die Lampe hinweg. Sie saßen auf der Veranda. Manchmal stießen die Äste des Mehlbeerbaums gegen die Fensterscheiben. Das klang einsam und verlassen, und Mette seufzte.

»Morgen haben wir Åke hier«, sagte Rakel fröhlich. Als

wenn Mette das nicht wüßte. Als wenn sie an etwas anderes denken würde.

»Morgen werde ich versuchen, einen Hecht zu fangen«, sagte Rakel, »deshalb muß ich die verflixte Schnur in Ordnung bringen.«

Natürlich fing Rakel ihren Hecht. Sie machte ihn in der Küche sauber. Mette stand nichtstuend dabei.

»Ich finde Hechte eklig«, sagte sie.

Rakel sah erstaunt aus.

»Man kann sich nicht vor Hechten ekeln«, sagte sie.

Mette gab keine Antwort. Sie bastelte an der Fischschere herum. »Hast du schon einmal welchen gegessen?« fragte Rakel mißtrauisch.

Mette ließ die Fischschere fallen.

»Kann sein, daß ich es habe«, sagte sie mürrisch. »Aber ich verabscheue Fisch. Ich will nicht ein Stück davon zu Mittag essen. Ich denke auch nicht daran, meine Erdbeeren zu essen. Ihr könnt gern meine Portion nehmen.«

Aber zur Mittagszeit konnte sich Mette der ansteckenden Feststimmung nicht entziehen. Die Fahne war gehißt. Auf der Veranda stand der Tisch, mit einem weißen Tuch bedeckt, und sie trug ihr bestes Sommerkleid. Es war gelb und so weit, daß der Rock waagerecht stand, wenn sie sich nur ein bißchen darin drehte. Mette stieg vorsichtig über den frisch geharkten Hof. Rakel hatte sie gebeten, Blumen für das Schlafzimmer zu pflücken. Sie machte auf der Wiese halt, kurz vor dem Walde; dort standen so viele Margeriten und Kornblumen, daß man kaum das Gras sah.

Rakel ging vorbei, auf dem Weg zur Landungsbrücke. Sie hatte ein weißes, ärmelloses Kleid an, das wie ein Futteral an ihrem langen, schönen Körper saß. Mette konnte es sich nicht verkneifen, neidisch zu sein. Das schwarze Haar war hoch auf dem Kopf aufgebaut und zeigte den vollendeten Hals. Mette bekam Lust, ihn zu küssen. Rakel lächelte ihr zu.

»Ja, das ist ein hübsches Kleid«, gab sie zu, »besonders, wenn man sonnengebräunt ist.« Sie strich sich über die nackten Arme, in die sie verliebt war. Schnell fand sie in die Wirklichkeit zurück.

»Setz die Kartoffeln nicht auf, bevor wir kommen«, sagte sie, »und weck bloß Lotta nicht. Sie hat heute so schrecklich wenig geschlafen. Ich möchte, daß sie riesig nett ist, wenn Åke kommt.«

Mettes Herz klopfte, als sie sich ins Schlafzimmer schlich, um die Blumen hinzustellen. Sie sah auf Rakels breites Bett. Da sollte es also geschehen. Mette strich vorsichtig darüber hin. Sie sah einen Schimmer von sich im Spiegel und trat näher heran, lächelte prüfend ihr Bild an. Genauso würde sie lächeln, wenn Åke kam, weltgewandt wie Rakel. Sie würde nicht ängstlich aussehen. Mette probierte eine neue Miene, vielleicht war die besser. Sie würde ihm natürlich das Profil zuwenden, denn sie war im Profil am hübschesten. Und das Haar sollte glänzen. Vielleicht müßte sie es mehr nach hinten kämmen? Sie griff nach Rakels Kamm und Bürste. Dabei fiel eine Wattedose herunter und landete mit einem Knall auf dem Fußboden.

Das genügte, um Lotta zu wecken. Mette hielt fast den Atem an. Würde sie wieder einschlafen? Aber nein, sie drehte sich um nach dem Geräusch. Als sie niemanden sah, begann sie versuchsweise zu weinen, zuerst mißvergnügt und bald mehr und mehr verzweifelt, weil keiner kam und sie hochnahm.

Mette nahm sie auf den Arm und ging hin und her, um sie zu beruhigen. Am liebsten hätte sie sie geschüttelt. Es fehlte nur noch, daß Åke und Rakel jetzt kämen! Oh, sei still, liebste Lotta, sei still, mir zuliebe, nur mir zuliebe. Aber Lotta dachte nicht daran, still zu sein. Sie nahm Anlauf und schrie, bis sie völlig rot im Gesicht war.

Im selben Moment sah Mette, wie Rakel und ein langer, hellhaariger Mann in den Hof einbogen.

»Und ich stehe hier mit der schreienden Kleinen im Arm«, klagte sie, dem Weinen nahe. »Ich verstecke mich. In der Küche ...« Aber ehe sie die Treppe hinunterkam, waren Rakel und Åke schon im Flur.

Sie blieb wie angewurzelt stehen. Was sollte sie tun? Sie konnte ja nicht einfach an ihnen vorbeilaufen. Und Lotta, die immer noch schrie. Sie drückte sie fester an sich. So sah Åke sie. Sie beschloß, die Augen zu schließen. Es gab keinen anderen Ausweg.

»Hej«, sagte Åke, und sie begriff, daß sie in jedem Fall hinsehen mußte. Mit geschlossenen Augen dazustehen, mußte ja stockdumm wirken. »Ich habe etwas ins Auge bekommen«, sagte sie, »ein Sandkorn oder so etwas.«

»Hilf ihr, es herauszumachen«, sagte Rakel. Sie nahm Mette im Vorbeigehen auf der Treppe die schreiende Lotta ab und ging hinauf in das Schlafzimmer. So würdig sie konnte, schritt Mette in die Küche, ohne Åke eines Blickes zu würdigen. Aber er kam nach. Sie setzte den Kartoffeltopf auf den Herd. Åke nahm sein Taschentuch.

»Darf ich sehen?« sagte er. »Komm her zum Fenster.«

Sie verwünschte ihre Lüge. Stumm stand sie vor ihm und ließ ihn nach einem Korn suchen, das es nicht gab und nie gegeben hatte. Sie fühlte seinen Atem. Er roch nicht unangenehm, aber fremd. Sein Mund war auch fremd. Er schüttelte den Kopf.

»Ich kann nichts finden«, sagte er, »ist's besser?«

Sie sah flüchtig seine intensiv blauen Augen und senkte den Blick. »Ich glaube«, murmelte sie. Sie fand die Szene am Fenster so unwürdig und demütigend, daß sie hätte weinen können. Heftig wandte sie sich von ihm ab. Ihr Blick fiel auf den Meerrettich, der gerieben werden mußte. Sie machte sich sogleich darüber her. Åke betrachtete sie. Er hatte das Gefühl, daß dies Sandkorn eine Erfindung wäre, ließ sich aber nichts anmerken. Er fand sie überirdisch süß. Die Finger, die den Meerrettich hielten, zitterten, und sie sah hartnäckig auf ihre Arbeit. Es war nicht schwer zu bemerken, daß sie ihn fortwünschte.

»Sei nicht ängstlich«, sagte er. »Ich will dich nicht aufessen.« In der nächsten Sekunde wünschte er, daß er sich lieber die Zunge abgebissen hätte. Das Mädchen drehte sich mit einer Verbitterung nach ihm um, die ihn begreifen ließ, wie sehr er sie verletzt hatte.

»Ich bin kein Kindskopf«, sagte sie und sah ihm gerade ins Gesicht. »Glaube bloß nicht, daß ich ein Kindskopf bin.«

Weder in seinem Blick noch in seinem Gesicht war die Spur eines Lächelns zu finden. Mette atmete auf. Gott sei Dank, er lachte nicht! »Ich bin siebzehn«, sagte sie in ruhigerem Ton. »Ich bin gar nicht so unschuldsvoll, wie ich aussehe. Ich bin erfahren ... mehr jedenfalls, als Rakel erzählt hat.«

Er nahm ein Radieschen, besah es einige Augenblicke, ehe er es in den Mund steckte.

»Was Rakel sagt, nehme ich nicht so ernst«, sagte er. »Ich verlasse mich auf mein eigenes Urteil.«

Sie spürte, wie sich ihr Herzklopfen etwas legte, und beugte sich wieder über den Meerrettich. Gott sei Dank, daß er sich nicht kümmerte, was Rakel sagte. Sie tat einen tiefen Atemzug. Blödsinnig war nur, daß Lotta schreien mußte. Nun hatte sie das Haar nicht noch einmal kämmen können. Vorsichtig wandte sie ihm das Profil zu, damit er ihre Nase sehen konnte.

Beim Mittagessen stellte sie fest, daß sie trotz allem Hecht gut essen konnte. Åke saß in aufgekrempelten Hemdsärmeln da. Die sonnengebräunten, haarigen Arme bewegten sich elegant, wenn er den Fisch auseinandernahm. Unter dem Nylonhemd waren deutlich seine breiten, kräftigen Schultern zu sehen. Er langte nach der Schale mit zerlassener Butter. In der Bewegung lag etwas Energisches, das Mettes Herz klopfen ließ. Er fing ihren Blick auf.

»Möchtest du haben?« fragte er und reichte ihr die Schale. Seine Finger streiften ihre. Mette sah schnell hin. Sie waren lang und geschmeidig. Sie würde es gern sehen, wenn er sie nochmals berührt hätte.

»Draußen auf dem Boot war ein Herr, der einige Damen mit der Schwedischen Sünde unterhielt«, sagte Åke und nahm vom Meerrettich. »Es hörten nicht nur die Damen zu. Mehrere Passagiere senkten interessiert die Zeitung. ›Wir sind verrufen in der ganzen Welt‹, sagte er und die Damen stimmten ihm zu. Hin und wieder vertiefte er sich ins Svenska Dagbladet, um Stärkung und Trost zu finden, nehme ich an. Bei Kappelskär trafen wir das Finnlandboot. Durch den Wellengang entfiel ihm plötzlich die Zeitung, und ratet, was herausfiel ...«

Rakel hob das Glas zum Wohle.

»Liebe 1«, sagte sie lächelnd.

Åke hob auch das Glas.

»Du hast die Geschichte früher gehört«, sagte er.

»Ja«, sagte Rakel, »aber das erstemal, als du sie erzähltest, fiel Liebe 2 heraus.«

»Wenn jemand eine Reise tut, so kann er was erzählen«, sagte Mette tiefsinnig auf Deutsch.

»Und kann er das nicht, muß er etwas erfinden.« Rakel lachte: »Bravo, Mette, das hast du perfekt zitiert. Habe ich nicht eine tüchtige Schülerin, Åke?«

Verliebt blickte Mette auf Rakels rote Lippen und weiße Zähne. Ihr schien, als schaukele sie auf einem Meer der Freude. Durch das Verandafenster sah sie die Turmschwalben hin- und herschießen auf der Jagd nach Mücken. Rakel trank ihr zu, Åke ebenfalls. Sie hatte bereits zwei Gläser Wein getrunken. Nun sah Åke nur auf Rakel.

»Prost«, sagte er, »auf dich und die Frauen aus deinem Geschlecht.«

Sie tranken den Kaffee im Wohnzimmer. Åke saß neben Mette auf dem Sofa und legte den Arm über die Rücklehne, so daß seine Hand ab und an, gleichsam unabsichtlich, Mettes Hals streifte. Sie beugte sich nach hinten, so genoß sie die Berührung.

»Zwei Pfennige für deine Gedanken«, sagte er. »Woran denkst du?«

Mette wurde verwirrt. Woran sie gedacht hatte: an ihn natürlich und wie schön es war mit seiner Hand im Nacken.

»An dich«, sagte sie, außerstande, sich zu verstellen.

»An mich?« Er zog sie näher an sich, legte den Arm um ihren Rücken. Das war auch schön. Sie meinte, alles wiege sich; sie wünschte sich, die ganze Nacht so zu sitzen, an seine Brust gelehnt. Rakel beugte sich über sie.

»Ich glaube, unsere Jungfrau ist am Einschlafen«, sagte sie. »Möchte jemand noch etwas haben?«

Sie traf Åkes Blick, der deutlicher als Worte sagte, was er haben wollte. Sie lächelten über Mettes halbschlafenden Körper. Rakel flüsterte ihr ins Ohr:

»Komm, meine Unschuld, das Bett wartet.«

Diese Worte machten Mette hellwach. Sie setzte sich auf. Die Stutzuhr auf dem Sekretär schlug zehn. Wo war der Abend geblieben?

»Ich will nicht«, sagte Mette, »ich wage es nicht.«

»Will nicht«, wiederholte Åke, »wage nicht. Was ist es, was du nicht wagst und willst?«

Er nahm sie in seine Arme und beugte sich über das rosige Mädchengesicht. Sie bewegte die Lippen, als wenn sie etwas sagen wollte. ›Jetzt küßt er mich‹, dachte sie. Den ganzen Abend hatte sie sich gefragt, wie das sein könnte. Er hatte so einen schönen Mund, sensibel und gut. Als sie seine Lippen endlich auf ihren fühlte, fuhr er plötzlich zurück, als hätte er sich verbrannt.

»Du nimmst zuviel Zucker in den Kaffee«, sagte er. Sie riß enttäuscht die Augen auf.

»Nein, wirklich nicht«, rief sie aus, »nur zwei Stück.«

»Ich muß es wohl noch einmal probieren«, sagte er. Sie

merkte, wie sie den Atem anhielt. Wie dumm, er könnte glauben, daß sie unerfahren sei. Im gleichen Augenblick spürte sie aufs neue seine Lippen und vergaß alles, weil die Welt sich drehte. Jammernd klammerte sie sich an ihn. Nun sollte er nicht aufhören. Aber gerade, als sie am meisten wollte, daß er nicht aufhöre, tat er es trotzdem. Rakel zog sie hoch, sie stand auf zitternden Beinen, nicht unähnlich einem armen Fisch, der eben aus dem Wasser geholt worden war.

»Laß sie ihren Portwein austrinken«, sagte Åke. Rakel hielt ihr das Glas an die Lippen. Sie trank gehorsam. Rakels Kleid schien im Dunkeln zu leuchten, und begehrlich sog sie den Duft ihrer Haut ein. Sie kicherte leise. Auch Rakel lachte. Wollust zog durch Mettes Körper.

»Erzähle, warum lachst du?« bat sie neugierig. Åke war beinah vergessen. Rakel zog sie, immer noch lachend, die Treppe hinauf.

»Du würdest nur klatschen«, sagte sie, genießerisch Åkes Blick auf sich fühlend. Im Schlafzimmer machte sie das Licht auf dem Nachttisch an, und sein rosa Schein ergoß sich über die gehäkelte Bettdecke.

»Ich verspreche, nicht zu klatschen«, sagte Mette eifrig.

Rakel zog sich das Kleid über den Kopf und stand in Büstenhalter und den dünnen Schlüpfern auf dem Bettvorleger.

»Ich bin verliebt«, sagte sie mit geheimnisvoller Stimme. Sie knöpfte den Büstenhalter auf. Mette starrte auf ihre Brust.

»In Åke?«

Rakel lächelte.

»Warum hast du nie gesagt, daß er so gut aussieht?« Mettes Stimme klang verwundert. Rakel dehnte sich. Nie war sie Mette so schön erschienen.

»Ich hatte es selbst vergessen«, antwortete sie.

Mette fühlte eine unbestimmte Eifersucht, ohne zu wissen, auf wen: auf Rakel oder Åke. Aber Rakel knöpfte ihr das Kleid auf, löste den Büstenhalter und wölbte die Hände um ihre Brust.

»Am meisten mag ich ihn, weil er nett ist«, entschied sie. Mette fühlte die Eifersucht weichen.

»Er ist so groß«, murmelte sie, »und kräftig ... Genauso, wie ich finde, daß ein Mann aussehen soll.«

Sie kleidete sich aus und stellte sich nackt vor den Spiegel.

»Findest du, daß ich süß bin?« fragte sie bittend.

Rakel gab ihr einen Klaps hintendrauf.

»Ich finde, es wird höchste Zeit, daß du anfängst, dich zu waschen«, sagte sie, »sonst kommt Åke herein, bevor du fertig bist. So sehr viel Geduld hat er nicht.«

Als Mette sich gewaschen hatte, puderte Rakel sie mit Talkum und stäubte etwas Eau de Cologne in ihr Haar.

»Himmel, wie gut ich rieche«, sagte Mette entzückt. Sie zog das Nachthemd an.

»Kann ich nicht auch von deinem Parfüm bekommen?«

Rakel stand vorm Spiegel und bürstete ihr Haar.

»Eine Heckenrose soll wie eine Heckenrose duften«, sagte sie. »Teufel«, fuhr sie im gleichen Atemzug fort, »mein Nachthemd hängt draußen auf der Leine.«

Mette zog sich den Morgenrock über, um es zu holen. Sie sprang über den Rasen mit dem weißen Nachthemd über dem Arm. Es war feucht vom Tau und duftete nach Sonne und Wind. Sie bohrte ihr Gesicht in den kühlen Stoff. Als sie zurückkam, hatte Rakel ihr Haar gebürstet. Schwarz und glänzend fiel es über ihre Schultern. Sie war so schön, daß Mette sich eine Sekunde mutlos fühlte.

»Er wird nur für dich Augen haben«, murmelte sie und ließ das Nachthemd auf den Boden fallen.

Rakel zog sie an sich.

»Heute abend bist du die Hauptperson«, sagte sie. »Nimm den Morgenrock ab, damit ich weiß, wie du aussiehst.«

Mettes Nachthemd reichte nur bis zu den Leisten. Es war hellblau und ärmellos. Durch das dünne Nylon schimmerten die rosigen Brustwarzen. Rakel saugte ein bißchen daran. Mette reagierte sofort. Heftig legte sie die Hände auf Rakels schwellende Brust, als bettele sie darum, noch einmal von deren Naß kosten zu dürfen.

Den ganzen Abend hatte Rakel eine steigende Unruhe gespürt. Der Anblick des nackten Mädchens ließ ihre Erregung plötzlich den Gipfelpunkt erreichen. Leidenschaftlich fuhr sie mit den Händen unter Mettes kurzes Hemd, glitt den prächtigen Jungmädchenkörper hinauf und strich über die festen, spitzen Brüste. Außer sich küßte sie zum Schluß Mettes Mund, während sie den Finger zwischen ihre Schamlippen führte. Sie war so gefangen von ihren Gefühlen, daß sie nicht merkte, wie Åke in den Raum kam.

»Hört auf«, sagte er. »Ich möchte auch dabeisein.«

Sofort wandte sie sich ihm zu.

»Mach du weiter«, sagte sie. »Ich wärme inzwischen das Bett an.«

Er stellte eine Flasche Portwein und drei Gläser auf den Nachttisch. »Es sieht nicht so aus, als wenn das nötig wäre«, sagte er zu Rakel. Er fühlte sich wirr im Kopf. Hereinzukommen und zwei so schöne Frauen sich umarmen zu sehen, das war beinah mehr, als er aushalten konnte.

Mette zog und zog an ihrem Nachthemd. Nie war es ihr so kurz erschienen. Sie glaubte, sie müsse vor Scham sterben. Alles war Rakels Fehler. Sie fragte sich, wieviel Åke gesehen hatte. Wie frech von ihm, einfach so hereinzukommen, wie unglaublich frech. Sie würde ihm das nie verzeihen. Nie!

Mit einem halben Auge verfolgte er ihren Kampf mit dem Nachthemd. Wenn sie es vorn herunterzog, glitt es über den Hintern hoch, und zog sie es hinten herunter, zeigten sich vorn die gleichen verhängnisvollen Folgen.

»Ich habe schon alles gesehen«, sagte er. »Geh und leg dich neben Rakel, wenn du dich da sicherer fühlst.«

Sie sprang wie ein Reh über den Fußboden. Rakel empfing sie.

»Ist er boshaft?« fragte sie. »Kriech herein zu mir. Wir werden ihm zeigen, wie gut wir ohne ihn fertig werden können.«

Er goß sich Portwein ein und blickte kurz um sich. Das Zimmer durftete nach Frauen, nach Seife und Eau de Cologne. Gierig sog seine Nase den Duft ein. Dann kostete er seinen Portwein und setzte sich auf die Bettkante.

Rakel hatte sich nicht die Mühe gemacht, ein Nachthemd anzuziehen. Mette kroch an ihren Körper heran. Was es auch sein mochte, alles war besser als Åke. Sie lag mit der Wange an Rakels Brust. Plötzlich wurde sie sich dessen bewußt. Die Erregung von vorhin kehrte zurück. Rakel merkte es und schob ihr die Brustwarze an den Mund. Die Versuchung war unwiderstehlich. Gierig sog sie die Brustwarze ein, ließ sie schwellen und den Gaumen mit kitzelnder Wollust füllen. Åke war vergessen. Sie fiel durch einen Abgrund ohne Anfang und Ende. Bis Åke sie plötzlich an der Schulter nahm und mit Gewalt zwang aufzuhören.

Widerstand war sinnlos. Er war zu stark. Keuchend blickte sie in sein Gesicht, meinte es zu hassen. Da sah sie, daß er den Schlafanzug ausgezogen hatte. Seine Brust war behaart und kraftvoll. Sie schlug mit geballten Fäusten darauf ein. Er schien sich nicht darum zu kümmern, sondern neigte sich über sie, bis sie den Geruch seines Atems spürte.

Es waren noch immer ein paar Milchtropfen auf ihrer Unterlippe. Er kostete davon. Sie waren voll himmlischer Süße. Sie bewegte den Kopf ein wenig. Ihre weichen Lippen streiften seine. Er küßte sie. Sie versuchte, ihn fortzuschieben und hielt ihn gleichzeitig fest, als wüßte sie nicht länger, was sie wollte. Heftiger küßte er sie, angestachelt von dem süßen Geruch. Schließlich zwang er seine Zunge zwischen ihre widerstrebenden Lippen. Und endlich spürte er, wie sich ihr Mund für ihn öffnete, weich und gefügig, während ihre Zunge die seine traf.

Alle Leidenschaft, die Rakel in ihr entzündet hatte, wandte sich jetzt plötzlich Åke zu. Sie berauschte sich, vergaß Zeit und Raum. Nichts in der Welt könnte wunderbarer sein als Küsse. Ihr wurde schwindelig, als hätte sie sich auf einem Karussell gedreht. Aber das war ein lieblicher Schwindel, der nie enden dürfte. Oh, Åke, Åke, höre nicht auf mich zu küssen. In Ewigkeit sollst du mich küssen, in Ewigkeit!

Aber Åke machte eine Pause. Erstaunt öffnete sie die Augen. Sein helles Haar hing in die Stirn. Er warf es mit einer Kopfbewegung zur Seite. Sie meinte, daß sie nicht genug von ihm bekommen könnte. Ihre Augen reichten nicht aus. Sie mußte ihn auch fühlen. Sie strich und strich über seine haarige Brust, befühlte die muskulösen Schultern. Aber selbst das Fühlen war nicht genug. Mißmutig ließ sie die Hände sinken. »Tu etwas« bat sie, »irgendwas.«

Er zog ihr das Nachthemd aus, streichelte über den nackten sonnengebräunten Rücken. Sie setzte sich auf und versteckte das Gesicht an seiner Brust. Das Haar hing ihr braun und zerzaust um die Schultern. Er fuhr mit den Fingern hindurch. Seine Hand war stark und rauh. Sie erschauerte vor Wollust. »Ist das schön?« fragte er, und sie nickte. »Ich friere«, sagte sie, »ich bekomme Gänsehaut. Du hast solche Finger.« Er drückte sie nieder auf das Kissen. »Mal sehen, ob du jetzt Gänsehaut bekommst«, sagte er und lächelte über den Ausdruck in ihrem Gesicht. Sie war so süß und schön. Er streichelte ihr über den Hals und die Schultern. »Ja, das ist genauso schön«, sagte sie. »Du hältst die Finger auf eine besondere Art, das macht es so wunderbar.«

Er strich über ihre Brüste. Sie hielt die Hände vors Gesicht. »Tut es weh?« fragte er. »Nein, nein«, sagte sie schnell. Er sah auf ihre spitzen Brustwarzen und mußte sie küssen. Glatt und steif fühlte er sie an seinen Lippen. Sie legte die Hände um seinen Kopf, um ihn festzuhalten, und wimmerte dabei vor Erregung. Oh, warum war das so schön, warum war das nur so schön?

Er setzte sich auf. Ihre Erregung hatte ihn angesteckt. Er mußte sich ein wenig beruhigen. Sie drückte den Kopf in das Kissen. Die Augen glänzten wie im Fieber. »Das war zu schön«, flüsterte sie, »ich habe es kaum ausgehalten.« Sie atmete heftig, als wenn ihr die Luft knapp würde. Ihre Hand fiel auf seinen Schenkel. Es durchfuhr ihn wie ein Schlag. Schlafwandlerisch sah er auf ihren Bauch, strich über die runden Hüften. Ihr Atem ging immer unregelmäßiger. Seine Hand streifte das Haar ihrer Scham. Es war dicht und hart. Er zwang sich, nicht darauf zu sehen, beugte sich herunter und küßte sie genau unterhalb der Magengrube. Seine Hände drückten die Hüften, wo sie am breitesten waren.

Rakel sah, mit welcher Mühe Åke sich zusammennahm. Sein Glied zeigte schräg nach oben und machte sie matt vor Erregung. Mette hatte die Augen geschlossen.

»Wie wäre es mit etwas Portwein«, fragte Rakel. Sie nahm die Flasche und füllte die drei Gläser auf dem Nachttisch.

Mette merkte nicht einmal, daß sie Portwein trank. Irritiert über die Unterbrechung leerte sie das Glas, als wäre es Wasser.

»Wie trödelig ihr seid«, klagte sie. »Ihr habt ja kaum den Wein angerührt.« Rakel strich ihr über die roten Wangen, die so heiß waren, daß sie lächeln mußte.

»Na, na, kleine Jungfrau«, sagte sie. »So eilig haben wir es wohl nicht.«

Mette lehnte für einen Augenblick das Gesicht an ihre Schulter. »Oh, Rakel, Rakel, warum hast du nie gesagt, daß es so schön ist?«

Rakel streichelte ihr das Haar.

»Es wird noch schöner«, sagte sie. Sie seufzte ein bißchen. Åke stellte das Glas weg.

»Leg dich hin«, sagte er zu Mette, »wir wollen sehen, ob Rakel recht hat.«

Sie sank zurück auf das Kissen, glücklich, daß die Unterbrechung beendet war. »Nun trinken wir keinen Wein mehr«, wollte sie sagen, aber Åke ließ ihr keine Zeit dazu. Er ließ die Hand von den Hüften nieder zu ihren Schenkeln gleiten. Ihr Herz begann zu klopfen. Nun strich er wieder über ihren Bauch. Das Herzklopfen nahm zu. Ihr ganzes Fühlen konzentrierte sich dahin, wo Åkes Hände waren. Mit den Fingerspitzen strich er über ihren Bauch, unablässig neue Beben der Wollust hervorrufend. Gedanken hörten auf, Gedanken zu sein. Die Welt gab es nicht mehr. Das einzige, was existierte, waren Åkes Hände und jemand, der stöhnte. Es dauerte eine Weile, ehe sie begriff, daß sie das selbst war.

Åke sah auf die kräftigen Mädchenschenkel, die so vollendet wirkten, daß er außer sich geriet. Sie bewegten sich ununterbrochen, als könnten sie nicht still sein. Er sah auf ihren Venusberg, der sich im Takt hob und senkte. Er legte die Hand darüber und drückte ihn fest. Unter dem weichen Hügel spürte man das harte Schambein. Das Haar kitzelte seine Handfläche. Liebkosend führte er die Schenkel zur Seite und glitt mit einem Finger über die geöffneten Schamlippen. Er sah, daß der Durchgang noch eng war. Vielleicht könnte er es nicht vermeiden, ihr weh zu tun. Er streichelte ihre Klitoris. Sie wölbte sich ihm entgegen wie eine Brücke.

»Tu etwas«, wimmerte sie. »Åke ... Rakel ... tut etwas.«

Er legte sich vor ihr auf den Bauch, schlang die Arme um ihre Schenkel und zog sie so weit wie möglich auseinander. Der Duft ihres Schoßes war frisch. Begierig sog er ihn ein, führte den Mund an die rosa Schamlippen, die noch nichts von einem Manne wußten. Zart und vorsichtig küßte er sie, während seine Hände ihre Schenkel drückten. Die Innenseiten streiften weich an seine Wangen. Sie versuchte, sich aufzusetzen, aber da kamen Rakels Hände. Beruhigend drückte sie sie nieder und liebkoste ihr Brust und Schultern. Wimmernd gab Mette jeden Gedanken an Widerstand auf. Es war zu wonnig ... zu wonnig. Åkes Küsse wurden immer heftiger. Sie fühlte die Zunge in die Scheide gleiten. Erschöpft legte sie die Arme über den Kopf, drehte ihn leise von einer Seite zur andern, und die Tränen rannen ihr die Wangen hinab.

Åke erhob sich halb. Sein Gesicht war wie verwischt vor Verlangen. Mette sah ihn an. Die Schweißtropfen perlten auf seinen Wangen, der Mund bewegte sich, als suchte er nach Worten, die es nicht gab. Mit einem Mal fühlte sie eine schmerzliche Zärtlichkeit für ihn. »Es ist nichts Gefährliches«, wollte sie flüstern, »es ist überhaupt nichts Gefährliches.« Sie streckte die Hand aus, um ihn zu streicheln, aber die Hand sank machtlos herab. »Åke«, flüsterte sie, »Åke, Åke.«

Er führte sein Glied an ihren Scheideneingang. Seine Erregung war so groß, daß er sie kaum ertragen konnte. Ein Beben ging über ihr Gesicht. Ihre Stirnlocken waren feucht vom Schweiß, die dunkelblauen Augen sahen ihn abwesend an, die Mädchenlippen entblößten eine blendendweiße Zahnreihe. Vorsichtig führte er das Glied rund um ihre Scheidenöffnung, glitt vor und zurück über ihre Klitoris. Er sah ihre Wollust sich sprunghaft steigern, bis er davon so mitgerissen wurde, daß er sich nur mit äußerster Mühe bezwingen konnte, vorsichtig einzudringen. In einer Reihe erst vorsichtiger, dann immer kräftigerer Stöße passierte er das weiche Hindernis. Sie keuchte vor Schmerz, aber einen Augenblick danach schrie sie vor Wollust, als er ganz tief eindrang.

Der Schrei ließ ihn alles vergessen. Wie in Trance biß er sie in den Hals und fühlte, wie sich ihre Nägel in seine Schultern einbohrten.

Sie kratzte ihn mit gekrümmten Fingern quer über den Rücken, während ein Lachen in ihrem Hals gurgelte, wild und unkontrolliert. Mette empfand, wie die ganze Welt strahlte und sie in einem Bogen hoch über die Sterne geschleudert wurde. Selbst eine Sonne unter Sonnen, wurde sie plötzlich in einer Lichtflamme vernichtet, flog sie wie ein Lichtstern durch das All.

Leise, leise verwandelte sich die Welt in ein warmes Dunkel, in dem sie ausruhte. Allmählich tauchten verwischte Bilder auf, sinnlose: sie sah Rakel draußen bei Örkobben den Hecht herausziehen, sah Åke lächelnd auf das Wohl der Frauen trinken, sah das weiße Nachthemd auf der Wäscheleine. Die Bilder waren voller Süße, rätselhaft und unerklärlich. Sie wußte nicht, ob sie schlief oder wachte.

Sie spürte ein Streicheln auf dem Bauch, leicht wie ein Schmetterlingsflügel, weich, warm. Verschlafen blickte sie auf und sah in Åkes Augen. Seine Pupillen waren dunkel, von einem Ernst geweitet, der bis auf den Grund ihres Wesens drang. Sein Mund flüsterte unhörbare Worte, erfüllt von unaussprechbarer Zärtlichkeit. Mette erschauerte. Sie wollte ihn streicheln, aber ihre Hand sank herab. Der Schlaf nahm sie in Besitz, ein warmer, wiegender, wonniger Schlaf. Weit weg hörte sie Rakel flüstern: »Wir lassen sie hier liegen und schlafen.« Sie spürte, wie jemand sie zudeckte. Das Letzte, was sie bemerkte, war ein Kuß auf ihrer Wange und der Duft von Rakels Parfüm. Dann überkam sie der Schlaf, und alles verschwand.

»Wir fahren mit dem Boot nach Rödskären«, sagte Rakel am nächsten Morgen. Sie tranken den Morgenkaffee unter der Eiche. Trotz des Schattens war es unerträglich heiß. Aus den Ästen des Baums hörte man unablässig das betäubende Summen der Insekten.

»Wenn ich bloß wüßte, wozu die Bienen da oben summen«, sagte Rakel. »Die Eiche hat ja gar keine Blüten.«

Åke machte sich darüber keine Gedanken. Mit Wohlbehagen strich er Butter auf eine Weißbrotscheibe und lehnte sich im Sessel zurück. Mette sah ihn mit verliebten Augen an. Sein helles Haar war zerzaust, das Hemd wegen der Wärme geöffnet. Sekundenschnell trafen sich ihre Blicke. Seine Augen waren so blau, daß sie Herzklopfen bekam. Sie schwappte Kaffee auf das Tischtuch.

»Aber Mette«, sagte Rakel, »wo hast du nur deine Gedanken?«

»Mette hat keine Gedanken«, sagte Åke. Er beugte sich vor und steckte ihr ein Zuckerstück in den Mund. Die Berührung seiner Finger war so erregend, daß ihr Herz schneller schlug. Er zwickte sie in die Nase. »Du hast die süßeste Nase der Welt«, sagte er. »Weißt du das eigentlich?«

Sie errötete, obgleich sie schon selbst manchmal auf die Idee gekommen war, wenn sie in den Spiegel sah.

»Sieh mich auch an«, sagte Rakel. »Ich habe die Shorts nur deinetwegen angezogen.«

Åke sank im Stuhl zurück und genoß es, Rakels braune Hände über die weißen Shorts streichen zu sehen.

»Gebt mir doch eine Weißbrotscheibe«, sagte er, »mit doppelt soviel Butter.«

Eifrige Hände langten nach der Butterdose. Mette gewann. Triumphierend reichte sie ihm die Schnitte. Ihre Finger zitterten leicht. Sie sah auf Åkes Mund. ›Glückliche Weißbrotscheibe‹, dachte sie, ›glückliche, glückliche Weißbrotscheibe.‹

Sie verstauten Essenkörbe, Schwimmwesten und Bademäntel im Boot. Zuletzt stellten sie Lottas Korb auf den Boden. Åke baute für sie einen Sonnenschutz mit Hilfe einer Badekappe und eines Stockes.

»Du kannst alles«, sagte Mette voller Bewunderung. Er strich ihr über das Haar.

»Mal sehen, ob ich auch den Motor in Gang bekomme«, meinte er.

Mette hielt den Atem an. Aber bereits beim ersten Ruck

startete das Boot so freundlich, als hätte es nie Scherereien gemacht.

»Rakel muß manchmal fünfzehn- bis zwanzigmal ziehen«, sagte Mette zufrieden. Sie starrte ihn so entzückt an, daß Rakel lächeln mußte.

Es briste auf der sonnenglitzernden Krokö-Förde. Geblendet sah Mette darüber hin. Weit hinten öffnete sich der Meeresrachen. Der Name ließ sie immer zusammenfahren. Wenn ihr Boot davon verschlungen würde. Ein schlürfender Laut ... und weg war es. Aber Åke sah nicht ängstlich aus. Er blickte abwechselnd auf die Seekarte und die Förde, seine Hand lag ruhig auf der Ruderpinne. Ihn erschreckte kein Meeresrachen. Rakel zeigte auf die Inseln: Ängsholmen, Örkobben, Tistronskär. Auf dem hohen, grünen Granöland leuchtete die Granö-Bake, rot und weiß, das Fahrwasser mit ihrer Mächtigkeit beherrschend.

»Halt nicht zu weit Backbord«, sagte Rakel, als sie durch den grünen Lindösund gingen. »Da liegt ein Stein im Schilf.«

Mette war zum erstenmal auf Rödskären. Åke zog das Boot auf den weichen Sand und stellte Lottas Korb in den Schatten eines Himbeerstrauches, wo sie mit runden Augen in die Zweige sah, die im Winde schwankten. Rakel spannte das Mückennetz über sie.

»Nun baden wir«, sagte sie, »und dann essen wir Lunch.«

Åke steckte die Armbanduhr in die Tasche seiner Shorts. Er sah auf Rakel und Mette, die nackt zum Wasser hinunterliefen.

»Wer zuerst drin ist, darf zuerst mit mir schlafen«, rief er aufmunternd.

Mette raste so heftig ins Wasser, daß sie sofort auf dem Hintern saß. Am Strand standen Åke und Rakel. Sie lachten so, daß sie sich gegenseitig halten mußten. Mette saß bis zum Bauch im Wasser, die runden Knie ragten über die Oberfläche, naß und braun.

»Ihr neckt mich bloß«, rief sie, »pfui, wie gehässig ihr seid!«

Rakel ging langsam ins Wasser.

»Du hast ja auf jeden Fall gewonnen«, tröstete sie. »Denk an mich, die immer die zweite ist.«

Sie waren alle drei ziemlich lange im Wasser. Mette glaubte, nicht genug bekommen zu können. Die Schultern waren heiß von der Sonnenhitze, der Körper unter Wasser blieb kühl und leicht. Sie schwamm und schwamm. Aber als Åke und Rakel herausgingen, verlor das Wasser sofort seinen Reiz, und sie trottete auch an Land. Sie schüttelte ihr nasses Haar, daß die Wassertropfen spritzten.

»Du siehst aus wie ein Seehund«, sagte Åke und zog sie an sich. Seine Stimme klang anders als vorhin im Wasser. Sie war leise und ließ Mette erschauern. Die Wassertropfen glänzten auf seiner Haut. Sie bohrte ihr Gesicht in seine Brust. Es roch nach Wind und Salzwasser.

»Wir essen wohl erst«, sagte Rakel vom Lunchkorb her.

Åke zum Essen zu überreden, war niemals schwer. Mit geschickten Händen half er Rakel beim Decken und öffnete schnell drei Bierbüchsen. Das Bier sprudelte hoch in die Luft.

»Ah«, sagte er. Er trank direkt aus der Büchse. »Wo sind die Oliven? Da. Und die Eier? Da. Gott, was ich für einen Hunger habe.«

Mette hielt einen Fleischklops in der Hand und war so beschäftigt damit, Åke anzusehen, daß sie das Essen vergaß. Rakel folgte ihrem Blick. »Ja, er ist hübsch, sogar wenn er ißt«, pflichtete sie bei. »Will jemand ein Heringsbrot haben?«

»Aus meinem Mund hört ihr kein Nein«, sagte Åke. Er öffnete eine weitere Bierbüchse und sog den Schaum ab. Mette trank, um ihm zu helfen. Sie hatte das Gefühl, als stände die Zeit still. Die Sonne würde nie untergehen, der Wind nie aufhören zu wehen, die drei würden nie auseinandergehen. Wenn sie Åke ansah, liebte sie ihn; wenn sie

Rakel ansah, fand sie, daß niemand in der Welt ihr glich. Wirr vor Glück nahm sie von den Speisen, ohne zu merken, was sie aß. Der Sonnenschein umfloß sie, wärmte und verzauberte sie und erfüllte ihnen alle Wünsche.

Nach dem Essen machte sie einen Streifzug um die Insel, während Åke sich im Sand ausstreckte, um auszuruhen. Überall wuchsen Heidekraut und verkrüppelte Kiefern. Die Wacholderbüsche waren klein und verkümmert, die Steinplatten der Klippen an den Stränden glatt wie Marmor. Sie sah weit hinaus auf das Ålandmeer und fühlte einen leichten Schwindel; es war so komisch, kein Land zu sehen. Im Schutze einiger Felsblöcke fand sie einen Hang mit reifen Erdbeeren. Sie stieß einen Ruf des Entzückens aus. Lange Zeit pflückte und aß sie und fädelte zum Schluß eine rote, duftende Beerenreihe auf einen Halm, um sie für Åke und Rakel mitzunehmen.

Als sie zurückkam, ging Rakel mit Lotta im Arm den Strand entlang. Ab und zu tauchte sie ihre Füßchen ins Wasser. Lotta schrie vor Entzücken und zappelte mit den rosigen Fußsohlen. Åke betrachtete sie aus seiner liegenden Stellung im Sand.

»Warum sind Frauen immer so lieblich?« fragte er.

Rakel ließ die Augen nicht von Lotta.

»Darum, weil wir es sein wollen«, sagte sie in einem Ton, als wenn sie eine alte Weisheit ausgesprochen hätte. Sie drückte Lotta an sich. Mette hielt ihren Halm hin.

»Ich habe Erdbeeren gefunden«, sagte sie.

Åke sah sie an.

»Füttere mich«, sagte er. »Ich bin zu faul, mich zu rühren.«

Sie setzte sich neben ihn und steckte eine Erdbeere nach der anderen zwischen seine Lippen. Sie waren so weich, so verlockend, weniger rot als die Beeren, aber lieblicher, besonders die Unterlippe. Sie bekam Lust, ihn zu küssen. Er roch an ihren Fingern.

»Du duftest wie der ganze Sommer«, sagte er. Die Augen in seinem sonnengebräunten Gesicht waren so blau, daß sie in ihnen hätte ertrinken mögen.

»Weißt du, daß die Zeit stillsteht?« fragte sie. Bald konnte sie es nicht länger lassen, ihn zu küssen. Er legte den Arm um sie und zog sie an sich.

»Auf jeden Fall ist meine Uhr stehengeblieben«, sagte er. Rakel setzte sich ein Stück weiter, um Lotta zu stillen.

»Dem Glücklichen schlägt keine Stunde«, sagte sie. Im gleichen Augenblick fühlte Mette seine Lippen auf ihren. Sie schmeckten nach Erdbeeren. Sie biß in seine Unterlippe. Plötzlich merkte sie, daß sie auf dem Rücken lag. Åke neigte das Gesicht über sie, sein helles Haar hing in die Stirn, der Mund bewegte sich ein wenig, die Nasenflügel bebten. So küßte er sie wieder, führte die Zunge in ihren Mund und ließ seine Hand über die Hüften hinunter zu den Schenkeln gleiten.

Rakel betrachtete sie voller Zärtlichkeit. Sie spürte eine leichte, behagliche Erregung, die mit der Wollust des Stillens zusammenfloß. Sie sah Åkes Hand die prächtigen Mädchenschenkel liebkosen, sah, wie er sie öffnete. Sich ergebend warf Mette den Kopf zurück und preßte ihren Schoß gegen seine Hand. Ihre Finger streichelten ihn, während sie Worte murmelte, die nur unartikulierte Laute waren. Åkes Gesicht war so nackt, so bebend, daß Rakels Zärtlichkeit zu heftiger Liebe anwuchs. »Oh, mein Liebling«, murmelte sie und drückte Lotta fester an sich. Åke führte sein Glied ein bis zur Wurzel. Mette schrie. Das Haar lag fächerförmig ausgebreitet auf dem Sand. ›Schrei, meine Kleine‹, dachte Rakel liebevoll, ›schrei nur.‹ Jetzt sah sie, wie Mette die Nägel in Åkes Rücken bohrte, der noch Spuren vom Liebeskampf der Nacht trug.

»Ich sterbe!« schrie Mette. Sie schlug die Beine um Åke.

Rakel wandte den Blick einen Moment Lotta zu. Als sie wieder aufsah, lagen Mette und Åke wie ausgeleert am

Strand, jeder ruhte in seiner eigenen Welt. Die Sonne war gewandert, so daß sie im Schatten lagen. Rakel breitete ihren Bademantel über sie. Sie legte Lotta in den Korb. Dann nahm sie die Thermosflasche und begann, den Kaffeetisch zu decken.

Åke bemerkte als erster den Kaffeegeruch. Er sog ihn begierig ein. »Wach auf, Mette«, sagte er, »wir bekommen Kaffee ans Bett.«

Schlaftrunken setzte sich Mette auf.

»Wo kommt der her?« fragte sie, als sie den Bademantel sah. »Warum ist es so kühl?«

Åke gähnte.

»Wir sind im Schatten«, erklärte er. Mette sah ihn mit schmerzerfüllten Augen an.

»Die Sonne hat sich verzogen«, sagte sie. Ihre Stimme klang anklagend. »Die Zeit steht nicht länger still. Sie steht nicht länger still. Sie steht überhaupt nicht still.«

»Wenn sie nur so lange stillsteht, bis ich den Kaffee in mir habe, bin ich zufrieden«, sagte Åke so fröhlich, daß Mette lächeln mußte. Er stand auf, reichte Mette die Hand und zog sie auf die Füße. Die Arme umeinandergelegt, gingen sie hinaus in den Sonnenschein zu Rakel und dem wartenden Kaffee.

»Nun gehört die Nacht mir«, sagte Rakel, als der Abwasch nach dem späten Abendbrot fertig war. Mette hängte die Handtücher auf. Åke war auf dem Weg zum Speiseschrank.

»Wirst du niemals satt?« fragte Rakel. Sie legte die Hände auf seine Schultern und sah ihn mit einem Blick voll Zärtlichkeit und Spöttelei an.

Åke lächelte.

»Ich wollte nur diese Wurst hier kosten«, erklärte er. »Bleibt etwas übrig, kannst du auch was abhaben.«

Er spürte ihren Duft. Ihre Wangen glühten, die Lippen waren wie Rosen.

»Was hat diese Wurst an sich, das ich nicht habe?« fragte sie. Sie schob die Hände unter sein Hemd, streichelte ihm über die Schultern. Sein Mund bekam einen träumenden Ausdruck.

»Nichts«, murmelte er, »genaugenommen, nichts.«

Rakel küßte ihn.

»Du hast dein Herz auf den Lippen«, sagte sie. »Wenn ich sie küsse, küsse ich dein Herz.«

Mette ging hinauf in ihr Zimmer. Ihr war schwindelig vor Sonne, schwindelig vor Liebe. Die Nacht erschien ihr allzu lang ohne Åke und Rakel. Verträumt zog sie sich aus, saß lange auf dem Bett und sah durchs Fenster. Der Mond ging über den Baumwipfeln auf. Sie hörte Rakels und Åkes Stimmen aus dem Schlafzimmer. Zwischen dem Mehlbeerbaum und der Linde leuchtete die Venus mit intensivem Glanz. Liebkosend berührte sie ihre Brust, fragte sich, ob sie jemals wieder einen Mann wie Åke treffen würde.

Allmählich begriff sie, nach den Geräuschen aus dem Schlafzimmer, daß Rakel und Åke schon weit gekommen sein müßten. Eine unwiderstehliche Lust überkam sie, zu sehen, was sie machten. Lautlos öffnete sie die Tür und schlich durch den Flur. Vor Rakels Tür blieb sie stehen und hielt das Auge an das Schlüsselloch.

Sie sah genau ins Bett. Rakels schwarzes Haar lag ausgebreitet auf dem Kissen, die Lippen schienen zu glühen, die Zähne leuchteten. Ihr Gesicht verriet eine Ekstase, die Mettes Herz klopfen ließ. Ja, so fühlte man es. Jetzt wußte Mette das! Rakels Hände hielten Åkes Hüften mit festem Griff umfaßt, als versuchte sie, ihn noch tiefer in sich hineinzupressen.

Als sie am Sonntagmorgen erwachte, schlief das Haus noch. Nicht einmal Lotta war munter. Sie zog ihre Shorts und das Bikinioberteil an und ging hinunter in die Küche. Zerstreut nahm sie ein Milchbrötchen aus dem Brotkasten. Die Küchenuhr stand. Das machte nichts. Sie könnte ins

Wohnzimmer gehen und nach der Stutzuhr auf dem Sekretär sehen. Aber auch die war stehengeblieben. Um so besser, dachte sie, endlich steht die Zeit richtig still. Sie nahm noch ein Milchbrötchen und ging hinunter zur Fliederlaube, um sich zu sonnen.

Der Morgen war heiß aber frisch. Die Schmetterlinge flatterten zwischen den Blumen, die Insekten summten, der Boden dampfte vor Wärme. Sie legte sich auf den Bauch in das grüne Gras. Es war ihr egal, daß die Shorts vielleicht fleckig wurden. Oh, wie es duftete. Ein Stück vor ihr saß eine Heuschrecke und sah sie mit starrem Blick an.

»Sei nicht ängstlich«, sagte sie. »Wir werden in Ewigkeit leben, du und ich.« Aber die Heuschrecke machte sich mit einem langen Sprung auf und davon. Mette lächelte vor sich hin. Da müßte sie die Ewigkeit eben allein verbringen. Das Gras würde über sie wachsen, höher und höher, die Bäume und Büsche auch, und niemand würde wissen, daß hier Mette lag, siebzehn Jahre alt.

Plötzlich bewegte sich etwas im Flieder. Mette zuckte zusammen. Sie bekam Herzklopfen. Zwischen den Zweigen sah sie ein Paar rote Badehosen. Ein Gefühl der Unwirklichkeit ergriff sie. War überhaupt etwas geschehen, seit sie diese Badehosen da zum erstenmal gesehen hatte? »Hej«, sagte sie.

Der Junge stand ganz still.

»Ich habe dich schon gesehen«, erklärte sie. »Steh nicht länger da in deinem Versteck. Komm heraus.«

Der Junge kam widerstrebend zu ihr und setzte sich ins Gras. Die geröteten Wangen zeigten deutlich seine Verlegenheit. Die schwarzen Haare fielen ihm in die Stirn. Er glotzte sie an.

»Hab keine Angst«, sagte sie mütterlich. »Ich will dich nicht aufessen.«

Der Junge fuhr sich ungeduldig durchs Haar.

»Ätsch«, sagte er nur und machte eine mürrische Bewegung mit dem Kopf. Mette mußte lachen.

»Ich habe dich schon früher gesehen«, sagte sie.

Der Junge wurde so rot, daß er ihr plötzlich leid tat. Er biß sich auf die Lippen. Er hatte einen süßen Mund, der aber jetzt gerade störrisch aussah. Die Wangen waren noch ganz flaumig. Der sonnengebräunte Körper wirkte lang und schlaksig, jede Rippe war zu sehen.

»Willst du mit mir schlafen?« fragte sie.

Er fuhr heftig zusammen. Sein Mund zog eine Grimasse. »Darf ich?« murmelte er.

Sie nickte. »Du darfst.«

Wieder fuhr er sich mit den Fingern durchs Haar. »Ich habe es nie vorher getan«, sagte er, »vielleicht geht das nicht.«

Sie lächelte ihn an.

»Es wird schon gehen«, sagte sie. »Ich werde dir helfen.«

Sie zog die Shorts und den Büstenhalter aus. Er starrte sie hilflos an. Er sah aus, als würde er jeden Moment davonlaufen.

»Wie heißt du?« fragte sie.

»Bosse.« Er fuhr fort zu starren. Sein Gesicht war ganz bleich.

»Komm nun, Bosse«, sagte sie, »ich heiße Mette.«

Noch ein paar Augenblicke starrte er sie an wie versteinert. Dann riß er sich plötzlich die Badehose herunter und legte sich heftig auf ihren Körper, ohne richtig zu wissen, was er damit anfangen sollte.

Sie streichelte ihm über den schmalen Rücken, der Åkes breitem und kräftigem so ungleich war. Ihr wurde weich ums Herz.

»Du zitterst wie Espenlaub«, sagte sie. »Küß mich lieber.«

Er begann vorsichtig, ihren Mund zu küssen. Es ging bald besser. Stöhnend drückte er ihre Brüste. Sie fühlte sein Glied zwischen den Schenkeln schwellen.

»Du hast es viel zu eilig«, sagte sie.

Linkisch versuchte er, sein Glied in sie zu pressen. Sie

bahnte ihm den Weg. »Siehst du«, sagte sie und streichelte ihn, »nun bist du gleich da. Nur noch ein paar Stöße. Jetzt.«

Der Junge übernahm plötzlich ganz die Führung. Heftig glitt sein Glied vor und zurück. Sie schrie vor Wollust, doch in einigen Sekunden war alles vorbei. Der Junge lag mit seiner Wange an ihrer Brust und keuchte.

»Du hattest es zu eilig«, murmelte sie, strich ihm über den schmächtigen Nacken. »Das nächste Mal wird es viel besser gehen.«

Der Junge setzte sich plötzlich auf.

»Das nächste Mal«, wiederholte er, als traute er seinen Ohren nicht.

Sie lächelte ihn an.

»Wenn du noch mal willst«, sagte sie.

Er zog sich schnell die Badehose an.

»Junge«, sagte er mit vor Begeisterung gebrochener Stimme. »Junge, Junge.«

Sie zog die Shorts an und lachte über sein unverhohlenes Entzücken. »Sag wenigstens Mädchen«, schlug sie vor.

Er griff eifrig nach ihren Händen.

»Ich muß jetzt nach Hause, spachteln«, sagte er. »Und dann muß ich mit meinen Eltern weg. Aber morgen ... können wir uns morgen treffen?«

Sie ging verträumt hinauf zu dem grünen Haus. ›Bosse‹, dachte sie. ›Was für ein netter Name. Er paßt zu ihm.‹ Als sie in die Küche kam, saßen Rakel und Åke beim Kaffee.

»Bravo, Mette«, sagte Rakel, »ich habe nie eine tüchtigere Schülerin gehabt.«

Åke goß Kaffee in Mettes Tasse.

»War es gut?« fragte er neckend.

Sie ließ sich auf den Stuhl fallen.

»Ihr habt zugesehen«, rief sie mit Erröten.

»Sicher«, sagte Rakel. »Können wir dafür, daß man vom Küchenfenster direkt in die Fliederlaube sieht?«

Sie reichte Mette die Zuckerdose.

»Åke sagt, du wärest eine so tüchtige Schülerin, daß ich dir Laudatur geben soll. Das war, bevor ich dich unten bei der Fliederlaube in Aktion sah. Jetzt, glaube ich, gebe ich dir statt dessen die Zensur par mihi.«

Mette rührte und rührte in ihrer Tasse und sonnte sich dabei in der Bewunderung der anderen.

»Nun wird sie gleich platzen«, sagte Åke zu Rakel. »Du solltest darauf hinweisen, was die Sklaven zu den römischen Triumphatoren sagten: ›Vergiß nicht, daß auch du sterblich bist.‹«

»Damit werde ich gleich morgen anfangen«, sagte Rakel und langte nach dem Brötchenkorb für Mette. »Wir sind noch nicht fertig mit dem Deutschunterricht.«

KARL-AXEL HÄGLUND

Make love — no war!

Sergeant Bergström kam mit dem Jeep angerauscht und trat einen Moment zu spät auf die Bremse. Er schlitterte mit wild heulendem Motor den Hang hinunter. Hauptmann Persson und ich standen unter der kleinen Fichte an der Wegbiegung. Es hatte seit vier Stunden geregnet, und mein grüner Regenmantel war naß und schmutzig wie ein gut benutztes Taschentuch. Grau, kalt und reichlich ungemütlich fühlten wir uns auch. Die Übung war bereits am Vormittag abgeblasen worden, aber unsere Kampfrichtergruppe bekam keinen Platz beim ersten Transport zum Regiment. Wir hatten zu lange gewartet und waren über das Wetter erbittert. Der Feldwebel hatte versprochen, Bergström Bescheid zu sagen und ihn mit dem Jeep herauszuschicken. Wir warteten mehrere Stunden oben bei der Scheune, ehe wir Bergström auf dem sich schlängelnden Dorfweg ankommen sahen. Da gingen wir hinunter, stellten uns unter den Baum hier an der Kurve, und der Sergeant kam, fröhlich mit der Sirene heulend, an. Wir winkten ihm zu, und dann sollte er gleich in einem eleganten Bogen wenden, statt erst zu halten und rückwärts zu fahren. Nun ging es, wie es ging. Bergström wurde bereits aus dem Wagen geschleudert, als die Vorderräder über der Wegkante hingen. Er landete in einem großen Bogen auf allen vieren im Gebüsch. Alles ging so schnell, daß wir nur dastanden und glotzten.

Der Jeep fuhr mit der Nase in den Graben und stand einen Augenblick senkrecht, mit dem heulenden Motor nach unten und Rasenstücke umherschleudernden Rädern. Dann überschlug er sich grollend und blieb mit den Rädern nach oben liegen.

Der Regen strömte die ganze Zeit.

Der Jeep hatte eine Furche in das Moos gegraben. Sie füllte sich langsam mit Öl und Benzin, das rhythmisch aus dem Motor gepumpt wurde. Die reichlich sprudelnde Flüssigkeit wurde rasch von der aufgerissenen Erde aufgesogen.

Wir liefen schnell zu Bergström, der sich mit Wacholder im Haar und übersät von Nadeln in seinem zerrissenen Regenmantel erhob. Er war leidlich davongekommen, klagte aber über Schmerzen in einem Bein, mit dem er nur schlecht auftreten konnte.

»Wir bringen ihn hinauf zu dem Bauernhof«, sagte Hauptmann Persson, »fünfhundert Meter in dieser Richtung!«

»Können wir den Jeep nicht umdrehen?« sagte ich.

»Auf den scheißen wir. Wir müssen alle erst mal ein Dach über dem Kopf haben.«

Wir nahmen Bergström in die Mitte, und er hinkte die ganze Zeit bedenklich.

Das Wohnhaus war zweistöckig und vom Typ der Jahrhundertwende, etwas verkommen, die Holzverkleidung war hier und da leicht beschädigt. Die Dachfenster hatte man rausgeschlagen. Ein großer, schwarzer Dorfköter erhob sich und gab Laut, als wir über den Hof stolperten. Auf der Koppel brüllte eine Kuh, und auf dem Misthaufen neben der Scheune krähte ein Hahn.

»Hol's der Teufel, wie das regnet«, sagte Bergström.

Er stützte sich am Verandageländer, und Hauptmann Persson klopfte. Kurz und militärisch.

Er klopfte mehrere Male, aber nichts rührte sich.

Da hörte ich ein erregtes Mädchenlachen aus der Scheune.

»Sicher sind Leute auf der Tenne«, sagte ich.

»Okay«, sagte Persson, »geh hin und sage, daß wir ein Dach über dem Kopf und ein Telefon brauchen.«

»Aye, aye, Hauptmann«, sagte ich und trottete über den verregneten Hof. Der schwarze Hund knurrte und riß an seiner Kette.

In der Scheune herrschte Halbdunkel. Der Geruch von leichtverschimmeltem Getreide und getrocknetem Klee vermischte sich mit dem herben Duft von Urin und Kuhmist aus dem Stall. Als ich die quietschende Scheunentür öffnete, wurde es bald darauf in einem der Heuhaufen lebendig. Die trockenen Halme bewegten sich heftig. Zuerst glaubte ich, daß sich ein Schwein oder ein Kalb verirrt hätte. Es rüttelte und wühlte im Heu. Nach und nach enthüllte sich die Erscheinung als eine sehr menschliche.

Ein gewöhnlicher Zivilistenarsch, um nicht zu sagen, ein gediegenes Bauernarschloch, tauchte auf, zottig und stattlich, mit einem Bauernsack von imponierendem Format versehen. Hier vergnügte man sich, kann ich nur sagen, während wir uns für die Verteidigung der Heimat aufopferten. Ich lehnte mich bequem gegen das Heufach und hörte eine Frauenstimme, die tief unten im Heu flüsterte:

»Sicher ist jemand gekommen.«

»Ne, zum Teufel«, stöhnte der Mann mit dem arbeitswilligen Hinterteil.

Jetzt konnte ich ein paar schmächtige Schenkel zu beiden Seiten des Kerls erblicken, einen Rock, der bis zur Taille hinaufgeschoben war und ein paar zarte Arme, die krampfhaft einen blaublusigen Oberkörper stützten. Hier lag anscheinend ein Fall von Kindesraub vor. Der Knecht, ein Produkt sorgfältiger Inzucht, verpaßte der kleinen Magd eine ordentliche Nummer. Lag er nicht hier und schnaufte Priem und Schweiß und soßige Brunst über ein ziemlich unschuldiges Mädchen? Wie lebte man eigentlich auf dem Lande!

Sollte man nach der Polizei rufen oder die Armee eingreifen lassen? Sollte man nach dem Religionslehrer des Mädchens schicken oder nach der Frau des Hauses?

Oder sollte man tun, als wenn es regnete? Das tat es ja wirklich.

Sie girrte und wimmerte, aber es klang nicht so, als würde er ihr Gewalt antun, obgleich er seine Bewegungen beschleunigte.

Ich hustete diskret, aber jetzt schenkte mir niemand mehr Beachtung.

Es wurde geächzt und gewimmert, gekeucht und sich verbogen, sich gewunden und gekratzt, geschüttelt und geschnüffelt, geschnieft und geschwitzt, und das große Hinterteil des Knechts hüpfte wie eine ferkelrosa Riesenflöte im Heu auf und nieder. Hei, wie das flutschte. Sicher schäumte es zwischen den Schenkeln des jungen Dings. Zu guter Letzt stemmte er sich auf die Ellbogen, und ein Stück seiner Unterlage wurde sichtbar. Auf jeden Fall ein inspirierender Anblick. Eine richtige Nahkampfdame mit Brustwarzen wie Zweikronenstücke auf den rhythmisch wogenden Hügeln. Sie konnte nicht viel älter als fünfzehn sein. Es fiel mir schwer, meine Augen von den beiden loszureißen. Mein Hals war trocken und die Stirn heiß.

Teufel. Die lagen hier und bimsten, während Bergström vielleicht das Bein gebrochen hatte. Verdammter Bauernlümmel, dachte ich. Man braucht nur ein paar Meilen über das Übungsgelände hinauszukommen und schon vertreibt man sich die Tage wie hier, dazu auch noch mit halben Kindern.

Aber das Kind stöhnte:

»Mehr! Mehr!«

Und:

»Schneller! Schneller!«

Und der Knecht keuchte. Jetzt stand er beinah auf den Händen. Das junge Ding preßte seinen Bauch an ihn. Sein blaues Hemd hing wie ein schützendes Tuch über ihrem Gesicht. Ich konnte ein Etikett sehen, auf dem *sanforisiert* stand.

Und todsicher wurde diese Magd knitterfrei gemacht. Sie würde wohl nie mehr einlaufen. Der Staub der Scheune stand wie eine Wolke um sie. Ich konnte ein Pferd oder ein anderes großes Tier hören, das in seiner Box rüttelte und mit den Hufen schlug. Man sollte nicht glauben, wie es die Leute an einem Regentag trieben.

Hier hatten wir, Hauptmann Persson und ich, stundenlang vor der Scheune gestanden, aus unseren sauren Pfeifen geraucht und auf Bergström mit dem Jeep gewartet. Persson hatte es als ein verdammtes Glück bezeichnet, daß wir nur während des Manövers auf dem Lande wohnen mußten. Wir hatten auf den Bauernhof gesehen und uns vorgestellt, daß dort sicher nur eine pensionierte Lehrerin wohnte, die ihre Tür verbarrikadierte und den Landfiskal anriefe, wenn man bei ihr anklopfen und um eine Tasse Kaffee bitten würde.

Aber ja.

Der Knecht hielt die runden Schinken des Mädchens umklammert und trat zum Endkampf an. Ihre Beine lagen um seine Taille und das Ganze geschah völlig freiwillig. Ich konnte sehen, wie ihre Hand seine Schenkel streichelte und dann langsam, mit erstaunlich wohlmanikürten Fingernägeln, zwischen seine Beine glitt und ihre Finger sich um seinen strotzenden Sack schlossen.

Ja, aber, aber.

Das kleine Mädchen konnte es schon.

Ich schluckte und lief hinaus in den Regen.

Der Dorfköter schlug an, diesmal mehr aus Pflichtgefühl. Ich stürzte mit gesenktem Kopf über den Hof auf die Veranda. Sie war leer. Es muß also doch jemand zu Hause gewesen sein in diesem Schuppen. Sie saßen vielleicht, nichts von dem ahnend, was alles in einer Scheune passieren konnte, hier drinnen und waren emsig mit Handarbeiten und häuslichen Dingen beschäftigt, wie es an Regentagen üblich ist. Der liebe Vater und die liebe Mutter, die sausende

Spindel und der schnitzende Holzlöffel. Die Katze spann, und der Kaffeekessel summte, und der leicht imbezille Knecht bearbeitete nebenan geifernd und stöhnend die kleine Magd, als wäre sie eine rossige Stute.

Ja, zum Teufel.

»Denke daran, wie es ist, und denke daran, wie es sein könnte«, sagte der Regimentspfarrer.

Ich klopfte und nach einer Weile erschien Persson und öffnete. »Nur herein, herein, Oberleutnant!« sagte er. »Hier gibt man gern.«

Er hatte eine Zigarre bekommen, seine Uniformjacke abgelegt und die Stiefel ausgezogen. Er ging auf Strümpfen im Hausflur hin und her, während ich versuchte, das Koppel und den klitschnassen Regenmantel loszuwerden.

»Wie geht es dem Sergeanten?« fragte ich.

»Leidlich, glaube ich«, sagte Persson. »Es geht ihm den Umständen entsprechend gut. Er hat ein Zimmer, wo er sich ausruhen kann. Wir bekommen gleich Kaffee und frischgebackene Milchbrötchen. Schmecken wird das, Oberleutnant, schmecken!«

Er schlug mir auf die Schulter und wirkte recht erregt.

Dann hörte ich Geschirrklappern und helles Mädchenlachen hinter einer Tür, die zur Küche führte. Der angenehme Duft von warmem Kaffee kitzelte meine Nase. Sergeant Bergström saß in seinem Zimmer in einem Sessel, das verletzte Bein auf einer Fußbank. Er hatte seinen Stiefel ausgezogen, und zwei blonde, halbwüchsige Mädchen waren um ihn bemüht. Sie stopften Kissen hinter seinen Rücken, legten ihm Kompressen auf die Stirn und waren voll beschäftigt mit dem Anlegen eines Stützverbandes um sein verletztes Gelenk.

Es war sauber im Hause. Im Flur hatte ich ein weiteres Mädchen bemerkt, das die Treppe zum oberen Stock wischte.

»Das ganze Haus ist voll süßer Käfer«, sagte Persson mit

verklärtem Lächeln. Bergström winkte mich heran, die Mädchen knicksten, und ich verbeugte mich stramm und suchte in der Tasche nach einem Kamm.

»Bitte sehr, hier herein«, sagte eine kleine, dunkle Puppe, die plötzlich in der Tür stand.

Wir gingen in das anliegende Zimmer, wo man dabei war, den Tisch zu decken. Hübsches Kaffeegeschirr stand auf der besten Damastdecke, das Radio in einer Ecke spielte Mozart, und die Mädchen trippelten mit kurzen Röcken und wippenden Pferdeschwänzen umher. Ich setzte mich in einen Sessel, und die kleine Dunkle bot mir aus einer Silberdose eine Zigarette an. Sie trug einen grünen Rock und eine weiße Bluse, einen breiten, schwarzen Ledergürtel mit einer Messingschnalle, eine silberne Halskette mit einem sittsamen Kreuz über der Halsgrube und genau über dem linken Schlüsselbein einen ziemlich frischen Knutschfleck. Sie könnte ungefähr fünfzehn, sechzehn Jahre alt sein. Ja, Herrgott. Wer umgab sich mit so vielen frischen Töchtern im halbwüchsigen Alter?

Ich zündete mir eine Zigarette an.

Persson gluckste und griente.

»Hauptmann, haben Sie das Regiment angerufen?« fragte ich.

Er beugte sich zu mir.

»Hier gibt es kein Telefon«, sagte er immer noch lächelnd. »Wir warten eben, bis der Regen vorüber ist. Finden Sie nicht, daß es hier so gemütlich wie zu Hause in der Messe ist?«

»Oh, bitte sehr«, sagte ich, »aber wer ist hier der Chef vom Ganzen, ich meine dieser Bude und allen Bräuten?«

»Fragen Sie mich nicht«, sagte Persson und sog an der Zigarre. »Aber es scheint wohl jemand zu sein, der es sich leisten kann, einen privaten Harem im Wald zu halten. Irgendein überarbeiteter Betriebsleiter, der mal übers Wochenende herauskommt, wenn er seine Alte zu Hause nicht mehr sehen will. War übrigens jemand in der Scheune?«

»Na klar, da ging es rund«, sagte ich, »eigentlich war es bloß der Knecht, der eines von den Mädchen gründlich bürstete. Es war so heiß dort, daß der Pferdestall beinah glühte.«

»Donnerwetter«, sagte Hauptmann Persson und schmunzelte, als ein hellhaariger steiler Zahn mit Mandelaugen an uns vorbeistrich und die Aschbecher auf den Tisch stellte.

»Hier soll es anscheinend Kirchenkaffee geben«, flüsterte ich Hauptmann Persson zu. »Und was machen wir mit dem Sergeanten?«

»Ihm geht es gut, wo er ist. Zwei junge Mädchen bemühen sich in bester Weise um ihn. Ich glaube, er hat nur ein leicht verstauchtes Bein.«

»Und der Jeep?«

»Die Sache muß gemeldet werden. Aber man wird wohl, verdammt noch mal, am Nachmittag Kaffee trinken dürfen. Die Übung ist ja abgeblasen. Und im übrigen sind wir geschockt nach dem Unglück, wenn es an die Berichterstattung geht. Verstanden?«

»Jawohl, Hauptmann!«

Persson sog an der Zigarre und schielte verstohlen nach einem der Mädchen, das in die Küche trippelte.

Es fiel mir schwer, sein ruhiges Akzeptieren der Situation zu verstehen. Er hatte eine Frau und zwei nette Jungen zu Hause und hätte es eigentlich eilig haben müssen, von dem merkwürdigen Vorposten im Walde wegzukommen. Aber bitte sehr. Ich selbst sehnte mich nicht nach der Kaserne zurück, auch wenn ich eine gewisse Unruhe in mir spürte. Ich versuche stets auszurechnen, was die allernächste Zukunft bescheren könnte.

Aber Kaffeetrinken konnte man ja erstmal. Und die Mädchen schienen unbestreitbar dekorativ. Vielleicht war es ein Sommerkollektiv für Konfirmanden, ein Pfarrer, der seine

Teenager etwas zuverdienen lassen wollte und sie deshalb hier versammelt hatte. Aber das hier könnte doch wohl kein Pfarrhof sein? Die Einrichtung würde ja noch gehen, aber das Exterieur und der schwarze Dorfköter. Und draußen in der Scheune war es auf eine Art gemütlich, die wohl kaum auf einem Pfarrhof zu finden ist. Obwohl man das nie so genau wissen kann. Auf Knechte sollte man sich nie verlassen. Wäre ich ein kleines Hausmädchen, würde ich mich sehr vorsehen.

Die kleine Dunkle lächelte mich an, als sie vorbeiging. Sie setzte Leuchter mit Kerzen auf den Tisch.

»Hier wird es Weihnachten, will ich dir sagen«, meinte Hauptmann Persson und stieß mich in die Seite.

»Ich will nachsehen, wie es Bergström geht«, sagte ich und erhob mich.

Draußen im Flur war es dämmrig. Das Mädchen, das die Treppe zum Obergeschoß gewischt hatte, war fort, aber das Holz glänzte feucht. Ich hörte eine kichernde Unterhaltung aus der Küchenregion. Die Tür zu Sergeant Bergströms Zimmer war jetzt geschlossen. Draußen hatte der Wind zugenommen. Ich konnte den Regen auf das Verandadach prasseln hören. Im ersten Stock knarrte eine Diele, als ich die Türklinke herunterdrückte.

Um Bergström brauchte man sich keine Sorgen zu machen. Er hatte es außerordentlich bequem, lag auf dem Sofa, und ein Mädchen mit langem, blondem Haar saß rittlings auf ihm. Sie kühlte seine Stirn fleißig mit einer Kompresse und lächelte mich an, als ich eintrat. Ich reagierte nicht auf ihre unkonventionelle Stellung. Ihre rührende Umsicht gegenüber dem Sergeanten imponierte mir wirklich.

»Ich wollte nur sehen, wie es Bergström geht«, sagte ich.

Er wirkte etwas angestrengt, wie er fast verborgen unter dem Rock des Mädchens, der sich über seine unteren Extremitäten ausbreitete, dalag. Nur der bandagierte Fuß sah heraus und leuchtete weiß auf dem grünen Plüsch.

»Danke, gut, Oberleutnant«, ächzte er, »es geht gut. Ich denke, der Fuß ist nur gelinde verstaucht.«

Das Mädchen streichelte ihm über die Wangen. Es fiel ihr schwer, stillzusitzen. Sie bewegte sich unaufhörlich. Ich wollte sagen, daß sie vorsichtiger sitzen sollte, damit ihr Gewicht nicht allzu schwer auf dem Verletzten lastete, aber dann dachte ich an ihre Jugend. Eine gewisse Eckigkeit war typisch dafür. Und sicher behandelte sie Bergström auf das Beste.

»Wir werden versuchen, irgendwo ein Telefon zu erwischen, um das Regiment zu benachrichtigen«, sagte ich.

Der Sergeant stöhnte.

»Schmerzt es sehr?« fragte ich.

Das Mädchen beugte sich zurück.

»Jetzt ist es besser«, sagte Bergström und lächelte mich tapfer an.

»Ist gut«, sagte ich, »denk nicht an den Jeep. Das werden wir schon hinkriegen. Ruh dich nur ordentlich aus.«

Der Sergeant war rot im Gesicht. Sicher seine Reaktion auf das Unglück.

»Mach den obersten Knopf auf«, sagte ich und zeigte auf den Hemdkragen.

Das Mädchen beugte sich vor, und der Sergeant half, indem er den Unterleib etwas anhob. Er wirkte verlegen, weil er soviel Umstände verursachte, sah aber erleichtert aus, als er den Hals frei hatte.

Das Mädchen wechselte die Kompresse.

»Wir bekommen gleich Kaffee«, sagte ich.

Das Mädchen streckte seinen Rücken, und ich konnte sehen, wie sich ihre Brüste unter der Bluse spannten. Sie hatte eine merkwürdige Glut in den Augen und wurde immer eifriger in ihren Bemühungen um Bergström. Sie ging völlig auf in ihrer Samaritertätigkeit. Ich dachte, daß ich für alle diese jungen Damen ein paar Broschüren über Lottaausbildung besorgen sollte. Sie zeigten deutlich Enthusiasmus und Energie im Überfluß.

Plötzlich drehte sie sich ganz herum, ohne dabei ihre Haltung zu verändern. Bergström stöhnte, versuchte aber trotzdem entgegenzukommen, um ihr die Arbeit nicht zu erschweren. Sie konzentrierte jetzt ihr Interesse auf den Verband am Fußgelenk. Anscheinend mußte sie immer etwas haben, womit sie ihre kleinen Hände beschäftigen konnte. Bergström lehnte den Kopf zurück und biß die Zähne zusammen. Er schien jetzt wieder mehr Schmerzen zu haben.

Für einen Augenblick sah ich den Jeep, wie er im Moment der Katastrophe mit rasselnden Pferdekräften den stumpfen Kühler in das Heidekraut bohrte und Erde und Wurzeln hochwühlte, während das Kühlwasser zwischen den Grasbüscheln und zerfetzten Metallteilen verdampfte. Armer Bergström. Ich gelobte, darauf zu achten, daß der Unfallbericht ihn von jeder Schuld völlig freisprechen sollte. Als ich die Tür hinter mir schloß, hörte ich das Mädchen keuchen. Vielleicht hatte sie das verstauchte Glied zu fest umwickelt.

Draußen, in dem halbdunklen Flur, stieß ich mit der kleinen Dunklen zusammen. Sie duftete schwach nach einem unbestimmbaren Parfüm und schenkte mir ein Lächeln, das mir bereits vertraut war und ging dann zum Fenster, das zum Hof hinaus führte.

»Haben Sie gesehen, Oberleutnant, wie schön es regnet?« fragte sie.

Ich hatte mehr als genug vom Regen in der Situation, in der ich mich befand, aber ihre Stimme war so sonderbar verschleiert, daß ich erst reagierte und dann dachte. Sie stützte die Hände aufs Fensterbrett und hob sich auf die Zehen. Den Kopf beugte sie ein wenig nach hinten.

»Regnet es immer noch?« sagte ich und fand, daß sich das ungewöhnlich albern anhörte. Aber ich nahm es zum Anlaß, mich dicht hinter sie zu stellen.

Ich beugte mich vor, um aus dem Fenster sehen zu können

und spürte ihr Haar an meinem Gesicht. Es roch frisch nach Wald, Tannennadeln und Heidekraut. Ich fühlte einen leichten Schwindel. Über ihre Schulter sah ich in ihren Blusenausschnitt. Die Brust hob und senkte sich beim Atemholen, und ich merkte, daß die Übungen während der letzten drei Tage ihre Folgen zeigten; ich reagierte schneller als gewöhnlich. Das Blut strömte in großer Geschwindigkeit in die Schenkel. Durch meine Uniformhosen spürte ich bald ihr rundes Hinterteil, über das sich der grüne Rock wölbte. Der breite Gürtel um ihre Taille war kalt und glatt, und ich bekam feuchte Handflächen. Als ich meine Hände um ihre Mitte legte, sagte sie: »Ich habe es gern, wenn es regnet.«

Ich neigte mich vor und berührte mit der Zungenspitze ihr Ohr. Ganz leicht, ganz behutsam.

Ein Schauer durchfuhr ihren Körper.

»Der Hund kann einem natürlich leid tun.«

Ich küßte sie zart im Nacken, bekam ein paar Haare in den Mundwinkel und legte meine Hände um ihre Brust.

»Er heißt Coitus, der Hund. Ein lustiger Name, nicht?« sagte sie und lachte, als ich mit eifrigen Fingern in ihrer Bluse suchte.

Meinetwegen konnte er gerne Seife oder Schnaps oder Gott weiß was heißen. Ich spürte, daß ich jetzt einen Hengst zwischen den Beinen hatte, und sie bewegte sich leicht vor und zurück, wie in einem stillen Tanz. Oh, diese eckigen Bewegungen der Halbwüchsigen. Ihre Brust hatte eine Haut, die unter meinen Händen beinahe sang.

Es regnete jetzt ganz ruhig.

»Bedauerlich, daß der Hund angebunden ist«, sagte ich, »aber sonst läuft er wohl in den Wald.«

In einem Schlitz unter dem flachen Gürtel entdeckte ich einen Reißverschluß. Ein knisternder Laut war zu hören, als der Rock auseinanderglitt, nicht ganz, aber weit genug, daß ich mit der einen Hand leicht an die bebenden Hügel kommen konnte, die von Schlüpfern verhüllt waren. Ich fühlte, wie der Speichel meinen Gaumen stärker als sonst anfeuchtete. Am liebsten hätte ich das Mädchen mit in einen anderen Raum genommen oder auf den Fußboden, oder nach draußen in den Regen, oder quer über den Hof in die Scheune. Aber ich wagte nicht, die Stimmung zu zerstören. Alles könnte so leicht entgleisen. Ich zögere, mich in intimen Situationen auf Frauen zu verlassen.

»Er ist es gewohnt, angebunden zu sein«, sagte sie. »Es ist am besten so, er geht sonst auf die Besucher los.«

Langsam drückte sie den Rücken durch und spreizte die Beine ein wenig. Ich versuchte, mit dem Daumen in den Schlüpfer zu kommen und ihn herunterzurollen. Sie bewegte sich weich, wand den Oberkörper, der Träger des Büstenhalters lockerte sich und glitt herunter. Meine Hand, die mühsam versuchte, unter die Schalen zu kommen, hatte es plötzlich leichter. Ich fühlte, wie die Warzen unter meinen Fingern steif wurden.

»Sind Sie lange im Wald gewesen, Oberleutnant?« fragte sie.

Jetzt erreichte meine eine Hand die weiche Haut unter den Schlüpfern und die Spalte unterhalb des Rückens, wo sich der Körper teilt.

»Entschieden zu lange«, sagte ich, »ich war entschieden zu lange im Wald.«

Und ich biß sie leicht in die Schulter. Ihre Bluse roch warm nach Waschpulver. Eine dunkle Haarlocke ringelte sich an ihrem Hals. Es fiel ihr immer schwerer, still zu stehen.

Jetzt war es einfach, den rechten Weg zu finden. Sie drückte ihr Hinterteil heraus, und mein Daumen wurde ein Rücken, auf dem sie ritt. Ich hielt ihn still, und sie weitete sich nach und nach. Es quoll warm zwischen ihren Lippen. Das Schamhaar, das zuerst etwas borstig war, wurde nach einer Weile weich. Wenn ich dann bloß meine Knöpfe schnell genug aufbekommen könnte! Diese verdammten Uniformhosen, die man manchmal mit dem Büchsenöffner bearbeiten muß, um sie herunterzukriegen. Um Datamaschinen und Roboter kümmert sich der Verteidigungsminister, aber ein Reißverschluß am Hosenschlitz von Uniformen, dazu Stellung zu nehmen, müßte der Regierung, verdammt noch mal, eigentlich wichtiger sein!

»Sehen Sie, da kommt eine Holztaube«, sagte sie, und ich erblickte einen blauen Vogel, der in einem Bogen über den Kuhstall flog und sich auf den Misthaufen setzte. Draußen begann es zu dämmern, und ich riß verzweifelt an den Bleiknöpfen, die den Weg versperrten. Ich kümmerte mich nicht um das Klappern des Geschirrs, das aus dem großen Zimmer drang, oder um das Mädchenlachen, das ab und zu das gemütliche Geplauder in der Küche unterbrach. Es duftete nach frischgebackenem Brot, Kaffee, Zigarren und einem starken Parfüm, nach warmer Haut unter einer frischgewaschenen Nylonbluse. Von hinten schien sie in Ordnung zu sein. Ich hatte ein Dynamitmännchen zwischen den Beinen. Es geiferte schon vor Vergnügen, weil es sich in eine angewärmte, flinke und weiche Teenagerspalte drängeln wollte. Aber diese Teufelsknöpfe waren einfach übergeschnappt. Ich war gezwungen, sie mit beiden Händen loszulassen und an dem Hosenschlitz herumzufummeln.

Jetzt wurde es höchste Zeit!

Jeden Moment konnte jemand kommen. Auch wenn es ziemlich dunkel war hier draußen im Flur, würde es ein bißchen schwer sein, die Situation zu erklären.

Eilig riß ich die Hosen auf, so daß die Knöpfe über die breiten Dielen sprangen. Ich mußte mich auf die Zehen stellen, ihre Schenkel auseinander- und gleichzeitig die Schlüpfer herunterziehen, die wieder hinaufgerutscht waren. Und dann brauchte ich mich nur noch vorsichtig näher an das Fenster zu drücken, um den Regen und den Hund, der sich vor seiner Hütte auf die Hinterbeine hob, zu bewundern; brauchte nur noch die Arme um sie zu legen und zu spüren, wie alles ganz warm und feucht wurde und wie

Zentimeter nach Zentimeter von mir in ihrer weichen, schäumenden Grotte verschwand.

Einen Augenblick hielt ich inne und merkte, wie das Blut in dem steifen Glied klopfte.

Sie begann jetzt, sich vor und zurück zu bewegen, bog, streckte und krümmte den Körper. Dann nahm sie meine Hand und führte sie an den Mund. Während ich sie immer mehr den unterdrückten Bedarf der Armee an familiärem Beisammensein kosten ließ, steckte sie meinen Zeigefinger in den Mund. Erst fuhr sie damit über die Lippen. Speichel gab es reichlich, ich fühlte einen bedenklichen Schmerz im Rückgrat und diese gewaltsamen Reiz-Konzentrationen, die ruckweise durch den Unterleib und in das äußerste Ende liefen, das sich im Einklang mit dem Rhythmus, den das Mädchen bestimmte, krümmte und streckte. Sie hatte keine Eile, sondern saugte sorgfältig an meinem Finger, kitzelte ihn leicht mit der Zunge an der Unterseite und ließ den Speichel fließen. Ich biß sie in die Schulter und steigerte automatisch den Takt. Jetzt war es der halb schmerzhafte, halb berauschende Duft dieses jungen Weibes, der mich anspornte.

Sie krümmte sich ein bißchen zusammen und beugte sich nach vorn. Ich fühlte, wie sich die Muskeln um ihre Öffnung heftig, wie in einem Krampf, schlossen und öffneten und wieder fest schlossen.

Sie biß mich in den Finger. Der Schmerz fuhr messerscharf durch meinen Körper und vereinte sich mit dem saugenden Gefühl in der Magengrube und dem schwindelnden Gefühl in der Eichel, das ich nur zu gut kannte. Meistens konzentrierte ich mich in dieser Lage auf die Illustrationen in ›Soldi A‹, und das hat eine bremsende Wirkung. Indem ich an die Erinnerungen eines Kriegers dachte, konnte ich mich manchmal eine halbe Stunde oder so zurückhalten. Aber das war jetzt nicht aktuell. Mit ein paar kraftvollen Stößen, die von der Kleinen in artiger Weise empfangen wurden, erreichte ich den Gipfel. Eine glühende Kugel löste sich, und die Heftigkeit des Ergusses war schuld daran, daß ich mich ganz einfach nicht zurückziehen konnte, bevor die halbe Ladung schon in ihr landete. Den Rest bekamen die Schlüpfer ab.

»Es regnet immer noch«, sagte sie und brachte schnell ihre Kleider in Ordnung, als wir auseinanderglitten.

Als ich den Schmachtriemen aufmachte und die Hosen so zu legen versuchte, daß der Hosenschlitz ohne Knöpfe nicht zu weit offen stand, hörten wir feste Schritte auf der Veranda, und gerade, als es mir geglückt war, den Harten, der immer noch wie ein Leuchtturm stand, einzupacken, wurde die Haustür weit aufgerissen.

Herein kam ein Mann in blauem Hemd und Manchesterhosen, Hand in Hand mit einem jungen Mädchen.

›Da kommt der Knecht‹, dachte ich und fand es außerordentlich geglückt, daß wir gerade mit unseren Übungen fertig geworden waren. Das dunkle Mädchen ging still zu der Zimmertür, öffnete sie, und ich sah Hauptmann Persson auf der Schwelle stehen. Der Knecht streckte die Hand nach dem Schalter aus und machte Licht. Er hatte eine starke Schifferkrause und langsträhniges Stirnhaar. Mit einem verdutzten Gesicht starrte er die Repräsentanten der Armee an. Das Mädchen an seiner Seite hatte hektische Röte auf den Wangen und dunkle Glut in den Augen.

›Jetzt glaubt der sicher, daß Krieg ausgebrochen und daß der Hausherr einberufen worden ist, wer zum Teufel er auch sein mag, und daß er hier mit den kleinen Puppen allein auf dem Hof gelassen wird‹, dachte ich.

Aber der Schimmer der grauen Augen, die uns scharf betrachteten, hatte nichts von dem resignierten Erstaunen des Untergebenen. Nach einer Weile verzog sich sein breites Gesicht zu einem fröhlichen Grinsen, und ein dröhnendes Lachen erschütterte unsere Trommelfelle.

»Hölle, hat das Feldjägerkorps Manöver«, sagte er.

Ich schlug die Hacken zusammen und verbeugte mich

leicht. Hauptmann Persson trat mit raschen Schritten in den Flur. Die Freude leuchtete aus seinen Augen.

»Ja, mein Gott! Das ist ja Oberleutnant Lotta«, rief er aus und umarmte den Blaugekleideten herzlich.

Später, als wir oben in dem blauen Salon saßen, wie Oberleutnant Lotta ein Zimmer im Obergeschoß nannte, erhielt ich die Erklärung für viele Sachen, die mir dunkel erschienen waren.

Sergeant Bergström, Hauptmann Persson, Oberleutnant Lotta und ich saßen in gemütlichen Ledersesseln. Ein Feuer loderte im offenen Kamin. Wir hatten Kognak und Wasser in hohen Gläsern, dazu Pommes-chips und Popcorn, genau wie in der Messe. Zigarren der Marke ›van Baar‹ und saftige Birnen in einer grünen Tonschale standen in bequemer Reichweite. Bergström hatte seinen kranken Fuß auf eine Bank gelegt. Er bohrte in den Zähnen und rülpste ab und zu. Unten in der Küche waren die Mädchen beim Abwasch. Die kleine Dunkle sah manchmal herein, leerte die Aschbecher und brachte frisches Wasser.

»Habe ich meine kleinen Mädchen nicht fein gedrillt?« sagte Oberleutnant Lotta und strich ein Streichholz an.

»Fantastisch«, sagte ich und schlug die Beine übereinander, damit der Hosenschlitz nicht offen stand. Wir hatten erst Kaffee getrunken und waren dann zu einer leckeren Mahlzeit eingeladen worden. Da Lotta wohl den ganzen Nachmittag draußen in der Scheune verbracht hatte, verdiente er eine ordentliche Mahlzeit, und auch wir ließen uns nicht lange bitten. Ich war fasziniert von dem unerwarteten Zusammentreffen mit Oberleutnant Lotta, einer Erscheinung, über die ich beim Regiment unzählige Geschichten gehört hatte.

»So, du hast dich also auf deine alten Tage hier im Wald zur Ruhe gesetzt«, sagte Hauptmann Persson in provozierendem Ton. Oberleutnant Lotta lachte. Er blickte in das flackernde Feuer, und sein scharfer, grauer Blick wurde ein bißchen wehmütig. Dann erzählte er seine Geschichte:

»Ich hatte eigentlich eine verdammt merkwürdige Kindheit und Jugend. Sicher haben alle aktiven Soldaten mehr oder weniger von Anfang an einen Milieuschaden, und ist das nicht der Fall, so trifft es sie doch früher oder später. Aber ich frage mich, ob einer von euch so einen seltsamen Start gehabt hat wie ich.

Mein Vater war, wie ihr wißt, Offizier. Meine Mutter, die Majorsfrau, ein sonderbares Frauenzimmer. Mein Vater starb früh, und ich besaß keine Geschwister. Aus Lebensbeschreibungen vornehmer Leute hatte meine Mutter in Erinnerung behalten, daß man häufig auf die äußere Kennzeichnung des Geschlechts verzichtete, bis die Kinder volljährig wurden. Ich wurde deshalb von Kindesbeinen an bis zu der Zeit, als ich für die Kriegsakademie in Karlsberg reif war, in die niedlichsten Mädchenkleider gesteckt. Wie bekannt, tragen die Schotten einen Kilt. Ich ging während meiner ganzen Kindheit in Röcken und Spitzenkleidchen. Wir hatten einen Lehrer, der mich zu Hause unterrichtete. Ich erinnere mich daran, daß er darauf bestand, ich sollte während der Unterrichtsstunden auf seinen Knien sitzen. Er war erstaunt, als er einmal so aus Spaß mit seinem Finger unter meinen Rock fuhr und einen für das Alter ungewöhnlich kräftigen Schwanz vorfand, der wie eine Fahnenstange stand. Zur Verwunderung meiner Mutter kündigte er am Tage darauf. Ich weiß nicht, ob er seine Berufung als Lehrer ernst nahm.

Ich hatte auch eine Tanzlehrerin, die mich in konventionellem Tanz unterrichten sollte. Meine Mutter hatte irgendwo gelesen, daß ein Offizier zu Franz Josephs Zeiten das können mußte. Sie verfuhr mit mir in mannhafter Weise, trug meistens eine Rockhose und einen Taktstock in der Hand. Eines Morgens, als meine Mutter zu ihrem Masseur gegangen war, übten wir im großen Salon Menuett. Plötzlich wirbelte mich mein Tanzfräulein in eine Ecke und drängte sich keuchend an mich. Sie küßte mich leidenschaftlich und tastete unter meinem Tanzkleid. Nie zuvor war ich von irgendeiner Frau auf diese Art geküßt worden, und ich reagierte wohl ganz normal. Als ihre Hände eine Weile in meinen Unterröcken gegraben hatten, kamen sie an mein geschwollenes Glied. Ich werde nie den Ausdruck in ihrem Gesicht vergessen, als sie mit einem Schrei zur Tür stürzte und für immer verschwand.

Na ja. Zur Konfirmation bekam ich einen Knabenanzug. Aber meine erste eigentlich männliche Kleidung war das Drillichzeug beim Leibregiment, wo ich nach dem Studentenexamen, das ich privat in Djursholm machte, eintrat. Mein Vater verließ die Kriegsakademie in Karlsberg als Bester, und ich nahm mir vor, alles zu tun, um seiner Karriere nicht nachzustehen.

Na ja, zum Wohl, Gentlemen!«

Wir hoben unsere Gläser und tranken Oberleutnant Lotta zu.

»Ganz so einfach war das nun nicht. Einige Jahre nach der Kadettenschule begann ich mich selbst und die Umwelt zu entdecken. Anscheinend hatten meine frühen Kinderjahre tiefe Spuren in meinem Unbewußten zurückgelassen und fingen jetzt an, sich geltend zu machen. Der Schock mußte ja ungewöhnlich stark gewesen sein; direkt aus einem zerbrechlichen, äußerlich geschützten Dasein, das von femininen Zügen bestimmt war, in ein männliches Kollektiv zu kommen, das vom Pennalismus dominiert wurde.

Ich entdeckte, daß ich mein früheres Dasein vermißte. Früher fand ich, daß der Parfümduft der Kinderzimmerwelt unausstehlich war, aber jetzt, mitten in dem derben Kasernenmilieu, stand er wie etwas Begehrenswertes vor mir. Ich hatte eine unbestimmte Unruhe im Blut. An den Urlaubsexzessen meiner Kameraden beteiligte ich mich nicht. An Feiertagen fielen sie wie eine Herde Gemeindebullen über die

Mädchen der Gegend her. In der Zeit war ich zum Regiment Bohuslän abkommandiert, und ich betrachtete ihre Ausschweifungen mit Skepsis. Ich hatte wohl beinahe eine gewisse Angst vor dem anderen Geschlecht. Überhaupt fiel es mir schwer, mit Mädchen in Kontakt zu kommen.«

Oberleutnant Lotta lachte schallend und zündete sich eine Zigarre an.

»Ach ja. Meine Pubertät war anstrengend gewesen, und ich glaubte, die einzige Chance wäre, mich so hart wie möglich in meinem Beruf einzusetzen. Und ich schonte mich tatsächlich nicht. Stets und ständig lag ich in den Sielen, schuftete und wütete mit den Muschkoten. Antreten und Appell den ganzen Tag über. Der alte, preußische Drill wurde meine Lebensluft, Griffekloppen meine Spezialität, Laufschritt und Ex 1 liebte ich. Ich legte mir eine Kondition zu, die dem Rekruten, der direkt aus der Fabrik oder von der Schulbank kam, meist imponierte. Selbst hielt ich immer die Spitze, schonte mich nicht, war ein Vorbild für meine Offizierskameraden. Mein Kompaniechef war mäßig am Außendienst interessiert. Er wartete bloß auf seine Pensionierung. In Wirklichkeit war ich es, der einfache, aber sagenhaft tüchtige Zugführer, der die Ausbildung der Kompanie leitete. Ich widmete meine ganze Freizeit der Planung kommender Übungen, abends erkundete ich das Gelände und suchte strapazenreiche Marschrouten aus, auf denen die Männer es extra anstrengend haben würden. Ich führte den Umbau einer Hindernisbahn durch, auf der die Rekruten sich todmüde laufen konnten. Ich verlangte von jedem Mann, daß er einmal in der Woche mit vollem Sturmgepäck zehn Kilometer lief. Wenn wir während der Manöver biwakierten, lehnte ich es ab, im Zelt zu schlafen. Und wenn es richtig goß, wickelte ich mich bloß in meinen Mantel und legte mich unter eine Tanne. Jetzt, hinterher, verstehe ich, daß ich unter einem inneren Zwang handelte. Von höherem Ort erhielt ich nach bemerkenswerten Marschleistungen mit meiner Kompanie Belobigungen. Die Mannschaft sah zu mir auf, obwohl ich sie schlimmer quälte als ihre Eltern oder Lehrer je zuvor.

Ich war pedantisch.

Meldung und Disziplinarstrafe beim geringsten Vergehen. Meine Kollegen sahen mein Wüten im Regiment erst mit einer gewissen Skepsis, dann mit arrogantem Zynismus, um schließlich meine Gesellschaft in der Freizeit ein wenig entsetzt zu meiden. Sie widmeten sich ausschließlich ihren Bekanntschaften mit dem anderen Geschlecht. Ich selbst aber war in diesem Punkt unerhört gehemmt. In blinder Raserei versuchte ich, meine Hormone gleichsam zu fesseln und so was kann ich Ihnen nicht empfehlen, meine Herren! Das sollte so nach und nach seine verhängnisvollen Folgen zeigen.

Ich glaube, es war im Herbst.

Wir hatten eine schwere Bataillonsübung mit Einquartierung gehabt, übrigens ganz in der Nähe hier, und waren auf dem Rückmarsch zum Regiment. Wir waren gezwungen, das letzte Stück durch die Stadt zu marschieren, eine Sache, die ich immer gehaßt habe.

Wie dem auch sei, die Kompanie war müde, aber die Stimmung keineswegs schlecht. Die Mannschaft ahnte bereits die Freuden des Ausgangs, und verschwitzt, aber ziemlich zufrieden marschierte sie die Drottningsgata entlang. Ich war an der Spitze der Kompanie und starrte ab und zu wütend auf die Zivilisten, die an den Straßenecken herumstanden oder aus den Fenstern längs der Straße auf uns glotzten. Im Vorbeimarschieren sah ich die altbekannten Geschäfte, Warenhäuser und Restaurants.

Plötzlich erstarrte ich wortwörtlich am ganzen Körper. Dort, wo ich gewohnt war einen Antiquitätenladen zu sehen, erblickte ich ein völlig anderes Bild: ein groß aufgemachtes Schaufenster mit einer leuchtenden Neonlichtreklame, die das Wort ›Boutique Intime‹ bildete. Ich schluckte ein paarmal und mir wurde ganz warm. In raffinierter Weise stellte man im ganzen Fenster die delikateste Damenwäsche aus. Unterwäsche in den verschiedensten Materialien, in exklusiven Formen und Farben, Schlüpfer in Rosa, Weiß, Schwarz und Meerblau, Strumpfhaltergürtel mit den genialsten Befestigungen für die Strümpfe, Büstenhalter aus durchbrochener, schwarzer Spitze, die leckersten Unterröcke mit den allerverführerischsten Stickereien. Kleine, niedliche Kleidungsstücke für die Allerjüngsten, stabilere Sachen für das vorgerückte Alter.

Ich starrte wie verhext auf die ausgestellten Delikatessen und empfand eine merkwürdige, dumpfe Unruhe, die ich seit langem nicht gespürt hatte. Das Wochenende über war ich vollständig verwirrt. Unser ganzes Regiment erschien mir ziemlich absurd. Ich ging in die Sauna und rieb mich mehrmals kalt ab, las drei neuerschienene Bücher über die Taktik des Nachtgefechts, kochte schwachen Fliedertee und hörte mir allgemeinbildende Vorträge im Radio an. Am Samstagabend machte ich sogar einen kurzen Besuch im Soldatenheim, dem am wenigsten erregenden Milieu, das ich kenne. Aber nichts half. Meine Pulse klopften, und das Blut jagte mit einer Geschwindigkeit durch die Adern, die bis zur Unerträglichkeit zunahm, sobald ich an die denkwürdigen Sachen dachte, die ich im Schaufenster gesehen hatte.

Während der Woche gelang es mir, für mehrere Tage meine Begierde zu zügeln. Ich begann jeden Morgen, zur Verbitterung der Rekruten, mit langen Geländeläufen. Aber am Mittwoch konnte ich mich nicht länger beherrschen. Ich kapitulierte vor meinem Trieb. Sofort nach Dienstschluß setzte ich mich aufs Rad und fuhr in die Stadt.

Kurz vor Geschäftsschluß nahm ich meinen Mut zusammen und ging in das, was mir ein wahrhaftiges Traumland zu sein schien.

Mit zitternden Händen und ziemlich schwachen Knien hastete ich nach einer Weile aus dem Laden mit einem beachtlichen Paket unter dem Arm, kostbaren Dingen, die in neutrales Papier verpackt worden waren. Ich fuhr in scharfem Tempo zum Regiment, wo ich in mein Zimmer stürzte, die Tür abschloß und die Gardinen vorzog. Ich machte gedämpftes Licht im Zimmer und befreite mich, wie in Trance, von der Mönchskleidung, die ich bis dahin begeistert getragen hatte. Die grobe Lahmansunterwäsche, die während der Dienstzeit meine Haut brutal zerfleischt und zerkratzt hatte, fiel von mir. Vor dem Spiegel nahm ich die Schnur von dem Paket, das die weichsten und hautfreundlichsten Kleidungsstücke enthielt, die ich mir denken konnte. Ich wählte feinschmeckerisch in dem Eingekauften, war lange damit beschäftigt, verschiedene Farben und Modelle probeweise zusammenzustellen. Die feinste Naturseide glitt weich durch meine Finger, zusammen mit Rayon in den zartesten Nuancen, die mir das Wasser im Munde zusammenlaufen ließen.

Schon im Geschäft hatte ich einen prächtigen Ständer gehabt, und den ganzen Nachhauseweg war ich gezwungen gewesen, stehend Rad zu fahren. Jetzt dröhnte das Blut so in meinem Glied, daß ich glaubte, ich würde den Verstand verlieren. Als ich mir die zartesten Schlüpfer in Schwarz, die ich entdecken konnte, anzog, hatte ich die erste Ejakulation. Ich war wohl mehrere Meter vom Spiegel entfernt, aber das verhinderte nicht, daß er eine solide Dusche abbekam. Ich war gezwungen, meinen Kleiderwechsel abzubrechen und eine Rolle Kreppapier aus der Küche zu holen. Ich zitterte vor Geilheit und hatte Schwierigkeiten mit den Beinkleidern. Die sind ja nicht für ein unbändiges Glied gemacht, das zeitweise heftig reagiert.

Eine Weile konzentrierte ich mich auf den Busen. Ich füllte die Schalen einer schwarzen Spitzensache mit weißer Watte. Ich stellte mich mit dem Rücken zum Spiegel, während ich die Länge der Schulterbänder einstellte und die etwas komplizierte Konstruktion richtete. Das Material war weich und elastisch. Meine Hände, die meistens brutal beim Wegbahnen in schwer zu bewältigendem Gelände arbeiteten, wurden plötzlich zärtlich und empfindsam. Mein Hals war beinahe zugeschnürt von primitiver Wollust, als ich mich langsam drehte, um dem Auge Gewißheit über das Spiegelbild zu geben. Mein Herz kam auf höhere Touren, und spontan fing ich weich und geschmeidig an, vor dem Spiegel zu tanzen. Ich war gut trainiert, mein Körper in bester Form. Ich rollte den Rumpf und bog den Oberkörper mit der falschen Büste vor. Ich war von meinem Anblick begeistert. Meine Augen streichelten die geschmeidigen Glieder, die sich vor mir verführerisch in dem blanken Glas bewegten. Niemals vorher fühlte ich mich sexuell so zufrieden.

Hinterher schämte ich mich, beeilte mich, meine Attribute sorgfältig ganz hinten im Schrank zu verstecken und ging früh zu Bett.

Ja, meine Herren, dann folgte eine furchtbar belastende Zeit.«

Die Tür wurde geöffnet und das kleine, dunkle Mädchen, dessen eigenartigen Duft nach jungem Weib ich noch spürte, kam ganz unberührt von allem mit ein paar Flaschen Mineralwasser und Rauchzeug zu uns. Sie sah so frisch aus, als wäre sie auf dem Weg zum Abendmahl. Ich langte nach einer Birne. Sie beobachtete mich nicht. Als sie ging, biß ich tief in die Frucht. Der reichliche Saft war säuerlich. Er rann aus den Mundwinkeln. Ich mußte nach dem Taschentuch suchen und mir das Kinn abtrocknen. Oberleutnant Lotta fuhr fort:

»Wie gesagt, die folgende Zeit war wirklich anstrengend. Meine geheimen Laster, wenn man das so nennen will, verwandelten mich im Dienst zu einem Dämon. Ich quälte die Muschkoten in unmenschlicher Weise. Besonders in mein Herz geschlossen hatte ich die wehrpflichtigen Dienstgrade. Ich machte sie gern runter vor der Front, und den Mannschaften servierte ich unlösbare Aufgaben, nur um eine Gelegenheit zur Bestrafung zu haben. Abends schloß ich mich ein und tauschte die Rolle. Tagsüber in der Kaserne ging ich immer mit Stahlhelm und voller Feldausrüstung, nur um einen maskulinen Eindruck zu machen, und an den Abenden drapierte ich mich mit immer gewagteren, weiblichen Kleidungsstücken. Am beschwerlichsten war das während der Manöver und Felddienstübungen. Aber wer könnte schon glauben, daß der Oberleutnant mit fünfzehn Kilo Gepäck auf dem Rücken, dem wettergebräunten Aussehen und der Spannkraft eines durchtrainierten Sportlers die köstlichsten Schlüpfer und die ausgesuchtest verzierten Büstenhalter unter der ausgebleichten Felduniform trug. Man weiß von seinen Mitmenschen eigentlich sehr wenig. Na ja.

So allmählich kam die Rechnung.

Ich war zu weit gegangen.

Die Anzeigen beim Wehrbeauftragten über mich begannen zu regnen. Ich wurde zur Vernehmung gerufen und hielt mich beinhart an die Dienstordnung. Wie gewöhnlich ergatterte die Presse eine Menge Einzelheiten. Ich hatte die Degradierung eines Sergeanten veranlaßt, der seine Freizeit mit zweifelhaften Weibsbildern verbrachte und dadurch die Vorbereitung einer Schießübung auf einer Morgenpatrouille vergessen hatte.

Ja, Herrgott noch mal.

Wenn man hinterher darüber nachdenkt, welches Elend man über eine Reihe von Menschen gebracht hat! Und bloß deshalb, weil man einen merkwürdigen Anfang, weil man vor Frauenzimmern den großen Bammel gehabt hat. Ich hatte nicht einmal der Freundschaft halber die geringste Vögelei mitgemacht, und diese Enthaltsamkeit übte wirklich eine verheerende Wirkung aus.

Es sollte aber noch schlimmer kommen.

Eines Abends hatte ich vergessen, die Tür abzuschließen,

und der Offizier vom Dienst kam mit der Wachliste hereingestürmt. Ich hatte mich gerade in eine delikate orientalische Bettjacke gehüllt, trug schwarze Nylonstrümpfe und Pumps mit hohen Absätzen.

Da standen wir also und sahen uns an. Was zum Teufel sollte man sagen — oder machen? Der Harte erschlaffte so leidlich, und ich versuchte, etwas von einer Theaterprobe für einen Kompanieabend oder dergleichen zu stottern, aber es war mir klar, daß alles recht hilflos klang.

Nun war ich also ertappt worden.

Am nächsten Tage schirrte ich mich an und begann den Vormittag mit der Kompanie auf der Hindernisbahn. Aber das nützte nicht viel. Ich sah das verstohlene Lächeln der Zugführer in den Pausen, und einige der Unteroffiziere lachten lauthals, als ich ihnen den Rücken kehrte. Seit diesem Tage trage ich den lustigen Namen, den Sie so gut kennen. Am Nachmittag ging ich zum Bataillonsarzt und bat um eine Überweisung zum Psychiater. Ich begriff, daß etwas geschehen mußte.

Dann hatte ich auf dem Rücken zu liegen und bei einem freundlichen Mann, der überhaupt keine Vorurteile hatte, zu reden. Er bekam übrigens gut dafür bezahlt. Er gelangte eigentlich bloß zu dem Resultat, daß ich anfangen müßte, Mädchen zu bürsten. Und dann betonte er sehr ernst, daß ich den Beruf wechseln sollte.«

»Das da mit der Unterwäsche war also die eigentliche Ursache, daß du deinen Abschied nahmst«, sagte Hauptmann Persson und langte nach einer neuen Zigarre.

»Das ist richtig«, sagte Oberleutnant Lotta. »Ich fiel über ein paar Schlüpfer, könnte man sagen.«

Wir saßen eine Weile schweigend und lauschten dem gemütlichen Prasseln des Feuers.

›Jetzt hast du aber keine Angst mehr vor Mädchen‹, dachte ich und sah im Geiste Oberleutnant Lottas stabiles Hinterteil, das im Heu rotierte, vor mir. Jetzt hatte er die Scharte ausgewetzt und sich einen ganzen Stall verschafft. Und nicht gerade die ersten besten Mädchen.

»Aber alle die Mädchen hier?« sagte Sergeant Bergström und schob das Kissen unter dem verletzten Fuß zurecht.

Oberleutnant Lotta lachte sein derbes Lachen.

»Das hier ist vorläufig ein Versuchsbetrieb. Ich hatte wirklich Glück, wenn ich das so sagen darf. Man macht, wie ihr wißt, in der Jugendfürsorge große Anstrengungen. Man wußte nicht, was man mit mir unternehmen sollte. Ich ging zu Prüfungen und Umschulungskursen bis zur Vergasung. Endlich traf ich einen Kameraden von Karlsberg, der den Beruf gewechselt hatte. Er leitet jetzt ein Heim für mißratene Mädchen, wie das früher hieß. Ich möchte sagen, ein Spinnhaus mit moderner Zielsetzung. Es liegt nicht so sehr weit von hier. Aber er hat Schwierigkeiten, den Insassen ein bißchen Ordnung beizubringen. Die Mädchen kommen aus betrüblichen Verhältnissen. Sie haben mit verantwortungslosen Gleichaltrigen in alten Häusern, die abgebrochen werden sollen, gewohnt oder sich im Hafen auf den Schiffen herumgetrieben. Die Anstalt oder das Heim, wo sie untergebracht werden, wenn die Jugendbehörde eingegriffen hat, ist allzu steril und langweilig und deprimiert die Jugendlichen bloß. Ich hatte diesen alten Bauernhof gepachtet, um zurückgezogen und anonym nahe der Natur zu leben. Deshalb habe ich das Äußere verfallen lassen. Ich wollte von Besuchen verschont bleiben.

Auf jeden Fall schickte mein Karlsberger Freund ein paar Mädchen her, die mir bei der täglichen Arbeit helfen sollten. Und ihr seht ja selbst, sie blühen auf! Ich halte Disziplin. Das gefällt ihnen. Im Hause hier soll Ordnung herrschen, soll es sauber und schön sein, mit lebenden Lichtern in den Kerzenständern und täglich frischgebackenem Weißbrot. Dafür gehe ich ab und zu mit ihnen ins Heu und schiebe eine Nummer. Sie finden, daß das etwas ganz Besonderes ist. Ihre Generation hat niemals in natürlicher Umgebung ein

Pfefferspiel gemacht. Ich wage zu behaupten, daß ihnen das gut bekommt. Man ist über das Resultat erstaunt und die Sozialbehörde hat eine Untersuchung eingeleitet.

Ich bin mit meinen Komplexen auf einen Bums fertig geworden und habe mich nie in meinem Leben so wohl gefühlt. Ich lache über die schöne Unterwäsche der Mädchen und keuche nur, wenn ich sie ihnen gerade ausziehe, und das bloß, um sie beiseite zu legen.«

Oberleutnant Lotta lächelte uns an. Er sah aus wie ein freundlicher Onkel, als er so an seinem Drink nippte und eine gebogene, alte Pfeife mit einem Kopf in Form von zwei Bullentestikeln hervorzog. Ich konnte ihn mir wirklich nur schwer in Frauenkleidern vorstellen.

Etwa eine Stunde später kam ein Bus, um die Mädchen zur Anstalt zurückzubringen. Wir vereinbarten mit dem Chauffeur, daß er uns auf dem Wege dahin beim Regiment absetzen sollte. Wir brachten Bergström ganz hinten unter, und seine beiden Nymphen taten sofort alles, um die Fahrt weniger anstrengend für ihn zu machen. Persson hielt die Blonde mit den Mandelaugen chevaleresk an der Hand und setzte sich dicht neben sie. Die kleine Dunkle sprang, kurz bevor sich der Bus in Bewegung setzte, auf meine Knie.

Als wir fuhren, stand Oberleutnant Lotta auf der Veranda und winkte. Der schwarze Hund bellte das schäbige Exterieur an. Das Mädchen breitete seinen Rock sittsam über unseren Sitz aus. Der Chauffeur machte kein Licht im Bus. Wir kamen trotzdem zurecht. Sie hatte keine schützenden Kleidungsstücke mehr drunter, ich konnte jetzt, dank der Tatsache, daß der Hosenschlitz zum Attentat bereit war, direkt reagieren. Sie hielt sich mit einer Hand an der vernickelten Stange des Vordersitzes fest und hob sich leicht an, so daß ich nur ein bißchen die Schenkel auseinanderzunehmen brauchte. Dann spürte ich, wie ihre andere Hand, kühl und fest, mein schwellendes Glied umfaßte. Sie zog die Vorhaut langsam zurück und lehnte sich nach hinten, als der Bus sich in eine Kurve legte. Ich rückte zurecht und merkte, daß ich in einem günstigen Winkel eindrang. Ich bekam Gänsehaut im Nacken, je mehr ich sie zum Laufen brachte.

Als wir den Marktplatz mit dem Reiterstandbild Karls XII. passierten, kam es mir zum erstenmal. Aber wir machten fröhlich weiter, im Rhythmus der unregelmäßigen Bewegungen des Fahrzeuges.

Zum erstenmal seit langer Zeit war ich unlustig, wenn ich an die Übungen des nächsten Tages dachte: Minen- und Sprengdienst. Einer Bande unwilliger Rekruten sollte ich beibringen, wie man Brücken, Eisenbahnen, Wege, Häuser und Feinde in die Luft jagt. Bisher hatte ich mich ehrgeizig meiner Karriere gewidmet, aber die Erzählung Oberleutnant Lottas machte mich nachdenklich. Hier saß ich in einer engen Uniform, die noch nicht einmal einen funktionierenden Hosenschlitz hatte, auf dem Weg zum Regiment, wo neunhundert Männer ohne Frauen lagen, sich in schäbigen Furzkisten wälzten und Potenzen aufluden, die ich morgen mit dummen Übungen aus ihnen herauszuquälen helfen mußte!

Was für eine wahnsinnige Idiotie!

Wo es so viele junge Mädchen in der Welt gibt, so viele Frauen, die allein auf dem Rücken liegen, wenn die Nacht anbricht. Ich beugte mich vor und flüsterte in das Ohr des kleinen Geschöpfes, das so erfolgreich arbeitete:

»Du bist fantastisch! Du hast mir die Augen geöffnet. Ich fange jetzt an, eine ganze Menge zu verstehen. Eines Tages werde ich dich holen und dann werden wir vor der ganzen Welt demonstrationsbürsten!«

Sie lachte leise.

»Wie meinst du das? So wie hier?«

»Eigentlich ist es verrückt.«

»Was denn«, sagte sie, »was ist denn verrückt?«

»Der ganze Scheißdreck«, sagte ich und war jetzt richtig

in Fahrt. »Aber ich werde das ändern, verflucht noch mal.«

»Wieso?«

»Ich werde neunhundert Mann aufstellen«, sagte ich. »Aber nicht mit der Waffe! Neunhundert Mann mit ihren Schwänzen statt Gewehren in der Hand.

Oh, welche Schwänze! Schwester im Herrn, welche Auswahl. Neunhundert Mann, und du wirst gewöhnliche und ungewöhnliche finden, rote und blaue Schwänze, Bauernschwänze und studierte Schwänze, rauhe Schwänze, braune Schwänze, Fischerschwänze von Orust, schüchterne Schwänze und freimütige Schwänze, große und kleine Schwänze, bereits schäumende Schwänze und trockene Bürokratenschwänze, Kutscherschwänze mit Lederbeuteln, Wurstverkäuferschwänze, mit Senf bestrichen, und Redakteursschwänze mit Druckerschwärze an der Eichel, Steinmetzschwänze und Schweißerschwänze, Hornbläserschwänze und Trompeterschwänze, harte Boxerschwänze und den einen oder anderen Bibliothekarsschwanz, Kommunistenschwänze, Pfaffenschwänze und Postbotenschwänze und Lehrerschwänze, Schwänze wie Maiskolben und Rhabarberschwänze, Rosenschwänze und Schwänze, steinhart wie Großmutters Kürbisse im Garten, weinbespritzte Schwänze, dreisternige Schwänze, giftige und eßbare Schwänze, Wasserschwänze und Kaffeeschwänze, Meeresschwänze und Binnenseeschwänze, Selbstbedienungslädenschwänze und Kellnerschwänze, ausgeruhte und erschöpfte Schwänze, Fußballschwänze und Gymnastikschwänze. Oh, Schwester, mit was für einer Auswahl werden wir hinaus in die Welt ziehen.

Wieviel Mädchen seid ihr bei euch?«

»Sechsundfünfzig«, sagte sie. »Das wird anstrengend. Aber ich kann mehr besorgen.«

»Gut«, sagte ich. »Eines schönen Tages hole ich euch ab und wir ziehen in die Welt hinaus.

Wir können in Scheunen und auf den Wiesen anfangen, wenn das auch ein bißchen banal ist. Es gibt so viele neue Milieus, alte übrigens auch. Ich will dich auf der Spitze des Eiffelturms bimsen oder vor dem Hochaltar in Canterbury. Auf dem nackten Asphalt der Golden-Gate-Brücke will ich dich bei Sonnenuntergang bürsten. Wir können auf der Lok des Expreßzuges Le Mistral, der zeitweise zwischen Paris und Marseille auf 210 kommt, sitzen. Im Cockpit einer DC-8 kann ich dich langsam und raffiniert nehmen, gerade über dem magnetischen Pol. In der Berg-und-Tal-Bahn auf Coney Island müssen wir sitzen, so wie wir es hier machen, und während der Guide über Ramses II. vor der Cheopspyramide in Ägypten spricht, schaffen wir es schnell, ehe die Nacht anbricht und die Laut- und Lichtspiele beginnen.

Laß uns einander intim auf dem Trapez unter der Kuppel des Zirkus besitzen. Okay, okay, wir können das Schutznetz anwenden, wenn du darauf bestehst.

Ich werde die neunhundert Mann des Regiments aufstellen.

Nicht doch, nicht eine einzige, verfluchte Waffe, nicht mal ein Bajonett, bloß hochgereckte Schwänze! Und dann stürmen wir deine Anstalt. So, ja so, wie ich es jetzt mache.

Ist das nicht schön?

Und dann holen wir neunhundert Frauen und marschieren durch die Welt. Wir zerbürsten alle verfluchten Institutionen, alle Gefängnisse und Konzentrationslager. Alle Kirchen und alle Kasernen werden wir zerbimsen, alle scheinheiligen Gebäude, die ihre Angst hinter imponierenden Fassaden verbergen, werden wir überrollen.« All das flüsterte ich in das Ohr des kleinen, dunklen, weichen Geschöpfes, das auf mir ritt in dem großen Bus, dessen Reifen jetzt auf dem Asphalt der Drottninggata sangen.

»Verstehst du, was ich meine?«

»Nicht richtig«, sagte sie, »aber es klingt todfeierlich.«

Gerade in dem Moment fuhren wir an einem kleinen Geschäft vorbei, das Damenwäsche ausgestellt hatte.

›Boutique Intime‹ stand mit ausholenden Neonbuchstaben über dem Schaufenster. Auf kleinen Fahnen darunter: ›Ausverkauf‹. Da kam es mir während der Busfahrt zum vierten Mal.

»Komm zu mir raus einen Tag, dann machen wir, was du möchtest«, sagte sie, als wir uns am Kasernentor trennten. Sie gab mir einen flüchtigen Kuß auf die Wange und steckte mir etwas in die Hand.

Es fühlte sich wie kleine Münzen an.

Die Kasernenwache nahm sich Sergeant Bergströms an und transportierte ihn ins Revier.

Hauptmann Persson und ich gingen in Richtung der Offizierswohnungen.

»Das war ein merkwürdiger Tag für eine Meldung«, meinte er mit einem Seufzer, als wir uns trennten.

»War interessant, Oberleutnant Lotta zu treffen«, sagte ich. »Sein Schicksal läßt mich über vieles nachdenken, dem ich früher nicht einen Gedanken gewidmet hätte.«

»Sicher, sicher«, sagte Hauptmann Persson leicht zerstreut. »Gute Nacht, Oberleutnant!«

»Gute Nacht, Hauptmann!«

Er verschwand im Dunkeln.

Ich ging langsam zu meinem Aufgang.

Wirklich, ein merkwürdiger Tag!

Ich hatte das Gefühl, als wenn ich so schnell wie nur möglich aus der Uniform kommen müßte, als wenn ich an einem Wendepunkt stand und ab morgen einen ganz neuen Lebensweg auf der Karte eintragen würde. Der Dienst erschien mir plötzlich sinnlos und eines normalen Menschen unwürdig.

Ich schaltete das Treppenlicht ein und öffnete die Hand, um zu sehen, was das Mädchen mir geschenkt hatte.

In meiner Hand lagen fünf Hosenknöpfe aus dunklem Metall.
Draußen hatte es aufgehört zu regnen.

RUNE OLAUSSON

Der Traum

Tante hatte ganz bestimmte Ansichten über Paris.

Sie fand, daß man durchaus eine Meinung über Paris haben konnte, ohne deshalb an europäischer Politik interessiert zu sein. Sie war der Ansicht, die internationale Politik wäre oft so traurig, daß man entweder fast über ihr einschlief oder aber fast wütend wurde, wenn jemand mit geschulter Kombinationsfähigkeit so einfach mir nichts, dir nichts von kommunalen Straßensteuerproblemen zu Prinzipien der Außenpolitik überging. Als hätte man nicht ohnehin schon Politik genug.

Und Paris als ein Zentrum der europäischen Bestrebungen um Vereinigung aller divergierenden Haltungen zur Welt überhaupt aufzufassen, das, fand Tante, hieße nach vielen Seiten Unrecht tun.

Aber trotz allem: Paris ist eben doch Paris; und die einzige Stadt, von der man das sagen kann.

Tante hatte vielleicht Angst vor Paris. Doch danach hatte sie nie jemand gefragt. Die meisten pfeifen auf Paris, obwohl sie hin und wieder gern mal über Politik sprechen. Aber das tun sie vor allem zu ihrem eigenen Vergnügen.

Viele sind mehrmals in Paris gewesen.

»Paris ist ein Symbol für ...«, sagten viele versuchsweise, wenn sie Tante überreden wollten, von Paris zu sprechen.

Aber Tante unterbrach sie immer.

»Symbol? Quatsch!« sagte sie. »In einem Symbol sieht man nur das, was man selbst sehen will. Weiter nichts.«

Das sagte Tante ernst, aber ohne ärgerlich zu werden.

Tante war nur zwanzig Jahre alt, als sie ihr erstes großes Geschäft machte. Das war unmittelbar nach dem Krieg; dann rollte es von selbst. Aber einen Mann bekam sie nie. Sie verlobte sich nicht einmal. Obwohl sie reich war. Und ganz hübsch. Ihr Busen sah schwer aus, wenn auch nicht unnormal üppig, ihre Beine waren kräftig und die Füße groß; aber in Schuhen mit hohen Absätzen hatte sie trotzdem einen anmutigen und leichten Gang. Ihre Zähne wirkten gepflegt, und das Haar sah immer weich und sauber aus.

Tante reiste viel, aber nie nach Paris. Sie behauptete niemals, daß ihr Paris nicht gefiele, aber sie sah manchmal so merkwürdig verärgert aus, wenn jemand das Wort Paris in ihrer Gegenwart erwähnte.

»Sie hat vielleicht jemand in Paris gekannt, der ihr nahestand und der während des Krieges dort umgekommen ist!« sagte man etwa.

Aber niemand wußte Genaues.

Doch als Tante vierzig wurde, reiste sie zur Überraschung aller nach Paris.

Ihre Reise gab natürlich Anlaß zu etlichen Kommentaren in ihrem Bekanntenkreis.

»Dahinter steckt irgendein Mann!« sagte eine Frau.

»Ich glaube, sie ist noch immer Jungfrau!« sagte eine andere.

»Vielleicht versteckt sich dahinter etwas Großes und Geheimes«, sagte ein Einkaufsleiter.

»Da sieht man, was für eine Wirkung das politische Tauwetter auf den einzelnen Menschen hat!« sagte ein Kommunalpolitiker, der zwei Weltkriege erlebt hatte, ohne seine Arbeit zu verlieren.

Tante gab für ihre Reise keine Erklärung.

Sie flog einfach.

Die Luft war warm, als Tante während der letzten Frühlingstage, an denen der Wind nachts lau ist und der Sommer feucht und heiß draußen an den Küsten lauert, in Paris landete.

Tante sprach bereits beim Zoll Französisch.

Und der Hotelportier machte ihr Komplimente wegen ihrer guten Aussprache.

»Ich habe nichts Eiliges vor, und außerdem besitze ich einen Spiegel«, sagte Tante zu sich selbst und unterließ es, in einen Nachtklub zu gehen.

Als sie das erstemal an solchen Lokalen vorbeikam, die große Fotos nackter Frauen an den Eingangstüren zeigten, ärgerte sie sich darüber. Aber nach einigen Tagen war der Zorn verflogen, und statt dessen schielte sie mit einer gewissen Beschämung nach den entkleideten Fotomodellen.

»Das muß die Luft sein«, sagte sie sich.

Und so ging sie einen ganzen Nachmittag umher und atmete alles ein. Hin und wieder wunderte sie sich, wie sie es wohl machten, wenn sie sich rasierten: Diese Frauen hatten kein einziges Haar an ihrem Geschlecht. Elektrisch? Oder mit dem Rasiermesser? Und wer war auf die Idee gekommen? Ein Mann? Oder eine Frau?

Sie konnte sich keine Antwort ausdenken, deshalb holte sie ein paarmal tief Luft und beschloß, keine Ansichtskarten an die Freunde zu schreiben; denn wer weiß, zu welchen Äußerungen die Luft sie noch verleiten könnte — Äußerungen, die sie später bereuen würde?

Eines Tages genehmigte sie sich vor dem Essen einen Drink. Und bestellte Erdbeeren mit Sherry als Nachtisch, obwohl das so teuer war, daß sie es sich zu Hause nicht einmal bei einem Repräsentationsessen erlaubt haben würde.

An dem Abend fühlte sie sich glücklich. Sie lächelte allen zu, die ihr auf dem Weg zum Hotel begegneten. Ein Mann hielt sich dicht neben ihr, sie verlangsamte ihre Schritte und überlegte plötzlich, ob ihr BH richtig und das Haar nett saß, dann bereute sie es auf einmal und lief schneller. Sie rannte, und bei jedem Schritt fühlte sie sich erregter; ihr war, als schwöllen ihre Brüste an, als glitten die Schenkel bei jedem Meter weiter auseinander, und sie fühlte, wie sie zwischen den Beinen feucht wurde.

Als sie beim Portier auf den Schlüssel wartete, kam es ihr vor, als ob er auf ihre Brüste, auf Bauch und Schenkel schaute, und sie fing plötzlich an zu kichern. Der Portier sah sie fragend an, sagte aber nichts. Und sie lief hinauf in ihr Zimmer.

Sie ging hinein, und als sie hinter sich abgeschlossen hatte, trat sie leise auf den Balkon, um nachzusehen, ob der Mann ihr gefolgt wäre. Aber unter ihrem Fenster stand niemand. Und sie fühlte sich beschämt.

Aber dann mußte sie lachen und bestellte beim Portier eine kleine Flasche Champagner, die sie in einem großen Kühler erhielt. Der Etagenkellner ließ den Pfropfen springen und schenkte ein; sie dankte und schloß die Tür hinter ihm ab. Dann zog sie sich aus, setzte sich nackt auf einen Stuhl und trank Champagner.

Der Stuhl war mit Samt bezogen, und als sie sich langsam und gedankenlos zu bewegen begann, fing es an, auf ihrer Haut zu brennen; dann drückte sie sich fest auf den Sitz nieder und wiegte sich mit kurzen Bewegungen hin und her.

»Wenn ich nun rot werde!« sagte sie halblaut und lachte. Sie stellte das Glas hin, daß es gegen den Tisch klirrte, erhob sich und trat vor den Spiegel. Sie stellte sich mit dem Rücken zum Spiegel und versuchte, über die Schulter hinweg zu sehen, ob ihre Haut rot geworden wäre. Aber sie konnte den Kopf nicht so weit drehen, deshalb spreizte sie die Beine und bückte sich. Sie sah zwischen ihren Schenkeln hindurch direkt in den Spiegel; und da waren keine roten Flecke zu sehen.

›Die sitzen vielleicht weiter innen‹, dachte sie.

Und dann zog sie die Popobacken mit den Händen auseinander und tastete sich mit den Fingern vor.

›Ich werde mir dort die Haare schneiden, nicht rasieren, sondern schneiden!‹ dachte sie und zog vorsichtig an den Haaren. Dann schob sie behutsam einen Finger hinein und aufwärts.

Sie fühlte sich schwer im Kopf, und ihre Wangen waren warm, aber sie blieb stehen, fühlte den Finger und sah sich selbst im Spiegel an. Und plötzlich gewahrte sie, wie zwischen den Härchen kleine Tropfen glitzerten, und sie richtete sich jählings auf!

Sie zog ihr Nachthemd an und trocknete die Hände am Taschentuch ab, das immer unter dem Kopfkissen lag.

Dann trank sie den Rest des Champagners und warf die Flasche in den Papierkorb.

Daraufhin stellte sie sich erneut vor den Spiegel und bürstete ihr Haar. Lange blieb sie so mit der Bürste in der Hand stehen und betrachtete sich selbst.

»Nein«, sagte sie plötzlich und ging zum Bett. »Warum habe ich keinen Schlafanzug mitgenommen?«

Dann schlug sie die Decke zurück, aber als sie gerade ins Bett kriechen wollte, riß sie sich heftig das Nachthemd vom Leibe. Und so lag sie nackt im Bett. Ohne sich noch einmal gespiegelt zu haben.

Die Balkontüren standen offen. Der Wind war lau, sie hatte die Hände unter dem Kopf gefaltet und sah an die Decke, bis sie einschlief. Und dann träumte sie.

Es war ihr erster Traum seit vielen Jahren.

Sie träumte, daß sie nackt in Paris in einem Hotelbett läge, daß sie Champagner getrunken und vor einem Spiegel gestanden und sich beinahe selbst befriedigt hätte. Und sie hatte die Türen zum Balkon nicht zugemacht. Als sie gerade im Einschlafen war, die Hände unter dem Kopf, sah sie einen Mann vom Balkon an ihr Bett kommen!

Bevor sie noch schreien konnte, hatte er sich auf den Bettrand gesetzt und seine eine Hand über ihren Mund gelegt.

»Nicht schreien!« sagte er zu ihr auf Französisch. »Sie brauchen keine Angst zu haben!«

Und dann hob er sie hoch und trug sie leicht und vorsichtig auf den Balkon hinaus. Und dort am Geländer des Balkons stand ein Pferd!

Sie hatte keine Angst, aber sie hätte lieber doch wenigstens ein Nachthemd angehabt.

Sie betrachtete den Mann aus den Augenwinkeln und bemerkte, daß er recht gut aussah; freundlich, aber doch männlich.

Er hob sie auf das Pferd, so daß sie rittlings saß, und sie drückte ihre Beine fest in die Seiten des Tiers. Und dann setzte er sich hinter sie.

Mit der einen Hand umfaßte er ihre Brust; sie versuchte auszuweichen, doch er lachte verhalten und ließ seine Hand, wo sie war. Mit der andern Hand nahm er die Zügel auf und schnalzte mit der Zunge, worauf das Pferd einen Schritt vorwärts machte und die Vorderhufe auf das Geländer setzte; dann stieß es sich vorsichtig ab und flog davon. Sie wunderte sich nicht darüber, daß das Pferd Flügel hatte; diese saßen hinten an den Schenkelmuskeln und waren ganz klein.

Sie sah hinunter und erschauerte. Sie flogen hoch über den Häusern, so hoch, daß man sie unten, von den Straßen, bestimmt nicht sehen könnte. Sie wollte schreien, konnte aber nicht. Der Mann hinter ihr liebkoste sacht ihre eine Brust und schmiegte sich gleichzeitig dicht an sie. Einen Augenblick ließ er mit der Hand los, faßte aber gleich darauf wieder um die äußerste Spitze ihrer Brust und kitzelte mit den Nägeln die Brustwarze.

› Das geht wirklich über allen Verstand! Er will mich auf einem fliegenden Pferd verführen!‹

Und sie versuchte, sich umzudrehen, um dem Mann ins

Gesicht zu schlagen. Doch er ergriff ihre Hand, führte sie an seine Lippen und küßte sie.

Darauf widmete er sich wieder behutsam der Brustwarze.

»Unverschämter Kerl!« sagte sie laut in ihrer eigenen Sprache.

»Wie bitte?« fragte der Mann auf Französisch.

»Nichts«, antwortete sie nach einer Weile.

»Wunderbar«, sagte der Mann.

»Ich verstehe nicht«, sagte sie.

Der Mann erwiderte nichts, er lachte still und küßte sie flüchtig auf die Schulter.

› Wenn ich bloß nicht ohnmächtig werde!‹ dachte sie.

Und sie schloß die Augen und lehnte sich rückwärts an ihn.

Da führte er seine Hand von ihrer Brust abwärts zu ihrem Bauch hin, und er strich mit dem Zeigefinger in immer größeren Kreisen um den Nabel, bis er ihre Hüften erreichte; dort kitzelte es plötzlich so, daß sie ohne zu überlegen die Beine ausstreckte und das Gleichgewicht verlor! Sie fiel vornüber und dann mit einem Ruck wieder nach hinten — und da fühlte sie seine Hand, die ihren Bauch in festem Griff hatte und von da zu ihrer Spalte hinunterglitt, um dort zu verharren. »Nein«, sagte sie.

»Paß auf, daß du nicht runterfällst«, meinte er.

Dann nahm er seine Hand langsam weg, und sie drückte ihre Beine wieder in die Seiten des Pferdes.

Der Mann liebkoste abwechselnd ihren einen Schenkel und den andern; er wechselte dauernd die Hand wegen der Zügel, und das Pferd ruckte ab und zu. Dann plötzlich zog er die Zügel nach oben, steckte sie unter die linke Achselhöhle und drückte den Arm fest an den Körper. Jetzt hatte er beide Hände frei. Er umfaßte ihren Schenkel von der Seite her und versuchte langsam, seine Hände unter sie zu schieben, aber sie klemmte sich entschieden in den Sattel. Da ließ er seine Hände aufwärts zu ihren Hüften gleiten, und die eine schob sich weiter hinauf zu ihrer Brust, während er mit der anderen ihren Rücken abwärts zu den Popobacken streichelte; mit dem Zeigefinger folgte er der Ritze und versuchte, zwischen sie und den Sattel zu kommen.

Die Hand auf ihrer Brust verhielt sich nicht passiv; er kreiste abwechselnd mit dem Daumen und dem Zeigefinger um ihre Knospen — er tat es schnell und rhythmisch, und sie spürte, wie sie zu wachsen begannen. Dann umfaßte er sie mit den Nägeln und zog sie behutsam nach außen!

Der Zeigefinger zwischen ihren Backen schob sich immer weiter nach unten, und um das zu vermeiden, versuchte sie, sich heftig gegen ihn zu stemmen. Sie klemmte seine Finger fest, und er saß einen Augenblick ganz still. Dann zog er seine Hand zurück und rutschte selbst ein wenig nach hinten. Die andere Hand berührte noch immer ihre Brust; abwechselnd ließ er die Nägel über ihre Brustwarzen und nach unten zum Bauch hin gleiten, wobei er ab und zu die ganze Brust in die Hand nahm und aufwärts schob.

Er hielt noch immer die Zügel unter der Achselhöhle.

Sie merkte, daß er sich hinter ihr anders als bisher bewegte. Und plötzlich begriff sie: Seine Hand, die versucht hatte, sich unter sie zu schieben, berührte nämlich ab und zu ihren Rücken. Dann verhielt er sich einen Augenblick still, worauf er sich vorsichtig, aber entschieden an sie preßte. Und von den Backen am Rückgrat hinauf spürte sie sein nacktes Glied! Es war warm und ganz hart.

Sie wollte weiter nach vorn rücken, weg von ihm und seinem Instrument, doch er umfaßte mit der einen Hand ihre Taille und hielt sie fest.

Sie versuchte, sich zur Seite zu drehen, aber da sah sie in die Tiefe und gewahrte die Erde wie einen Schatten weit unter sich. Einige Sekunden lang war ihr schwindlig, und sie hatte Angst, hinunterzufallen; deshalb holte sie tief Luft und setzte sich wieder gerade hin.

Nach einer Weile merkte sie, wie er seine Muskelkraft im Glied konzentrierte und es ein wenig fallen ließ — um dann wieder gegen ihren Rücken zu klopfen. Und dann beschleunigte er das Tempo allmählich, so daß es war, als ob er mit seinem Glied auf ihrem Rücken den Takt zu einer Melodie schlug, die er still vor sich hin sang. Sie mußte lächeln, aber dann fiel ihr ein, daß er, wenn er merkte, wie sie sich entspannte, sicher versuchen würde, sie zu etwas zu verleiten, zu dem sie wirklich keine Lust hatte. Deshalb schloß sie die Augen und versuchte, sich soweit wie möglich nach vorn zu neigen; sie ließ die Arme über den Hals des Pferdes gleiten und bog den Rücken, um aus der Reichweite seines Ständers zu kommen. Aber dadurch mußte sie gleichzeitig mit den Beinen festeren Halt suchen, und sie merkte: je weiter sie sich nach vorn lehnte, desto weiter rutschten ihre Schenkel nach hinten, und dabei hob sich ihr Hintern von selbst einige Zentimeter. Aber ehe sie sich wieder nach hinten lehnen konnte, ließ er den Griff um ihre Taille los und führte seine Hand genau unter ihre Spalte. Er hielt sie still nach oben gewölbt und wartete darauf, daß die Frau sich bewegen würde.

Sie saß einige Minuten still, dann begann es in ihren Muskeln zu spannen und ihrer Haut zu straffen, und sie konnte nichts anderes tun, als sich langsam nach unten sinken lassen.

Er hielt die Finger leicht gespreizt, als sie sich auf seine Hand setzte.

›Ich muß es eben zulassen!‹ dachte sie. ›Es ist besser, als wenn er plötzlich auf die Idee käme, mich vom Pferd zu werfen.‹

Aber er bewegte seine Hand nicht.

Statt dessen begann er zu pfeifen. Und bald erkannte sie die Melodie wieder; es war ein unanständiges Lied, das die Herren in ihrer Heimatstadt bei Festen zu später Stunde sangen.

›Er darf es doch‹, dachte sie. ›Warum tut er es dann nicht?‹ Aber er pfiff nur drauflos.

Und berührte ihre Brust.

Die Hand, die von hinten ihre Schamlippen festhielt, war völlig unbeweglich.

Sie merkte, daß er noch immer einen großen und warmen Ständer hatte, nur schmiegte er sich jetzt still an ihren Rücken.

Da begann sie sich vorsichtig zu bewegen, ein paar Zentimeter nach der einen Seite und genausoviel nach der andern. Sie versuchte, sich genau auf seinen Mittelfinger zu setzen, so daß er genau in ihrer Spalte lag. Sie rückte ihren Unterleib einige Male hin und her und merkte, daß der Finger dort lag; dann stemmte sie sich kräftig nach unten, wodurch er ein wenig hineinglitt!

Jetzt hörte er auf zu pfeifen.

An seinem Finger fühlte sie, daß sie feucht wurde; der Finger wurde immer weicher und glitt bei jeder ihrer Bewegungen weiter hinein.

›Warum sagt er nichts?‹ dachte sie.

In diesem Moment ließ er die Zügel fahren, ließ sie lose vor ihr liegen und nahm die Hand von ihrer Brust.

Sie schrie auf, als das Pferd plötzlich scharf abbog, aber der Mann rief etwas ihr Unverständliches, und das Pferd machte kehrt und flog ruhig geradeaus weiter.

Dann nahm er ihre Hand und zog sie vorsichtig nach hinten; sie wagte es nicht, sich zu sträuben — *eine* heftige Bewegung würde genügen, und sie stürzte hinab!

Und sie kicherte bei dem Gedanken, was die Leute wohl denken würden, wenn sie sähen, wie da ein nacktes Weib vom Himmel fiel.

Deshalb ließ sie ihm ihre Hand. Er zog sie an sich, und sie merkte, daß er sie an sein großes Glied brachte. Sie versuchte zwar, ihre Hand starr geöffnet zu halten, aber er bog ihre Finger sanft, und schließlich hielt sie ihren Zeigefinger und ihren Daumen dicht unterhalb der Eichel und drückte vorsichtig. Er bewegte sich langsam vor und darauf genauso langsam zurück, jedesmal nur wenige Zentimeter. Sie verstand, was er wollte, hielt aber ihre Hand ganz still.

Da faßte er abermals ihre Finger und löste deren Griff, dann hielt er seine Hand über ihre und preßte sie erneut gegen sein Glied. Sie faßte an derselben Stelle zu wie vorher, und jetzt bewegte er seine Hand langsam nach oben und dann wieder hinunter, so daß sie merkte, wie die Haut unter der Eichel weich an ihren Fingern entlangglitt. Er umschloß ihre Hand, und sie konnte ihren Griff nicht lösen! Er machte dieselbe Bewegung einige Male und hielt dann inne.

Sie saß still. Er saß still.

Und dann merkte sie, wie er seinen Kopf über ihr Genick beugte und wie seine Lippen flüchtig über ihren Hals und an den Schultern entlangglitten; sein Mund war warm, und ab und zu streifte er ihre Haut mit der Zunge. Er schob sich schräg nach vorn, ohne den Unterkörper zu bewegen, und küßte sie seitlich auf den Hals. Seine Lippen waren feucht, der Mund offen, und er tastete sich zu ihrem Ohr hinauf. Dann biß er sie in das Ohrläppchen, und es hörte sich plötzlich an, als schwömme sie unter Wasser; es rauschte und wurde naß, sie spürte seine Zunge in ihrem Ohr, und er atmete so heftig, daß es in ihrem ganzen Kopf kitzelte.

Da bewegte sie ihre Hand; sie schob sie weit nach unten bis zur Wurzel seines Stammes und dann zur Spitze hinauf und wieder hinunter. Jedesmal, wenn sie ihre Hand nach oben führte, bog sie den kleinen Finger einwärts und ließ seinen Nagel vorsichtig die ganze Unterseite entlanglaufen.

Gleichzeitig bewegte er seinen Mittelfinger unter ihr; er führte ihn in Kreisen, die sie allmählich öffneten. Die anderen Finger schloß er um ihre Spalte. Zuerst kitzelte sie das nur so, wie es manchmal unter den Füßen juckt, doch dann verflüchtigte sich dieses Gefühl plötzlich, und statt dessen war es, als erröte sie die Schenkel hinauf bis zu den

Schamlippen. Ihr wurde heiß, und es war, als würde sich alles in ihr bewegen.

Sie merkte, daß er etwas flüsterte, aber sie verspürte keine Lust hinzuhören.

Ihre Hüften wiegten sich mit seinen Fingern im Takt.

Jetzt entfernte er vorsichtig die Hand, welche ihre führte, und sie zögerte einen Augenblick, hielt aber dann sein Glied weiter umschlossen.

Er faßte um ihren Bauch herum und weiter nach unten, zupfte behutsam an den Härchen und liebkoste sie.

Er sagte wieder etwas. Aber sie verstand es nicht.

Sie wußte nicht, ob sie nicken oder den Kopf schütteln sollte, deshalb tat sie keines von beiden. Dafür drückte sie sein Glied etwas fester.

Da beugte er sich weit vor und biß sie in die Achselhöhle. Sie hob ihren Arm, und er steckte den Kopf darunter. Dann schmiegte er seine Wange an ihre Brust. Jetzt hob er den Nacken ein wenig, so daß er die Brust mit dem Mund erreichte.

Er saugte ihre Brustwarze weit in seinen Mund hinein, und er bewegte seine Zunge nach hinten, so daß ihre Brust an seinen Gaumen gepreßt wurde.

Mit den Zähnen berührte er die Unterseite ihrer Brust.

Sie schob ihre Hand heftig auf und ab — und manchmal hielt sie inne und griff mit allen Fingern um seine Eichel. Sie ließ die Nägel in kleinen, schnellen Kreisen um seinen Schaft spielen.

›Mein Gott, was passiert, wenn ein Flugzeug kommt?‹ dachte sie.

Sie lachte laut.

Er tat so, als höre er nichts.

Es war ein wenig unbequem, so dazusitzen und rückwärts zu liebkosen, es schmerzte etwas in ihrem Ellbogen, wenn sie seinen Schwanz umfaßte. Aber sie wagte nicht loszulassen.

Und er verstand sich auf Zärtlichkeit.

›Ihm tun die Arme sicher auch weh‹, dachte sie.

Jetzt nahm er seinen Kopf zurück und küßte sie im Nacken.

Und dann sagte er wieder etwas. Aber da hatte sie die Augen geschlossen und bewegte sich schnell, um mit seinen beiden Händen Schritt zu halten.

›Werden wir jemals landen?‹ dachte sie. ›Oder muß ich bis in alle Ewigkeit hier sitzen und an ihm herumarbeiten? Seine Hände dringen von oben und von unten in mich ein — wie lange soll das noch so weitergehen?‹

Da zog er plötzlich beide Hände von ihr zurück!

Sie stieß einen Schrei aus, aber er klopfte ihr auf die Schultern und drückte ihren Körper nach vorn.

Sie glitt an den Hals des Pferdes und merkte, wie er mit beiden Händen um ihren Bauch faßte und sie hochhob.

›Nein!‹ dachte sie. ›Ich werde verrückt! Ich kann es nicht tun, er darf es nicht!‹

Sie hörte, wie er pfiff. Dieselbe Melodie wie vorher.

Und dann spürte sie etwas Rundes und Warmes zwischen ihren Backen. Ihr ganzer Körper zuckte zusammen, als seien ihre sämtlichen Muskeln in einem Augenblick nervös geworden.

›Er tut es!‹ dachte sie.

Er hielt ihren Bauch jetzt nur noch mit einer Hand fest. Die andere lag wieder um seinen Schaft, den er an ihren Schamlippen entlangwetzte.

›Das kann nicht wahr sein!‹ dachte sie und beruhigte sich vollkommen. Und als sie sich entspannte, merkte sie, wie feucht sie war und daß er seine Spitze genau dort hatte.

›Wenn er ihn reinschiebt, falle ich vom Pferd!‹ dachte sie.

Er bewegte sich langsam und vorsichtig hinter ihr, er zog sie ruhig zu sich herunter, und sie merkte, wie mühelos sein Glied in ihr verschwand.

Als sie dachte, er sei fast ganz drin, hob er die Hand wieder an ihren Bauch und zwang sie, sich aufzurichten, so daß sie beinahe wieder von seinem Knüppel herunterrutschte.

Und jetzt drückte sie sich von selbst fest auf ihn.

»Ja, aber vorsichtig, es ist mehr als zwanzig Jahre her!« rief sie.

Und dann stieg sie abermals in die Höhe.

Jetzt glitt sie geschmeidig auf und ab; so weit hinauf, daß sie nur noch den äußersten Rand seines Gliedes fühlte, und dann so weit hinunter, wie sie überhaupt bloß konnte.

»Zwanzig Jahre!« flüsterte sie vor sich hin.

Und dann kam es ihr. Sie sank auf ihn herab und hatte nicht mehr die Kraft, sich zu rühren. Er warf seine Hüften ein paarmal hin und her, und dann fühlte sie, wie es aus ihm in sie hineinspritzte. Sie hatte Lust, sich umzudrehen und ihn zu küssen, aber als sie es versuchte, stöhnte er, faßte sie bei den Schultern und hielt sie fest.

Er wand sich rückwärts aus ihr heraus, und sie hob den einen Schenkel — dann war er nicht mehr in ihr.

Und jetzt wurde ihr angst!

›Das kann nicht wahr sein!‹ dachte sie. ›Ich hatte mir doch selbst gelobt, es nie wieder zu tun!‹

Er tastete mit seinen Händen über ihre Brüste, und es kitzelte noch immer in ihren Knospen, wenn seine Finger sie berührten.

›Habe ich es gern?‹ dachte sie.

Jetzt schnalzte der Mann dem Pferd zu, es verlangsamte seine Flügelschläge und begann in Kreisen zu fliegen.

›Wo werde ich jetzt wohl landen?‹ dachte sie. ›Das war vielleicht nur der Anfang, was wird er mit mir machen?‹

Sie schaute hinab; überall Wasser, aber als das Pferd einen engeren Kreis zog, erblickte sie eine Insel.

Es sauste ein wenig in ihren Ohren, als das Pferd sich sinken ließ.

Jetzt sah sie die Insel deutlicher. Sie schien verlassen zu sein.

›Es wohnt niemand auf der Insel‹, dachte sie. ›Und hier komme ich nackt auf einem Pferd daher zusammen mit einem Mann, der mich während des Reitens geritten hat und mir jetzt die Brüste streichelt.‹

Das Pferd bewegte leicht die Beine und flog niedrig über die Insel.

›Ich werde mit diesem Mann auf dieser verlassenen Insel sein‹, dachte sie. ›Und ich bin nackt, und er wird sich bestimmt nicht mit dem begnügen, was er bis jetzt erreicht hat.‹

Der Mann schob sich an ihren Rücken heran, und sie merkte, daß sein Glied feucht und halb steif war.

»Alles in Ordnung?« sagte der Mann hinter ihr plötzlich.

Sie nickte.

Das Pferd glitt über den Strand, setzte mit den Hufen auf und trabte noch einige Meter, bevor es stehenblieb. Der Mann sprang ab und reichte ihr die Hände. Sie glitt ihm entgegen.

Sie versuchte, ihren Körper mit den Händen zu verdecken, aber sie war gezwungen, den einen Arm um seinen Hals zu legen, um nicht hinzufallen.

Sie dachte an ihre Nacktheit.

Und an das, was sie in der Luft gemacht hatten.

Es beschämte sie etwas und machte sie ein wenig zornig.

Doch der Mann lächelte nur.

Er stellte sie vorsichtig auf die Erde. Sie merkte, daß der Sand weich und etwas feucht war.

›Wie schön, daß mich nicht friert‹, dachte sie und vergaß, sich hinter ihren Händen zu verstecken.

Der Mann betrachtete sie schweigend.

›Er soll sich nur ja nichts einbilden‹, dachte Sie. ›Ein Abenteuer ist ein Abenteuer, und damit basta. Eine Frau muß sich schließlich auch gelegentlich mal amüsieren dürfen, ohne daß es gleich alles mögliche nach sich zieht!‹

Sie sah den Mann an.

Er schwieg.

›Ich muß etwas sagen‹, dachte sie.

Sie zögerte.

›Was wird er hier mit mir anstellen? Was sollte man sich jetzt schon wünschen?‹

Sie kicherte.

Verstummte aber jäh.

›Der Hintern!‹ dachte sie. ›Oh, womöglich will er es dort probieren? So richtig von hinten!‹

Und sie machte den Mund ein paarmal auf, um etwas zu sagen, bereute es aber.

Zum erstenmal in ihrem Leben vermochte sie sich nicht zu entscheiden!

›Der Mund? Der Mund!‹ dachte sie und entsann sich auf etwas, das sie einmal gelesen hatte.

Sie sah den Mann an. Er sah sie lange an, dann gab er dem Pferd einen Klaps auf das Hinterteil, und es trottete davon.

›Jetzt hat er wenigstens das Pferd aus dem Weg geschafft!‹ dachte sie.

Und lachte.

Da lächelte ihr der Mann zu. Aber da wurde sie wieder ernst.

›Ich muß irgend etwas sagen! Ich muß zeigen, daß ich keine Angst habe! Aber was soll ich sagen?‹ dachte sie. ›Es darf nichts sein, was er mißverstehen könnte. Mein Gott, wie viele Stellen gibt es eigentlich, wo man es machen kann? Von vorn und von hinten und in den Mund. In die Ohren? Nein, da geht es jedenfalls nicht. Aber vielleicht zwischen die Brüste?‹

Sie sah den Mann an. Er lächelte und faßte sich plötzlich an die Schenkel. Dann führte er die Hände zum Glied.

›Jetzt‹, dachte sie. ›Was will er wohl? In die Achselhöhle? Zwischen meine Füße? In die Kniekehle? Nein, es ist ja völlig verrückt, so etwas zu denken!‹

Er rieb ein paarmal mit beiden Händen über die Spitze des Organs, dann stellte er sich breitbeinig hin und sah sie an.

›Entweder entscheide ich mich jetzt, oder es wird zu spät sein!‹ dachte sie. ›Ich muß etwas sagen!‹

Sie räusperte sich.

»Nun?« sagte sie laut und schwieg dann jäh.

Der Mann schaute hinauf in den Himmel.

›Ich muß mich entschließen!‹ dachte sie und schloß die Augen. ›Ich muß etwas sagen, das er nicht falsch verstehen kann! Ich muß mich entscheiden! Schnell entscheiden!‹

Da fiel ihr ein, was sie sagen wollte.

›Ich bin ja schließlich eine Frau!‹ dachte sie. Dabei lächelte sie. Und sah dem Mann unmittelbar in die Augen.

»Was haben Sie mit mir vor?« fragte sie mit lauter Stimme, ohne ihren Blick abzuwenden.

Der Mann sah sie lange an. Er war ernst.

Und er betrachtete ihren ganzen Körper.

»Das müssen Sie selbst entscheiden. Es ist ja ein Traum!« antwortete er und verneigte sich tief.

❦ Exquisit Bücher
Galante Werke der Weltliteratur

Eine Buchreihe, die sich die Aufgabe gestellt hat, Kostbarkeiten der amourösen Dichtung aller Zeiten, seltene Werke der galanten und erotischen Literatur in modernen Taschenbuchausgaben zugänglich zu machen

E 105 Gustave Droz
Ein Sommer auf dem Lande

E 106 Anonymus
Das Liebesphänomen

E 107 Waldemar Kerkeß
Stürmische Jugendjahre

E 108 Heinrich Clauren
Mimili

E 109 Claude-Henri Abbé de Voisenon
Die Liebesübungen

E 110 Anonymus
Die lüsterne Gouvernante

E 111 Josephine Mutzenbacher
Mein Leben

E 112 Marquis de Sade
Philosophie im Boudoir

E 113 Richard Werther
Beichte eines Sünders

E 114 Anonymus
Frivole Geschichten

E 115 E. und Ph. Kronhausen
Erotische Exlibris

E 116 Anonymus
Komtesse Marga

E 117 Andréa de Nerciat
Der Teufel im Leibe

E 118 Pierre Jean Nougaret
Die Schwachheiten einer artigen Frau

E 120 Friedrich S. Krauss
Das Geschlechtsleben des deutschen Volkes

E 122 Ferrante Pallavicini
Alcibiades als Schüler

E 124 Edith Cadivec
Bekenntnisse und Erlebnisse

E 126 Andréa de Nerciat
Liebesfrühling

E 131 August Maurer
Leipzig im Taumel

E 132 Anonymus
Nächte der Leidenschaft

WILHELM HEYNE VERLAG
TÜRKENSTRASSE 5–7
8000 MÜNCHEN 2

Jeden Monat mehr als dreißig neue Heyne-Taschenbücher

... ein vielseitiges und wohldurchdachtes Programm, gegliedert in sorgfältig aufgebaute Reihen aller Literaturgebiete: Große Romane internationaler Spitzenautoren, leichte, heitere und anspruchsvolle Unterhaltung auch aus vergangenen Literaturepochen. Aktuelle Sachbuch-Bestseller, lebendige Geschichtsschreibung in den anspruchsvollen „Heyne Biographien", Lehr- und Trainingsbücher für modernes Allgemein- und Fachwissen, die beliebten Heyne-Kochbücher und praxisnahen Ratgeber. Spannende Kriminalromane, Romantic Thriller, Kommissar-Maigret-Romane und Psychos von Simenon, die bedeutendste deutschsprachige Science-Fiction-Edition und Western-Romane der bekanntesten klassischen und modernen Autoren.

Ausführlich informiert Sie das Gesamtverzeichnis der Heyne-Taschenbücher. Bitte mit nebenstehendem Coupon anfordern!

Senden Sie mir bitte kostenlos das neue Gesamtverzeichnis

Name
PLZ/Ort
Straße

An den
Wilhelm Heyne Verlag
8000 München 2
Postfach 201204